# 로열 셰프
# 영애님

fi
ret

# 로열 셰프 영애님 8

**초판 1쇄 인쇄** 2020년 7월 20일
**초판 1쇄 발행** 2020년 8월 20일

**지은이** 리샤
**발행인** 오영배
**편집** 편집부
**표지·내지디자인** 오정인
**제작** 조하늬

**펴낸곳** (주)삼양출판사 · 피오렛
**주소** 서울시 강북구 도봉로 173
**대표 전화** 02-980-2112 / **팩스** 02-983-0660
**편집부 전화** 02-987-9393 / **팩스** 02-980-2115
**블로그** blog.naver.com/dan_gul
**출판등록** 1999년 3월 11일 제9-00046호.

ISBN 979-11-283-9968-8 (04810) / 979-11-283-9960-2 (세트)

**fi&#9679;ret** 은 (주)삼양출판사의 로맨스 판타지 문학 브랜드입니다.

# 로열 셰프 영애님

*Royal Chef Lady*

VIII

리샤
장편소설

fioret

# Contents

# 22장

얼마 지나지 않아 두 번째 경합이 시작되었다. 내게서 메뉴를 들은 아곤은 생각에 잠겨 있었다. 그리고 얼마 지나지 않아 그가 미간을 좁혔다.

"푸아그라와 송로버섯을 쓰시겠다고요. 거기에 캐비어를 곁들여서?"

"웅! 재료장에 있더라고."

윤세나의 세계에서는 무려 '세계 3대 진미'라고 불리던 것들이다. 여기서도 고급 식재료로 제대로 맛을 내기엔 까다롭다고 여겨졌다. 아곤은 미묘한 얼굴이었다.

"다뤄 본 적이야 많지만…… 아가씨, 그것들은 이번 경합의 주재료와 어울리지 않습니다."

"그래도……."

"무엇보다 주재료를 포함한 그 세 가지는 모두 향과 개성이 강해서 한 그릇에 내기엔 적합하지 않아요."

"이겨야 하는걸! 나, 스승님에게 푸아그라 손질하는 법과 캐비어 요리를 많이 배웠어. 송로버섯은 로열 키친에 들어와서 많이 다뤄봤고."

"……."

"아곤이라면 나보다 더 잘할 거야. 그렇지?"

나를 한참 쳐다보던 아곤이 한숨을 푹 내쉬더니 조리대에서 물러났다.

"직접 하십시오."

"뭐?"

"제레미에게 말씀하셨잖습니까. 경합에 나서는 건 아가씨일 거라고. 저는 첫 번째 경합만으로 할 도리를 다한 듯싶습니다."

그렇기야 한데 말이지요. 마냥 자신감 넘치기엔 고프레도와 내 사이엔 경험이라는 강이 있었다.

'어? 나 지금 요리하는 게 겁나.'

스스로에게 깜짝 놀라 손을 내려다보았다. 선생님, 아니, 엄마와 단둘이 살았던 어린 시절부터 지금까지 요리는 내게 가장 즐거운 일이었다. 취미이자 특기였고, 생계의 수단이던 소중한 것.

취미가 생계 수단이 되면 괴롭다고 하는 사람들이 많지만, 나는 매일 매일 행복했다. 그래서 이 세계로 온 뒤 요리를 배운다는 사실이 얼마나 기뻤나. 고급 요리, 어려운 요리를 배웠기 때문이 아니라 그저 내가 좋아하는 것들을 조금 더 깊이 알아갈 수 있었기 때문이었다.

매일 아침 일어나는 게 기대되고, 잠드는 게 아쉬웠던 시간들. 분명 그럴 때가 있었는데, 난 왜 두려워졌을까. 애초에 스킬이 필요한 어려운 요리를 척척 만들어 내고, 상대방에게 승리하며 명예를 차지하기 위한 도구가 아니었는데.

'져도 괜찮아.'

이길 수 있는 요리가 아니라 맛있는 요리를 하자. 어차피 이 경합은 내게 몹시 불리하다. 여기서 하나를 더 얹는다고 해서 딱히 달라지는 건 없다. 나는 히히 웃으면서 아곤을 보았다.

"아무래도 셋 다 섞는 건 힘들겠네."

"이제야 앞이 제대로 보이시는 모양입니다."

아곤이 어흠, 헛기침했고 난 민망한 얼굴로 칼을 잡았다.

'하기로 한 걸 하자.'

단상 위에서 절대로 질 리 없다고 생각하는 사람들이 당황할 정도로 맛있게. 나는 숨을 크게 들이켜고, 테이블에 놓인 '그것'을 바라보았다. 이번 경합의 주재료는 '고춧가루'였다.

\*　　　\*　　　\*

고프레도는 보조인 칼리소에게 손을 뻗었다.

"스푼."

"……"

"스푼!"

고함에 놀란 칼리소가 펄쩍 뛰며 스푼을 찾다가 조리대 위의 소스 통을 와르르 쓰러트렸다.

"정신 똑바로 차리지 못해!"

"죄, 죄송…… 죄송합니다, 스승님."

"대체 뭘 보고 있기에……."

고프레도는 칼리소가 물끄러미 보던 방향으로 시선을 돌렸다.

'세니아나 프렌시프?'

빌어먹을 계집애에게 한눈을 파느라 아까운 조리 시간을 허비한 칼리소를 노려보았다.

"무슨 헛생각을 한 거냐."

"아니, 그게…… 저…… 냄새가 좋아서……."

칼리소가 머뭇머뭇 변명을 하며 고프레도의 손에 스푼을 쥐어 주었다. 그러자 고프레도는 쯧, 혀를 차며 중얼거렸다.

"가열 중인 국물 요리의 향이 강한 것은 당연하지."

"저쪽은 두 번째 경합에 프렌시프의 요리를 낼 생각인 것 같습니다."

"멍청한 게지. 이런 중요한 때에 칼 잡은 지 얼마 안 된 애송이를 내보내다니."

경합에서 애제자의 실력을 선보이기도 하지만, 디저트를 내는 세 번째 경합에서나 가능한 일이다. 그것도 각별하게 아끼는 애제자에게나 허락되는 스승의 배려였다. 이런 큰 경합에서 실력을 선보이는 것만으로도 요리사의 주가가 크게 상승하기 때문이었다. 칼리소는 속으로 구시렁거렸다.

'이름을 알릴 기회라고 여겼는데, 스토브 앞에는 서지도 못하겠구만.'

어차피 이만큼 귀족들이 포섭되어 있다면 이기는 게 당연한 데도, 구겨진 자존심을 회복하겠다고 야단이었다.

"세 번째 경합에선 제게 기회를 주실 거죠? 야심작인 블루베리 팬케이크를 하려고 합⋯⋯."

"쓸데없는 소리. 그렇게 빵이 굽고 싶거든, 빵집에라도 가지 그래!"

"그게 아니라 뭐가 됐든 불 앞에 서고 싶어서⋯⋯. 프렌시프, 저 녀석이 참 재밌게 하는구나 싶고⋯⋯."

"뭐?"

"눈이 반짝반짝합니다. 요리하는 게 재밌는 모양이에요."

세니아나는 소스를 이리저리 배합하고 맛을 보며 "음! 좋다. 이걸 활용해 볼까 봐!" 소리쳤다. 그러느라 아까운 시간을 낭비하면서.

"별⋯⋯."

제깟 게 저를 이길 수 있을 리 만무한 데도 즐거워서 어쩔 줄을 모른다. 세니아나의 요리를 지켜보던 이들이 픽 실소를 흘렸다.

탕, 탕, 탕. 채소를 써는 소리가 듣기에 굉장히 좋았다. 그녀는 재료를 하나하나 꼼꼼하게 살피고 채소 부스러기 하나까지 싹싹 씻었다. 젊은 요리사가 픽, 웃으며 말했다.

"채소를 껍질까지 쓸 생각인가."

그 소리를 들은 세니아나가 인상을 찌푸리며 말했다.

"껍질에 영양분이 얼마나 많은데! 육수로 내면 맛도 좋다고."

"할머니냐."

그 말에 좌중이 웃음을 터뜨렸다.

"그러네. 꼭 우리 할머니 같다. 꼭 저렇게 요리하셨는데."

전문적으로 배우고 필드에서 활약하는 요리사들처럼 화려한 맛 없이 투박하나 섬세하게 움직인다.

"맞아, 우리 어머니도. 저 소리를 들으면 식사가 기대돼서 완성도 전에 주방을 기웃거렸었지."

"우린 아버지가."

"아, 맞아. 우리 아버지도 낚시 다녀올 적엔 꼭 저렇게 생선으로 요리하셨어."

좌중의 시끄러운 수다를 들은 아곤은 쿡쿡 웃으며 세니아나를 지켜보았다. 그녀의 특별한 무언가가 어디서 기인했는지 이제야 알 것 같았다.

요리를 전문적으로 배워서 화려한 재료와 기술, 레시피에 몰두 하는 요리사가 아니라서. 그저 맛있는 음식을 먹는 게 좋고, 제 음 식을 좋아해 주는 게 기뻐서 기상천외한 요리를 하는 것이다.

'그러니 기이한 조합도 두려워하질 않지.'

실패하면 아쉬운 거고, 성공하면 기쁠 뿐. 그건 그녀가 전담 요리 사를 두고 매번 완벽한 요리를 먹고 살지 않았기 때문이었다. 정성 껏 만든 따뜻한 요리는 모두 훌륭하다.

세니아나는 생선을 잘 씻은 후 뚝딱뚝딱 잘라서 육수에 집어넣고, 다듬어 놓은 채소를 듬뿍 올렸다.

"아! 아가씨 제가 돕겠습니다. 생선 비린내를 제거할 수 있도록 이전에 쓴 유자를······."

"응? 아니 됐어."

"하지만 비린내가 ─"

"흐르는 물에 잘 닦아서 쌀뜨물에 담가놨는걸. 생선 비린내 성분은 수용성이라서 물에 잘 씻기만 해도 사라지는데 쌀뜨물에 담가 놓기까지 해서······."

"쌀뜨물이요?"

"응, 쌀뜨물에는 전분이 있어서 비린내를 사라지게 하는데······ 아무튼 그래. 탕을 할 거기도 하고, 거기에 쑥갓도 올릴 거라서 괜찮아."

탕? 아곤이 눈을 끔뻑이자 세니아나는 "괜찮아, 괜찮아." 하며 손을 내저었다. 그녀는 고추장과 고춧가루, 마늘과 생강 등을 듬뿍 넣고 탁, 탁, 소리가 나도록 저었다. 그리고 양념을 냄비에 적당히 부은 뒤, 냄비 뚜껑을 약간 어긋나게 닫은 다음 불을 켰다.

탕에 열이 오르기 시작하자 매콤한 향이 조리장에 진동을 했다. 어느 정도 탕이 끓기 시작한 후, 시간을 살피고 나서 숙주와 쑥갓을 올렸다. 다음은 잎채소를 씻고, 다 지은 밥을 휘적휘적 뒤집었다. 마지막으론 그저 돼지고기를 잘라서 팬에 구울 뿐이었다.

"아가씨, 이제 5분도 남지 않았습니다. 제가 도울 테니 할 일을 알려 주십시오."

"끝인데?"

"예?"

"끝입니다."

세니아나는 고기 기름이 고인 프라이팬을 개수대에 집어넣으며 생긋 웃었다.

'이게 끝이라고?'

세니아나의 요리가 끝나길 기다리고 있던 고프레도가 인상을 찌푸렸다.

'대체 뭐야.'

도무지 이해할 수가 없었다. 이런 중요한 시합에서 고작 저까짓 요리라니. 경합 종료를 알리는 나팔 소리가 들리고, 세니아나는 아무렇지 않은 표정으로 심사대에 쟁반을 올려 두었다. 갖은 정성을 다해 만든 요리를 그녀의 요리 옆에 내려놓은 고프레도가 속삭였다.

"무슨 수작이냐."

"왜요?"

"중요한 경합에 고작 이까짓 요리를……!"

"고프레도 님도 고작 순대를 만들었잖아요."

"순대?! 이건 그냥 순대가 아냐! 송로버섯과 함께 A급 살치살로 만들었고, 특제 칠리소스와 함께 먹으면……!"

"맛있어요, 제 요리."

"뭐?"

"맛있다고요. 하면서 엄청 즐거웠어요."

그럼 됐지 뭐, 하는 표정으로 고프레도를 쳐다본 세니아나가 히죽 웃었다.

이제 심사의 시간이었다. 고프레도의 요리가 먼저 심사되었다. 그의 요리를 먹은 이들의 표정은 모두 만족스러웠다. 무거울 정도로 진한 맛에 질려 하나를 모두 먹은 사람은 없으나, 훌륭한 요리라는 데엔 이의가 없었다. 다음은 세니아나의 차례였다. 요리를 살핀 세니아나가 고개를 조금 끄덕였다.

"다행이네요. 안 식었어요. 뜨거울 때 드셔야 더 맛있는데. 드셔보세요."

미카엘이 묘한 얼굴로 요리를 바라보았다.

"설명은 그것으로 끝인가."

"아, 매운탕과 삼겹살 구이, 그리고 밥이에요. 제가 제일 좋아하는 조합이랍니다."

"……이번에도 생선인가."

"첫 번째 경합에선 저희의 가재 요리를 못 드셨으니까요."

그녀가 "원래 회를 먹고 난 뒤엔 매운탕이기도 하고……" 중얼거리며 고개를 끄덕였다. 심사자로 참석한 샤르파크 후작이 기가 막힌 얼굴로 쟁반을 내려다보았다.

"삼겹살은 또 뭐야……."

"그건 안심 윗부분에 기름기가 많은…… 구이로 하면 맛있어요."

얼핏 보기에도 화려한 고프레도의 요리와는 전혀 딴판이었다. 아주 투박하고도 밋밋하다.

'냄새는 좋지만…….'

서부 대표로 참석한 에둘라 백작은 다 이긴 싸움이라는 듯 실소를 흘렸다.

'이런 요리라면 고프레도가 고생해서 경합을 치를 이유가 전혀 없군.'

다들 당황한 얼굴이라 백작은 껄껄 웃으며 말했다.

"자, 다들 어서 시식합시다."

"어떻게 이런 요리를…… 내 성의 하인도 이런 요리는 내게 안 내올 거요."

"영애가 애써 만든 요리이니 맛이라도 봐 줘야지요."

에듈라 백작은 먼저 삼겹살이라는 것을 들었다. 세니아나가 "거기 있는 기름장이나 쌈장에 찍어 드세요." 하고 말하자 그는 떨떠름한 얼굴로 주황색 소스를 쿡 찍어 입에 물었다.

"으음."

소에 비에서 약간 질긴 감이 있지만, 아주 괜찮은 맛이다. 씹을 때마다 고소한 육즙과 기름이 듬뿍 배어 나오고, 지방은 약간 느끼한 듯하나 촉촉하고 거슬거슬한 살코기와 함께 어우러지니 몹시 괜찮은 조합이었다.

"어머, 이렇게 기름기가 많은데 기름장과 잘 어울려요. 짜지만 고소해서……!"

삼겹살 구이를 맛본 귀족이 손끝으로 입을 가리며 주억거렸다.

"소와는 다른 풍미군. 이 쌈장이라는 것이 아주 괜찮아. 살짝 매콤해서 삼겹살이란 부위의 느끼한 맛을 잡아 주는군."

"하지만 많이 먹기엔 부담스럽겠소."

그러자 세니아나가 "그럴 땐 매운탕을 드셔 보세요." 하고 말했다. 삼겹살을 세 조각째 삼킨 샤르파크 후작이 얼른 매운탕을 맛보왔다.

"크으ー! 술이 당기는 맛이군!"

다소 맵지만, 아주 얼큰하다. 푹 익은 생선 살은 담백했고, 생선과 함께 익은 채소의 맛이 듬뿍 배여 있었다. 식도를 타고 뜨겁고도 매운 국물이 스르륵 흘러내려 갈 쯤엔 어느새 다시 삼겹살을 찾게 되었다.

샤르파크 후작은 제게 돌아간 다섯 조각의 삼겹살을 모두 해치우고 하이에나처럼 주변을 살폈다. 삼겹살은 한 조각도 남기지 않고 시식자들에게 돌아갔는지, 세니아나가 든 그릇엔 남은 게 없었다.

'에듈라 놈팡이가 남겨 두었군!'

"안 먹을 거요? 그럼 내가?"

"아니, 누가 안 먹는다고 하였소! 남겨 둔 거요!"

샤르파크 후작이 쯧, 혀를 찼다. 누가 좀팽이 늙은이 아니랄까 봐 좋은 것은 꼭 남겨 두고 찔끔찔끔 먹는다.

"마음에 안 들면 주시오. 내가 먹을 테니."

"누가 마음에 안 든다고 하였소!"

"하면 고프레도의 요리보다 맛이 좋소이까?"

"그, 그건……!"

에듈라 백작은 당황해서 헛기침을 했다.

"판가름하기엔 이르니 더 시식을 해 봐야 한다는 소리요."

그가 팔로 그릇을 슥 가리자 샤르파크 후작은 다른 먹잇감을 찾았다.

"렉스터드 백작! 더 안 먹을 거면 내가……!"

"어머, 이거 왜 이래요!"

그녀가 후작의 손등을 찰싹 내리쳤다.

"샤르파크 공, 품위를 지키세요."

"품위는 무슨. 다 묻히고 먹는 그쪽이나……."

어찌나 급하게 먹었는지 입가가 새빨갰다.

*　　*　　*

나는 싱글싱글 웃으며 접시를 싹싹 비운 귀족들을 쳐다보았다. 입 짧은 미카엘까지 남김없이 모조리 먹었다.

'기뻐!'

메인 요리인 매운탕보다 삼겹살 쪽을 더 좋아하는 것 같았지만, 난 기분이 좋았다. 생선보다 고기이긴 하지.

'삼겹살은 언제나 옳고.'

내가 한 요리를 맛있게 먹어 주는 건 언제나 행복한 일이었다. 아곤도 조리대에 남은 삼겹살을 우물거리며 고개를 끄덕였다.

"이게 삼겹살이라는 거군요. 으음, 소와는 다른 풍미지만 맛이 아주 좋습니다."

"아곤."

"매운탕이 삼겹살의 기름기로 더부룩한 속을 정리해 주고…… 특히 이 쑥갓의 향이 아주 훌륭한……!"

"아곤!"

“예?”

“이리 와서 서야지. 거기에 있으면 어떻게 해.”

나는 먹는 데 정신이 팔린 아곤을 끌고 왔다.

“냄새가 너무 좋은 데다 다들 맛있게 먹는 모습에 궁금해서……
이런.”

“고마워.”

“고프레도의 요리보다 저는 이쪽이 훨씬 만족스럽습니다. 제대
로 승부하면 분명 아가씨의……!”

“제대로 승패를 가리지 않을 거야, 저들은.”

나는 귀족들을 쳐다보았다. 요리를 다 먹은 후엔 아쉬운 표정으
로 입맛을 다시더니만, 어느새 얼굴을 굳히고 있었다. 고프레도는
저들이 내 요리를 시식할 땐 당황하더니만, 어느새 다시 기세등등
해져 있었다. 아곤이 앓는 신음을 흘렸다.

“이런 식일 줄이야 알았지만, 분합니다.”

저들의 대부분이 고프레도의 요리보다 내 매운탕과 삼겹살을 더
좋아했다.

‘하지만 결과는 역시 고프레도의 손을 들어 주려고 하겠지.’

에둘라 백작이 소리쳤다.

“그럼 이제 결과를 말씀해 주시죠.”

그때, 내가 번쩍 손을 올렸다.

“그 전에 드릴 말씀이 있습니다.”

“그건 결과 발표 후에……!”

“제가 요리에 수작을 좀 부렸습니다.”

난 생글생글 웃으며 덧붙였다.

"아주 위험한 수작이요."

"뭐, 뭐?!"

사람들의 눈이 화등잔만 해졌다. 떨리는 동공으로 빈 그릇을 보던 이들은 얼마 지나지 않고 실소를 흘렸다.

"무슨 말도 안 되는 소리를."

유쾌한 농담이라는 듯 낄낄거리는 사람도 있었지만, 더러는 인상을 찌푸렸다.

"얼마나 위험한 농담인지 자각하지 못하는 거요? 황궁에서 독을 소지하고 있다는 건…… 더욱이 성녀가!"

샤르파크 후작도 픽 웃으며 "장난엔 재주가 없군." 하고 중얼거렸다. 나는 아무렇지 않은 표정으로 말했다.

"사실입니다."

"프렌시프……!"

"독을 넣었다고는 하지 않았지만, 사람에 따라선 아주 위험하지요."

회장이 술렁이기 시작해서 나는 몇 걸음 앞으로 나서며 다시 입을 열었다.

"제 요리엔 누아제들을 사살하는 약이 들었습니다."

"뭐, 뭣?! 거짓말! 그런 약이 있을 리가……!"

"하면 프렌시프 령의 누아제들을 제가 어떻게 죽였겠습니까."

사실은 기사들을 누아제로 만들어서 물리쳤지만, 저들은 모를 것이다. 아탈란에서 누아제를 없앨 수 있는 방법을 말해 주었을 리 없으니까.

'그야 삿된 자가 최고의 무기인 작자들인데, 삿된 자와 누아제를 물리칠 수 있는 간편한 방법이 있다고 말해 줄 리가 없지.'

접착제를 팔아야 하는 회사가 구매자들에게 '사실은 우리 상품에 문제 있어요. 물에 닿으면 녹아 버린답니다!' 하고 고백한다면 누가 구매하려 들겠는가.

단상 위의 귀족들이 벌떡 일어나거나 구토를 하려 애쓰는 둥 법석을 떨었다. 샤르파크 후작을 비롯한 프렌시프 휘하의 귀족 셋을 빼면 하나같이 전부.

'역시 저들도 성식을 복용했구나.'

사실 생각해 보면 당연한 일이었다. 타국, 그것도 적대국이었던 길라게온의 귀족들을 포섭하면서 아탈란이 안전핀 하나 꽂아 두지 않았을 리 없으니까. 함께 성식을 나누어 먹는 건 무엇보다 강력한 연맹장이 되었을 거다.

'프렌시프 령에 처들어왔던 사제가 누아제를 조종했던 것처럼, 저들도 확실하게 조종하려 들었겠지.'

끝까지 거부하는 귀족이 있다면 카트린 르마르에게 그러했듯, 사제를 잠입시켜 억지로 성식을 먹였을 것이다. 그리고 누아제로 변화한 기미가 보여 당황한 귀족들에겐 이렇게 말했을 터.

[누아제가 된다고 해서 모두 삿된 자가 되는 건 아닙니다. 저희에 겐 정화할 방도가 있지요.]

방법 같은 건 없는 주제에 그런 허풍으로 사람들을 달랬을 거다. 그리고 내 추측은 르마르 공작으로부터 사실임을 확인받았다.

"몸이 나른해지고, 졸음이 오지 않으세요? 목이 타지는 않나요? 약의 효과입니다."

샤르파크 후작이 "으응?" 하고 눈을 동그랗게 떠서 나는 그에게 얼른 눈치를 주었다.

'쉿, 쉿. 누아제가 아니라도 모두 같은 증상이라는 건 잘 안다고.'

그건 식곤증이고, 또 짠 음식을 대량으로 섭취해서 느끼는 갈증이니까. 이상한 점을 느낀 귀족 누아제들이 인상을 찌푸렸지만, 상관없었다. 바보가 한 사람만 있으면 괜찮거든.

"사, 살려 줘! 나는 누아제라고!"

그렇지. 이겁니다. 조리장이 시끄러워졌다. 희게 질린 귀족들이 비명을 지르며 살려 달라 애걸하는 남자를 붙들었다.

"실바트롱 백작, 가만히…… 제발!"

"아악! 이래서 대사제의 협박에 넘어가는 게 아니었어. 누아제만 죽일 수 있는 약이라니…… 그런 말은 못 들었다고……!"

"입 다물어요!"

그러자 좌중 속에서 내가 원하는 반응이 슬슬 나오고 있었다.

"무슨 소리를 하는 거지?"

"그러게 말이야. 대체 이게……."

지금까지 조용히 경합을 관전하던 아빠가 나섰다.

"누아제라. 그게 무엇이기에 다들 이리 겁에 질린 거요."

"사, 살려 달라고, 제발! 개처럼 일한 건 개죽음을 바랐기 때문이 아니야! 중화제를 어서 —"

나는 생긋 웃으며 말했다.

"보세요, 저 농담에도 재능이 있지요?"

"뭐……?"

"다들 속으셨잖아요. 제 말에."

"……!"

"그런 독이 세상에 어디 있겠어요."

"너, 이……!"

소리친 실바트롱 백작은 금세 정신을 차리고 새파랗게 질렸다. 그가 쉴 새 없이 비밀을 털어놓던 입을 틀어막았다. 나는 그런 그를 보며 아무렇지 않은 목소리로 말했다.

"시간이 시간인지라 슬슬 졸리실 것 같아서 귀여운 장난을 쳐 보았어요."

"이게 무슨 장난이야!"

"그보다 대답해 주시지 않겠어요? '프렌시프 후작'이 물었습니다. 누아제가 대체 무엇인지."

"크윽…….."

"제가 대신 대답할까요?"

"지, 지금 그게 뭐가 중요해! 경합 중이 아닌가! 투표! 투표를 해야 해."

'멍청이. 보라고, 당신 빼고는 다들 난색이 되었잖아.'

내 농담에 흔들린 자가 누구인지 여기 있는 사람 모두가 확인했다. 그런 와중에 그들이 전부 고프레도를 찍으면 어떻게 되겠는가. '누아제'란 연합이 있다는 게 제국 전역에 소문이 날 거다.

경합 결과는 공개 투표로 결정된다. 담합하지 못하도록 상의할 시간은 주지 않는다. 그러니까 요지는.

'누가 의심을 피하기 위해 배신하느냐.'

—라는 거다. 다들 어쩔 줄을 모르는 얼굴이었다. 나는 어리둥절한 얼굴로 서 있는 시종을 보며 말했다.

"투표를 시작하신다고 하잖아요. 나팔을 부세요."

"아……. 예, 옛!"

부우우웅—! 나팔 소리가 하늘을 가르자 귀족들의 낯빛이 점점 더 거무죽죽해졌다.

"자, 그럼 샤르파크 공부터 말씀해 주십시오."

"나야 당연히 프렌시프의 요리였소. 입에 넣자마자 촤악— 퍼지는 돼지고기 특유의 풍미. 기름진 지방층은 입에서 녹아들었고, 담백한 살코기는 씹을 때마다 육즙을 뿜어 댔지. 매콤한 매운탕으로 입 안의 기름기를 씻어 낼 때의 짜릿함이란!"

그가 으하하 웃으며 덧붙였다.

"윤기 흐르는 촉촉한 흰쌀밥에 매콤한 매운탕 국물과 연한 우럭살을 걸쭉하게 비벼 입에 넣을 때의 기분은 뭐라 설명하기 힘들 만큼 만족스러웠소."

샤르파크 후작의 다음 차례인 아탈란 휘하 귀족이 난감한 얼굴로 한참을 주저하다가 말했다.

"나, 나도 샤르파크 공과…… 같은 의견이오. 꽃샘추위가 가시지 않은 날, 먹은 뜨거운 국물에선 배려가 느껴졌고……."

그리고 다음. 또 다음. 모두 나를 택했다.

'이기적인 사람들이 있을 줄 알았지.'

애초에 개인의 영달을 위해 나라를 배신한 역적들이니까.

심사 발표 후, 고프레도의 얼굴은 새파래졌다. 주먹을 꽉 움켜쥔 채 부들부들 떨던 그에게 나는 손을 내밀었다.

"주세요. 총주방장의 휘장."

"……."

"어서."

"……비열한 수로 내 휘장을 빼앗겠다고!"

그가 고함을 내지르자 사위가 고요해졌다. 그는 벌게진 얼굴로 휘장을 그러쥔 채 내게서 몇 걸음 물러나 단상 위의 귀족들을 쳐다보았다.

"계집애의 말 몇 마디에 놀아나다니! 멍청한 작자들!"

"말을 가리시오!"

"이 자리가 어떤 자린데. 내가 무슨 짓을 하고 이 자리까지 기어 올라 왔는데! 안 돼! 나는 못 줘. 이 자리는 내 것이다!"

"고프레도!"

고프레도가 붉게 충혈된 얼굴로 나를 찢어 죽일 듯이 노려보았다.

"너 같은 것은 상상도 못 할 가시밭길을 헤치고 겨우 손에 넣은 금관이다! 세 치 혀 따위로 내 것을 탐할 수 있을 줄 아느냐!"

"……."

"내가 진정 실력을 발휘하면 어린 애 장난 같은 요리를 가지고 날 상대할 수 있을 성싶어? 그래?!"

"그렇다면 처음부터 실력으로 맞섰어야지."

"뭐?"

"그래요. 내가 공정하게 경합을 치렀더라면 졌을 수도 있겠죠. 처음부터 비열한 술수를 부려 홀로 자멸한 건 당신이에요."

"귀족으로 태어난 넌 모른다. 이 로열 키친이 없는 자들에게 얼마나 불합리한 곳인지 넌 몰라! 이곳에서 배운 모든 것이 반칙이고, 부정이야!"

"그렇지 않은 사람도 있었어!"

"누가, 어떤 바보가!"

"내 스승! 쟝뤼크! 네가 비열한 수로 밀어냈던 최고의 요리사!"

나는 그에게 성큼성큼 다가가 멱살을 쥐었다.

"내놔. 이건 네 것이 아니야."

그의 가슴에 달린 휘장을 떼어 냈을 때였다.

"고, 고프레도가 승복하지 못하는 것은 당연합니다. 심사자들이 프렌시프의 세 치 혀에 놀아난 것은 모두가 인정하는 게 아닙니까!"

에뒬라 백작이었다. 내게 투표하지 않은 두 사람 중 하나. 그는 절대로 로열 셰프를 놓칠 수 없다는 의지로 가득했다. 미카엘은 느른히 눈을 감았고, 백작은 그를 독촉했다.

"그렇지 않습니까, 저하!"

"……."

"누아제라는 이상한 말로 사람들을 들쑤시고 틈을 교묘히 파고들었습니다."

미카엘이 대답하지 않자 에듈라 백작이 벌떡 일어나며 소리쳤다.

"말이 되지 않는 결과가 증명합니다! 저들 모두를 겁박해서 승부를 조작했어요! 보십시오, 저하! 이 심사자들이 가엾지 않으십니까!"

궁지에 몰리자 저희들의 계획을 내게 뒤집어씌우는 일도 서슴지 않았다.

"네년, 스승의 복수를 하려고 이런 짓을 벌인 게지! 옳지, 심사 전에 스스로 자백하지 않았습니까. 약을 넣었다고⋯⋯!"

"⋯⋯."

"농담으로 무마시키려 했지만, 진정 약을 넣은 게 아닌지 조사를 해야 합니다."

그러자 희게 센 얼굴로 상황을 가늠하던 이들이 동조하기 시작했다.

"에듈라 공의 말이 옳소!"

"옳기는! 그렇다면 처음부터 조사를 했어야지! 결과가 나온 뒤에 한다는 게 무슨 뜻인지 모를 만큼 바보로 보이는가!"

에듈라 후작이 병사들을 보며 소리쳤다.

"뭣들 하느냐! 당장 저 계집을 잡아들여라!"

병사들이 우르르 움직이기 시작하자 아빠와 란슬롯, 그리고 아곤이 내 앞을 막아섰다. 프렌시프 휘하의 귀족과 흥분한 샤르파크 후작마저 뛰어 내려와 내 주변을 감쌌다. 그러한 찰나.

"그만!"

익숙한 목소리가 들려왔다.

'도미니크!'

그가 조리장에 들어왔다. 황군과 함께 들어온 도미니크를 본 미카엘이 단상에서 일어났다.

"감히 내 명도 없이 황군을 움직였나."

"황제 폐하를 시해하려 한 범인을 잡았다."

도미니크의 뒤로 누군가의 멱살을 잡아 질질 끌고 들어오는 알베르가 보였다. 그의 손에 붙들려 있는 남자는…….

"시종장."

황제의 곁에 언제나 달라붙어 있던 사람이라 모르려야 모를 수 없는 얼굴이었다.

"저하, 설마 범인이 ―"

내 말에 도미니크가 고개를 가볍게 끄덕였다.

"폐하가 찾으신 자료 첩에 독을 발라 둔 것을 확인하였고, 시종장이 제 입으로 토설하였습니다."

"자료 첩에 독을 발랐다고요?"

"나이 든 사람은 손끝이 마르지요. 그래서 종이를 넘길 적에…….."

좌중 속에 누군가 "그래, 침을 발라서 넘기지." 하고 소리쳤다.

"온도 차가 나며 잔 주변에 생기는 이슬로 인해 은잔이 변색되었고, 물기가 스푼에 옮겨지며 폐하의 손이 닿은 곳마다 독이 묻어났습니다."

시종장은 겁에 질린 개처럼 벌벌 떨며 어깨를 바짝 움츠렸다. 당황한 귀족이 그에게 물었다.

“아니, 시종장이 폐하를 시해할 이유가 무엇이란 말입니까.”

도미니크가 무미건조한 눈빛으로 새파랗게 질린 에듈라 백작을 가리켰다.

“에듈라 공에게 받은 황금 더미를 시종장의 숙소에서 발견했습니다. 흉사 후 에듈라 공에게 처분당할까 두려워 그와 나눈 편지를 모두 보관하고 있었죠.”

백작이 “흐으, 흐…….” 신음하며 의자에 털썩 주저앉았다. 도미니크가 눈짓하자 그가 끌고 온 황군들이 달려가 에듈라 백작을 제압했다.

“자, 잠깐, 잠— 미, 미카엘…… 저, 저하!”

미카엘이 황군을 향해 가라앉은 목소리로 말했다.

“놓아라. 내가 아직 명하지 않았다.”

도미니크는 단상 위로 올라가 어떤 양피지 더미를 들어 올렸다.

“죄인의 명을 폐하의 황군이 들을 이유가 무엇이냐.”

“너…….”

“미카엘 카렌듈라. 그릇된 피로 지엄한 군주의 눈을 속이고 황족을 사칭한 죄로 구금한다.”

대조리장은 터질 것처럼 시끄러웠다.

“황족을 사칭했다니……! 이게 무슨 소리야!”

“미카엘 님이 황자가 아니라고? 황후 폐하께서 부정을 저지르셨단 말이야?!”

“말도 안 돼!”

이건 에듈라 백작 외에 누구도 몰랐던 모양인지, 귀족들마저 뒤통수를 얻어맞은 듯 어버버거렸다.

"거짓말! 거짓말이다!"

귀족 중 하나가 비명을 지르듯 소리쳤다.

"황후의 행적을 기록한 자료에 폐하의 서명과 황언이 남겨져 있었다."

도미니크는 그 말을 끝으로 선언했다.

"죄인들을 끌고 가."

파란만장했던 경합이 끝나는 순간이었다.


조리장을 떠나 아발론의 복도를 걷던 나는 다리에 힘이 풀려 주저앉았다.

"아고고……."

내가 신음하자 아빠와 도미니크가 한달음에 내 쪽으로 다가와 부축했다.

"괜찮으냐."

"네……. 그냥 긴장이 풀려서……."

사실은 많이 긴장하고 있었으니까. 조리장에 있던 매 순간, 엄마에게 기도했다.

'엄마, 제게 약해지지 않을 힘을 주세요.'

―하고.

"결과가 잘 나온 것도, 저하께서 무사히 증거를 찾아와 주신 것도 다행이에요. 그리고…… 조리장에서 생각대로 움직여 주는 사람이 있던 것도."

"저를 이르십니까."

으응?! 나는 등 뒤에서 들려온 실바트롱 백작을 보고 기함을 했다. 도미니크는 인자하게 웃고 있는 백작에게 고개를 조금 숙였다.

"훌륭하게 움직여 주셨습니다."

"백치 연기야 평생 해 왔으니, 자신 있지요."

나는 깜짝 놀라 "뭐라고요?!" 하고 소리쳤다.

"연기였다고요?!"

"경합 전 저하의 부탁을 받았었지요. 제가 바로 저하를 위해 일하는 개들 중 하납니다."

"정말로 훌륭한 연기였어요. 깜빡 속았다니까요! 진짜로 아둔하신 줄……!"

그래서 일부러 실바트롱 백작을 노리고 그런 수를 쓴 거다.

"─아니, 제 말은 그게 아니라……! 죄송해요……."

"으하하! 연기 칭찬이라면 감사하죠. 젊을 땐 배우가 꿈이었습니다."

그렇게 말한 그는 "아직 연기가 필요한 시기라 사람들 눈에 띄기 전에 실례하죠." 하며 인사하고 떠나갔다. 나는 도미니크를 보며 눈을 가늘게 떴다.

"말씀해 주시죠, 놀랐잖아요."

"실바트롱 백작에겐 틈을 봐서 사람들을 선동하라고만 말해 두었습니다."

"……."

"그가 영리한 것이었죠."

"제가 이렇게 나올 줄 알았던 거면서?"

도미니크는 빙그레 웃었다.

"영애라면 기상천외한 수를 부리실 거라고 생각하긴 했죠. 생각보다 더 놀라운 수였고요."

실바트롱 백작이 그렇게 명연기를 펼치지 않았어도 사람들은 충분히 흔들렸지만, 큰 도움을 준 것도 사실이었다. 아빠가 나를 쳐다봤다.

"괜찮은 거냐."

"저요? 왜요?"

"싫어하잖느냐. 신성한 경연에 비겁한 수 말이다. 특히 요리 관련이라면."

"그렇지만, 상대 쪽에선 비열하게 나오는걸요?"

나는 히히 웃으며 아빠의 팔에 팔짱을 꼈다.

"이에는 이, 눈에는 눈은 프렌시프의 가훈이고, 저는 프렌시프 영애잖아요."

아빠가 기특하다는 듯 실소를 흘렸다.

"이제 가요. 스승님을 모시고서. 준비해야죠."

"그래, 아탈란에서 이렇게 순순히 황궁을 빼앗길 리 없지."

궁지에 몰렸으니 빠른 시일 내에 과격한 수단으로 황궁을 재차 빼앗으려 들 테니까.

그리고 우리의 예상대로 아탈란은 황도로 진격했고, 역사에 기록된 2차 대륙 전쟁의 화톳불이 올랐다.

"아이고, 어깨, 등, 허리, 발목이야. 좀 살살해라! 날 죽이려는 것이냐!"

쟝뤼크가 꽥꽥 소리치자 마릴린은 그를 한 대 치고 싶다는 얼굴로 붕대를 발목에 둘둘 감았다.

"세니아나, 좀 살살 하라고 해!"

"전 살살하고 있어요, 아가씨. 쟝뤼크 님이 엄살을 부리시는 거라고요……."

나는 두 사람 사이에서 어색하게 눈치만 볼 뿐이었다. 내내 고문당하고 반송장 상태로 저택에 이송된 후, 겨우 눈을 뜬 쟝뤼크가 안쓰럽다. 하지만 그렇다고 해서 하루 종일 저 비명과 신경질을 감당하는 마릴린이 가엾지 않은 건 아니라…….

"내가 할게. 가 봐."

붕대를 들자 마릴린은 단호히 고개를 저었다.

"귀한 손에 피를 묻힐 수야 있나요."

쟝뤼크는 흥, 콧방귀를 뀌며 "온갖 육고기, 해산물의 피를 묻히는 손인데 뭘." 하고 중얼거렸다.

'제발 좀…….'

할 일이 산더미였다. 프렌시프 령 인근의 누아제들을 제압하기 위해 성식을 섭취한 기사들을 정화할 요리를 보내야 하지. 미카엘과 황제 시해 사건으로 난리 통 속에 파묻힌 도미니크도 도와줘야 하지. 황궁과 저택에 숨어든 세작까지 솎아 내야 하지. 무엇보다.

"그만, 그만! 그만 싸워. 삿된 자들이 제국 각지에 나타났는데 이럴 때야?!"

그것도 프렌시프 휘하 귀족들의 영지에 대거 나타났고, 이미 많은 지역이 삿된 자들로 인해 폐허가 되어 갔다.

어느새 방으로 들어온 시트론이 깨끗한 물이 든 대야와 수건을 쾅! 내려놓으며 말했다.

"아가씨의 말이 맞아요. 다들 사태의 심각성을 인지하세요. 저택이야 기사들이 자발적으로 성식을 먹고서 지켜 주고 있지만, 다른 곳은 난리도 아니라고요."

시트론은 마릴린에게서 붕대를 받아 제가 직접 쟝뤼크를 맡았다. 마릴린은 조금 전과 달리 얌전해진 쟝뤼크를 보며 히죽히죽 웃었다.

"시트론 님의 곁에선 아주 얌전하세요."

거의 다섯 살배기 어린애에게 하는 것 같은 말이었다. 나는 킥킥 웃고, 두 하녀가 쟝뤼크의 붕대를 새로 감아 준 뒤 나설 때까지 기다렸다.

"시트론 앞에서는 왜 이렇게 조용하세요?"

"……무서운 여자야."

"네?"

"내가 고통을 호소하면 혼잣말처럼 중얼거리더군."

"뭐라고요?"

"…… '정말로 아프게 해 드릴까. 다시 부러뜨리기 어렵지 않을 것 같은데' 하고."

"거짓말. 시트론은 엄청 자상하다고요. 그런 말을 할 리 없어요."

"정말이야!"

나는 얼핏 영지의 총집사에게서 들은 '아가씨는 시트론이 수틀릴 적엔 어디까지 가는지 모르시지' 하는 말과 한숨을 떠올렸지만, 이내 고개를 털어 냈다.

"어쨌든 얌전히 저택에 계세요."

"궁의 주방은?"

"로열 셰프 아곤 님이 맡고 계시지요."

"로열 셰프는 무슨."

꿍얼거리던 그는 통증이 이는지 손목을 등 뒤로 슥, 가렸다.

"오른손, 아프세요?"

"아프기는 다른 곳이 아프지. 내가 얼마나 괴로운지 모를 것이다. 그놈들, 얼마나 지독한지 무려 가시 방석에 앉히고ㅡ!"

하루에도 몇 번이나 이어지는 고문 일화가 또 시작되었다. 나는 그의 말을 듣는 내내 손을 바라보았다. 쟝뤼크는 실수로도 절대 '손이 아프다'는 이야기를 꺼내지 않는다.

"스승님……, 의사가……."

"그런데 이 집 요리는 왜 이렇게 맛이 없어. 이 샌드위치에 아보카도가 어울린다고 보느냐? 유행하기 시작했다고 어디에나 넣는 모양인데, 절대로ㅡ"

"말 돌리지 마시고요."

오른손은 못 쓸 가능성이 높다고 했다. 그러나 쟝뤼크는 샌드위치를 먹으며 대수롭지 않은 투로 말했다.

"내가 어릴 적에 왼손잡이였다고 말하지 않았느냐?"

"시중엔 칼이 오른손잡이용으로만 나와서 기를 쓰고 바꾸셨다면서요."

"그래, 나는 가난해서 제작할 생각은 꿈에도 못 했거든. 필사적으로 노력해서 딱 2년 걸렸다."

그때야 어렸으니까. 이제 20년이 훌쩍 넘도록 쓴 손을 어떻게 쉽게 바꾸겠는가.

"무엇보다 내겐 제일 소중한 게 멀쩡해."

"어떤 건데요?"

"절대 미각의 혀."

그가 오만한 표정을 지어서 나는 픽 실소를 흘렸다.

"스승님은 정말 대 — 단하세요."

"그렇지. 난 대단하지."

"비아냥댄 건데."

"뭐?! 이놈! 어딜 스승을……!"

그때 문이 스르륵 열리곤 영지에서 돌아온 할아버지가 빙그레 웃으며 들어왔다.

"아이고, 우리 손녀의 스승님."

"어, 어, 어, 어르, 어르신……."

"목소리가 우렁차십니다, 그려. 몸이 다 나은 모양이구만!"

"아, 아, 아니, 아닙, 아닙니다. 아, 아직 환자…… 술은 의사가 절대로 먹지 말랬……!"

"그렇지. 환자지. 내 손녀의 은인이고. 그러니 내가 직접 간호해야겠어."

"아, 아, 아닛! 아닙니닷!"

나는 할아버지에게 입 모양으로 '너무 심하게 하지 마세요' 하고 말했고, 할아버지는 씩 입꼬리를 올렸다. 할아버지에게 쟝뤼크를 맡기고 방을 나섰다. 오늘 저녁에도 쟝뤼크가 '왜 나를 혼자 두었냐'며 원망할 게 눈에 빤했다.

'저래 봬도 고마워하시는 건데.'

그렇지 않고서야 우리 할아버지가 남의 수발을 드는 건 상상할 수도 없다. 일단 동부의 왕이 별칭이니까 말이지. 그렇게 생각하며 계단을 내려가자 중간에서 마릴린과 마주쳤다. 그녀는 목소리를 바짝 낮추고 내 귓가에 속삭였다.

"영애와 영식들이 본저택으로 오셨습니다."

"뭐? 병영 쪽에 안 있고?"

아탈란이 샷된 자를 풀기 시작한 후, 성수가 있는 데다 어마어마한 누아제들과 샷된 자를 물리친 프렌시프 저는 어쩐지 방공호처럼 되어 버렸다.

부모들은 '저희는 몰라도 자식만은 지켜 주십시오' 하며 소중한 자식을 보내온 것이다. 할아버지와 가웨인은 귀찮아했지만, 란슬롯이 그들을 받아들이자는 의견을 냈다.

*[왜! 우리 사람들 지키기도 벅찬데 어째서 그것들까지 지켜 줘야 하는 거야. 귀찮은 짐이라고.]*

*[짐이기도 하지만, 달리 보면 인질이지. 아탈란에 넘어가지 못하도록 할.]*

*[인질?]*

*[자식을 보내 두었는데 애끓는 부모가 어떻게 배반을 하겠어.]*

틀린 말이 아니라며 아빠가 고개를 끄덕였다. 그렇게 하나둘 받아 주었더니 아탈란에서 버림받거나, 그들에게 신뢰를 잃은 귀족들까지 자식을 보내 왔다. 심지어는 저 자신도 받아 달라고 애걸이었다. 성질 급한 영애와 영식이 씨근덕거리며 계단을 올라왔다.

"이봐요, 프렌시프 양."

거기엔 로웨나의 말벗이며 나와 척을 졌던 크리스틴도 있었다. 아탈란에게 팽당해 우리에게 붙었지만, 배신할 가능성이 몹시 높아서 받아 주기로 했다.

"무슨 일인가요?"

"우리를 언제까지 더러운 병영에 가둬 놓을 참인가요?"

"가둬 놓다니요. 거기가 제일 안전해서 모셔 둔 거죠."

"하루 종일 천박한 병사들이 훈련하는 꼴이나 지켜봐야 하는 병영이 안전한 장소라고요? 우릴 우습게 보지 말아요!"

마릴린이 소리 없이 혀를 차며 "철부지." 하고 속삭였다. 동감이다. 부모는 자식을 살리려고 어떻게든 프렌시프에 고개 숙여 지낼 자리 하나를 마련했는데, 저쪽은 여전히 오만하니까.

대륙 전쟁 이후에 태어난 젊은 귀족들은 이 난리 통을 제대로 헤아리지 못했다. 가만히 있으면 알아서 정리될 일인 것처럼. 어쨌든 부모의 명으로 프렌시프에 왔지만, 은혜를 입고 있다는 생각은 전혀 못 하는 것 같았다.

'그러니까 귀빈으로 여겨 주길 바라지.'

게다가 걸핏하면 나를 잡고 아우성이었다. 할아버지나 란슬롯보다는 겉보기에 만만한 내가 대상인 것이다. 그래서 내 근처에 할아버지와 란슬롯이 없을 때만 골라서 찾아왔다.

"그래서 하고 싶은 말이 뭔가요."

내가 묻자 크리스틴이 팔짱을 끼며 말했다.

"이 저택의 자랑인 유리관에서 묵도록 조치하세요."

"그건 안 되겠는데요. 영애와 영식들을 유리관에 모시면 그곳에 또 상당수의 병사를 붙여 호위해야 해요."

"그럼 그렇게 하세요!"

"유리관은 공격당하면 쉽게 무너지는 구조라고요."

"유리관과 붙어 있는 본저택은 위험해서 어떻게 지내세요?"

"그야 내게 성수가 있으니까 저택에서 일하는 우리 사람을 지켜주려고—"

크리스틴이 흥, 콧방귀를 뀌었다.

"그놈의 성수. 있는지 없는지 눈으로 본 것도 아닌데 알게 뭐람."

영식들이 "있기는 하다잖습니까. 목격한 사람이 있으니까요." 하며 이죽거렸다.

"정말 그렇게 강한지는 봐야 알 일이죠."

크리스틴의 말에 덩치가 몹시 큰 영식이 껄껄 웃으며 계단을 한 칸 더 올라왔다.

"우리가 오죽했으면 이런 요구를 하겠습니까. 우리도 멀쩡한 데서 지내야 서로 간에 좋죠."

제일 거슬리는 건 이거였다. 집에 의탁하러 온 영식들이 자꾸만 추파를 던졌다.

[프렌시프 영애만 자빠뜨리면 인생 쫙 피는 거지. 이게 다 우리 거
　라고.]

　　저택을 쓰다듬으며 하는 말을 들은 적도 있었다. 며칠은 참았지
만, 이제는 슬슬 기분이 나빴다. 내가 그녀를 향해 입을 열려던 찰
나였다. 갑자기 사방에서 통신석이 울리더니 콜센터처럼 시끄러워
졌다.

　　'어제까지만 해도 이 정도는 아니었는데.'

　　통신을 받은 이들이 경직된 목소리로 상황을 공유했다.

　　"발렌슈드 령에 샷된 자 네 구(具)가 출현했습니다. 백작가의 지
원 요청입니다."

　　"손이 부족해! 그쪽에서 성식을 먹여서 상대할 수는 없나? 누아
제가 되면 샷된 자들을 상대할 수 있다는 걸 알려 줬잖아!"

　　"그쪽 영지에 지원자는 없고, 억지로 먹이면 분노로 제정신이 아
니게 된답니다."

　　"이런…… 샤르파크 령에도 누아제들이 스무 구(具)나 나타났다
는데. 곧 샷된 자화될 것들이 수두룩하다."

　　나는 황급히 소음의 중심에 있는 란슬롯에게 달려갔다. 영애와
영식들도 눈이 휘둥그레져서 나를 쫓았다.

　　"발렌슈드와 샤르파크를 넘으면 곧 프렌시프 령이잖아요! 우리
쪽은 무사한 거예요?"

　　"아버지가 영지에 내려가셨고, 가웨인도 애쓰고 있어. 게다가 그
것들이 모두 우리 영지 쪽으로 온다고 확신할 수도 없고. 샷된 자들
은 아탈란에서도 쉽게 움직일 수 없으니까."

행정관 하나가 "그보다 문제는……." 하고 중얼거렸다. 란슬롯이 얼른 그를 쏘아보았다.

"……."

행정관이 입을 다물어서 난 그의 손에 들린 서류를 빼앗았다.

'삿된 자들의 이동 경로.'

각지마다 나타난 삿된 자들이 주변을 폐허로 만들면서 황도 쪽으로 이동하고 있었다.

'내게 오고 있는 거야…….'

백여 구(具)에 가까운 숫자가 모두.

"세니아나. 무슨 생각하는지 알겠는데, 그런─"

"꺄아아악!"

"아악!"

난데없는 비명이 난무했다.

'이 느낌……. 삿된 자다!'

저택 내부를 지키던 기사들이 일시에 밖으로 나섰다. 내가 서둘러 창을 열자 이전엔 보지 못했던 거대하고도 거대한 오물 덩어리가 기괴한 소리를 내며 건물 중 하나인 유리관을 덮치려는 중이었다.

"쏴라!"

궁수들이 쏜 화살 비가 삿된 자에게 직격하였으나, 워낙에 거대한 탓에 완전히 막아 내지 못했다. 결국 삿된 자가 유리관을 덮쳤고, 유리관과 이어진 본저택이 지진이라도 난 듯 크게 흔들렸다.

"세니아나!"

"아가씨!"

란슬롯이 나를 감싸자마자 커다란 샹들리에가 떨어지며 엄청난 파열음이 들려왔다.

"오빠!"

란슬롯이 감싸 줘서 난 하나도 다치지 않았는데, 그는 고통으로 얼굴이 일그러져 있었다.

"괘, 괜찮아요? 괜찮은 거야? 어떡해……."

"난 괜찮으니 넌 어서 후문으로 저택을 나서."

그의 말이 끝나자마자 쾅! 소리와 함께 다리인지 촉수인지 모를 것이 저택 안으로 들어왔다.

[죽…… 인…… 다…… 죽인다…… 죽여…… 죽여!]

먼저 들어온 촉수로 바닥을 짚은 삿된 자가 엄청난 속도로 내게 돌진했다. 키에에엑―! 기괴한 비명이 귓속을 가르고 들어오는 것과 동시에 입이 십자로 벌어지며 무수히 많은 이빨이 드러났다.

[이놈―!]

목걸이에 걸린 마원들이 뜨거워진다 싶더니만, 작은 반달곰이 된 테디가 불쑥 뛰어갔다. 그러곤 콩, 하고 발을 걷어찼다.

"이놈이야! 아주 나빠! 누나를 무섭게 하면 못써!"

그 순간,

"비켜욧! 바보 곰!"

현신한 쵸는 순식간에 거대한 황금빛 여우가 되어 삿된 자를 물어뜯었다.

"주인."

스르륵 무너진 란슬롯을 대신해서 은발과 청안의 잘생긴 사내가 내 허리를 끌어안았다.

"멀린!"

"내게서 떨어지지 마시오."

쵸가 삿된 자에게 달려들 때마다 사방에 삿된 자의 오물이 튀었다. 머리에 검은 오물을 뒤집어쓴 젊은 귀족들은 거의 졸도할 기세였다.

"사, 사, 살…… 살…… 살려 줘."

"어, 어머니……. 어머니!"

바닥에 주저앉아 실금하는 자들도 있었다. 그동안 나는 끙끙 앓았다.

'마원들…… 제발 하나만 나서 주면 안 될까.'

마원들의 죄다 현신하자 나는 온몸의 피가 쑥 빠져나가는 기분이었다. 폐가 꽉 짓눌리는 것 같아서 헐떡이며 씩씩거리는 테디에게 손짓했다.

"테, 테디……."

"으아아앙! 우리 누나 죽는다! 죽는다!"

반달곰이 정신 사납게 주변을 콩콩콩! 뛰어다니며 꺼이꺼이 울었다.

"들…… 가."

"누나, 죽는다! 으아아앙! 나쁜 놈 때문에 죽는다!"

아니, 너 들어가라고……. 도움이 안 되잖니. 나는 멀린에게 파묻히다시피 기대고 씨근덕거리는 테디에게 손짓했다.

"테, 테디……."

"죽일 거야. 죽여, 나쁜 놈은 죽어야 해!"

그르르릉. 어디선가 묘한 울음소리가 전음처럼 느껴졌다. 그리고.

"케에에에엑!"

거대한 곰으로 변하더니만 앞발로 삿된 자를 후려쳤다. 거대한 덩어리가 일순간에 쾅! 주저앉았다. 저택이 크게 흔들리며 중심을 잃은 크리스틴의 앞에 십자로 벌어진 입 부위가 떨어졌다.

"꺄아아아악!"

테디의 시선이 주저앉은 크리스틴에게 향했다.

[너, 걔지. 못된 애.]

테디의 말을 들은 크리스틴이 "뭐, 뭐?" 하며 중얼거렸다.

[자꾸만 누나를 괴롭히는 못된 애야.]

"으……, 으으."

[누나, 내가 쟤 죽여 버릴까?]

그가 히히힛! 하고 앞발로 입가를 가리며 말했다. 나는 축 늘어져 대답할 힘도 없었고, 테디의 시선이 덩치 큰 영식에게 향했다.

[오호라! 못된 애가 또 있었구나!]

"아, 아니, 아니야……. 아니야……."

[누나를 화나게 하는 애는 거시기를 잘라야 해.]

귀엽기만 했던 목소리가 어쩐지 음산하게 들렸다. 순간 거대한 촉수가 날카롭게 허공을 가로질렀다. 쵸는 삿된 자에게서 분리된 오물에 휘감겨 있었고, 테디는 정신이 팔려 있는 상태. 나를 향해 가해지는 삿된 자들의 공격을 막아 낸 건, 순식간에 거대한 백사자의 형상으로 변한 멀린이었다.

크르르릉―! 멀린은 날카로운 포효와 함께 삿된 자의 촉수를 물어뜯었고, 허공에 가느다란 실선이 생기는가 싶더니 수많은 화살이 되어 떠올랐다.

[주인!]

그의 전음이 느껴지기 무섭게 나는 몸이 꽁꽁 얼어붙은 듯 경직되었다. 머릿속에 이해할 수 없는 수많은 문자가 떠올랐다. 후들후들 떨리던 몸과 세차게 뛰던 심장이 고요에 파묻히고, 나는 조용히 삿된 자들을 바라보았다.

'쏴.'

내가 한 것은 그저 속으로 화살의 방향을 떠올린 것뿐이었다. 허공에 떠올랐던 화살이 일제히 멀린이 앞발로 찍어누른 거대한 오물을 향해 쏟아졌다.

그 순간, 난 무너지듯 쓰러졌다. 내가 마지막으로 들은 건 "세니아나!" 하고 나를 부르는 란슬롯의 목소리, 그리고 찢어지는 것 같은 삿된 자의 비명이었다.


온몸이 얼어맞은 것처럼 고통스럽다.

"……씨, 아가씨!"

끙끙거리며 뒤척이던 난 울먹이는 목소리에 눈을 떴다. 침대 주변에 모인 하녀들이 깨어난 날 보고 환호성을 내질렀다.

"일어나셨어!"

"괜찮으세요?"

"어르신과 도련님을…… 어서!"

주변은 금세 소란스러워졌다.

"어떠세요? 네?"

"어지럽거나 토할 것 같다거나 하지는 않으세요?"

나는 신음하듯 "으응……." 하고 대답하고서 몸을 일으켰다.

"어떻게 된 거야?"

"성수들을 불러내신 게 힘에 부쳤던 모양이에요. 삿된 자를 물리친 후에 혼절하셨어요."

마릴린의 대답에 나는 퍼뜩 정신을 차리고 눈을 크게 떴다.

"삿된 자를 물리쳤어?"

"네. 아가씨께서요."

"사람들은? 병사들이나 사용인들, 아……! 오빠는? 오빠는 괜찮아?"

"모두 무사해요. 도련님도 크게 상하신 곳은 없으시고요."

"다행이다……."

나는 침대 헤드에 축 무너져 한숨을 내쉬었다.

'이번 삿된 자는 정말로 거대해서 무서웠어.'

그런 게 하나가 아니라는 것이 공포였다.

"의사를 불러올게요!"

"아니야. 이건 마원 때문이니까 의사에게 진료를 받아도 소용없어. 잘 먹고 잘 쉬면 금세 나을 거야."

내가 침대에서 일어나며 말하자 시트론은 걱정 어린 얼굴로 나를 부축했다.

"삿된 자 때문에 본채가 엉망이 되었어요."

그러고 보니 내 방의 가구들도 죄 상해 있었다. 벽에 실금 같은 균열이 생긴 것을 보니 수리 전엔 본채에서 생활하기 어려울 것 같았다.

"그럼 당분간 다른 곳에서 지내야겠네."

"별채 두 채에 각각 나눠서 짐을 옮기고 있어요."

"별채는 무사해?"

"네. 어르신과 도련님은 아가씨와 같은 아네모네 관에서 묵으실 수 있도록 조치했습니다."

나는 고개를 끄덕이며 방을 가로질러 걸었다. 문손잡이를 잡고 "병영은?" 하고 물었다.

"병영에도 여파가 있긴 하지만, 막사가 일부 무너진 정도예요."

"영애와 영식들이 거기선 못 지내겠다고 하겠는걸."

"아무래도 그런 모양이에요. 병영에서 짐을 옮기라 지시했답니다. 그런데……."

대화를 하며 문을 열었을 때였다. 나는 문 앞에 옹기종기 모인 영애와 영식들을 보고 눈을 홉떴다.

"여기서 뭐 하세요?"

"짐을 별채로 옮긴다고 들었는데……."

"그렇다더군요."

"우리도 세컨드 하우스로 거처를 옮기라더군요."

병영 막사에서 지내기 싫다고 그렇게 떼를 쓰더니. 저들에겐 차라리 잘된 일이다.

"그래요? 잘되었네요. 세컨드 하우스에서도 병사들이 호위할 테니 안전의 염려는 없겠어요."

"병영도……!"

황급히 대꾸하던 영애가 마른 침을 삼키며 눈치를 보았다.

"저기, 병영도 괜찮을 것 같은데요."

"네?"

"아니, 뭐, 몸을 의탁 중인 입장인데 이러저러한 요구를 하는 것도 염치없는 일이고…… 병영도 괜찮아요."

이 사람들이 왜 이런담. 샷된 자가 나타나기 전과는 딴판이다.

"할아버지가 결정한 일이니 신경 쓰지 마세요."

그 말을 끝으로 영애와 영식들을 지나치자 샛노란 드레스를 갖춰 입은 영애가 헐레벌떡 나를 쫓아왔다.

"아뇨, 우리는……!"

"그만 해요. 뭐 하는 짓이에요. 구걸하는 것처럼."

크리스틴이 날카롭게 만류하자 영애와 영식들이 인상을 찌푸렸다.

"그럼 영애만 세컨드 하우스로 떠나면 되겠네요."

"방해하지 말고 비켜요."

"그래요."

그러자 크리스틴은 얼굴을 붉히며 "이봐요!" 하고 소리쳤다. 그녀는 붉은 입술을 질끈 깨물고 나를 쫓는 젊은 귀족들과 대치했다.

"싫다는 사람 붙잡아서 얻는 게 뭐예요. 우리가 귀찮다는 말이잖아요."

이 사람은 대체 무슨 소리래. 난 어리둥절한 얼굴로 시트론을 바라봤다.

"무슨 일이야?"

시트론이 내 귓가에 입을 바짝 대고 속삭였다.

"샷된 자가 나타나고서 겁에 질린 모양이에요. 그 많은 병사가 모두 달려들어도 막지 못했던 샷된 자를 아가씨 홀로 물리쳤다고……."

"그래서?"

"아가씨 곁이 제일 안전한 자리라고 생각하시는 듯합니다."

아하, 그래서 이렇게 떠나기 싫다고 난리였구나. 영애와 영식들은 내 눈치를 보며 우물쭈물했고, 크리스틴은 그런 그들이 마뜩잖은지 몹시 불쾌한 표정이었다. 크리스틴이 입매를 비틀며 이죽였다.

"홀로 안전하면 그만인가 봐요."

"……."

"신이 세상을 이롭게 하라는 뜻에서 허락한 힘일 텐데 말이죠."

"……."

"포털 장사를 하거나 보그를 독점했을 때부터 느낀 바지만, 영애는 좀, 뭐랄까……."

그녀는 머리를 귀 뒤로 넘기며 눈을 치켜떴다.

"이롭지는 못한 모양이에요."

"그게 왜요?"

내가 대수롭지 않게 대꾸하자 크리스틴의 표정이 날카로워졌다.

"왜라니요? 잘못된 것을 모르겠나요?"

"남보다 탁월하게 머리가 좋은 사람들은 모두 나라를 위해 애쓰나요? 좋은 머리로 번 돈을 전부 기부해야 해요?"

"네?"

"남들에 비해 뛰어난 육체를 가진 사람은 무조건 전장에 나가 무공을 세워야 해요? 본인에게 뜻이 없어도?"

"이봐요, 영애."

"제가 가진 힘을 저를 위해 쓰는 게 무슨 잘못이 있다는 거죠?"

내 말에 크리스틴은 기가 막힌 듯이 입을 뻐끔거렸다. 나는 그런 그녀를 보며 고개를 모로 꼬았다.

"물론 나라에 위급한 일이 생기면 할 수 있는 한 도움이 되어야겠지만, 그건 소수에게만 해당하는 일은 아닐 테죠."

"뭐라고요?!"

"돈 있고, 힘 있는 사람들만 지켜 주는 건 부당하지 않다고 생각하세요?"

"……!"

"그건 사설 경호원과 뭐가 다른 거죠?"

"세니아나 프렌시프!"

나는 크리스틴에게 바짝 다가가서 말했다.

"도덕을 잣대로 나를 폄하하고 싶다면 본인부터 돌아보세요."

그 말을 끝으로 등을 돌리자 비명 같은 고성이 등 뒤로 따라붙었다.

"그 잘난 체! 얼마나 할 수 있을지 두고 볼 거야! 삿된 자만 없어지면 너도……!"

계단을 내려가려던 난 고개를 약간 돌려 부들부들 떨고 있는 크리스틴을 쳐다봤다.

"삿된 자가 나타난 지금, 우위에 있는 쪽은 나라는 뜻인가요?"

"그래요. 위기로 이득을 삼는 비열한 족속이라는 말이에요."

나는 빙그레 웃고 말했다.

"그런가요. 그렇다면 정말로 비열해져야겠네요."

"무슨 뜻이죠?"

나는 난간을 잡은 채로 그녀에게 시선을 고정했다.

"당신 앞에 삿된 자가 나타난다면 절대로 구해 주지 않겠어요."

그제야 크리스틴의 얼굴이 창백해졌다. 그녀가 당황하여 나를 향해 몇 걸음 내디뎠다.

"잠깐! 그건 너무 치사한……!"

"당신을 옹호하는 사람들도 마찬가지로 구해 주지 않을래요."

"……."

"그게 비열한 족속들이 하는 짓 맞죠?"

크리스틴이 입을 뻐끔거리기 무섭게 다른 영애와 영식들이 나를 쫓아왔다.

"자, 잠깐만요. 우리는 아니지요? 저는 크리스틴을 옹호한 적 없어요!"

"삿된 자가 나타나기 전에 억지를 쓴 점은 사과드릴…… 잠깐, 영애!"

꿀 먹은 벙어리가 된 크리스틴을 잠깐 쳐다본 나는 영애와 영식들을 떼어 내고 계단을 내려왔다. 시트론이 쿡쿡 웃으며 물었다.

"정말로 구해 주지 않으시게요?"

"눈앞에서 죽어 간다면 구해 주겠지. 그대로 죽으면 찜찜해질 테니까. 저런 사람의 죽음이 짐으로 남는 건 절대로 싫은걸."

"그런데 왜 그런 말씀을 하셨어요?"

"좀 조용히 하라고."

그러며 "좋은 말로 타일러서는 절대로 듣지 않는 부류잖아." 하고 가볍게 덧붙이자 시트론은 푸훗, 하고 웃음을 터뜨렸다.

1층으로 막 내려왔을 때였다. 행정관 하나가 헐레벌떡 복도를 뛰어갔다.

'또 무슨 일이 생겼나?'

나는 덜컥 겁이 나서 그를 붙잡고 물었다.

"뭐야? 무슨 일인데?"

"황제 폐하께서 깨어나셨답니다!"

나는 눈을 홉떴다.

'드디어!'

쓰러진 지 2주일 만의 일이었다. 그동안 도미니크가 필사적으로 상황을 다스렸지만, 황제가 병상에서 일어나지 못한 이상 완벽한 수습은 어려웠다. 난 행정관으로부터 소식을 들은 할아버지와 함께 황궁으로 향했다.

\* \* \*

눈을 뜬 황제의 곁엔 도미니크가 있었다. 그는 서늘한 얼굴로 지금까지의 일을 보고 받는 황제의 곁에서 침묵하고 있었다. 눈을 뜨자마자 희게 질린 얼굴로 상황을 헤아리는 황제는 마치 기계 같았다. 독을 준비한 이가 수십 년을 함께한 시종장임을 들었을 때조차 그의 표정은 몹시 고요했다.

"시종장은 고신을 이기지 못하고 자진한 것이냐."

"예."

"시체는?"

"안치실에 보관 중입니다."

지독하게 사무적인 부자를 지켜보던 알베르는 속으로 혀를 내둘렀다. 경직된 분위기를 이기지 못한 알베르가 조심스럽게 입을 열었다.

"폐하, 아직 옥체가 회복되지 않았으니 공무는 나중으로 미뤄 두시는 게……."

"형제가 역모를 저질렀을 때도 짐은 집무실에 처박혀 있었어. 이 깟 것도 이겨내지 못하면 만인지상의 자리에 앉을 수 있겠느냐."

"하지만……."

친자식은 아니어도 이십 년 넘게 지켜본 아들과 벗과 같은 시종장이 공모한 일로 목숨을 위협받은 사람이다. 알베르가 말끝을 흐리자 도미니크가 무미건조한 눈빛으로 그를 가만히 쳐다보았다. 그건 더는 황제를 만류하지 말라는 의미였다. 알베르가 작성한 보고서를 마지막까지 살핀 황제가 몸을 일으켰다.

"폐하!"

"미카엘에게 가봐야겠다."

"일어나신 지 두 시간이 채 되지 않았습니다."

"감히 짐의 걸음을 막겠다면 목 하나로는 어림없을 것이다."

도미니크는 쩔쩔매는 부관을 밀어 둔 채 문을 열었다.

"가시죠."

황궁 옥사까지 걷는 내내 부자의 사이엔 어떠한 말도 없었다. 철창 앞에 선 황제는 만신창이가 된 미카엘을 가만히 내려다보았다. 미카엘과 함께 갇혀 있던 황후가 엉금엉금 기어 철창에 다가가 소리쳤다.

"폐하, 폐하!"

평소의 모습이 온데간데없는 황후는 눈물로 애원했다.

"살려 주십시오. 살려 주세요! 부친의 강요로 일어난 일이었습니다. 저, 저는 폐하를 배신할 생각 따윈……!"

"누가 누구를 배신했다는 거요."

"폐, 폐하……."

"우리 사이에 있는 것이라곤 옆자리를 공유한 정뿐이라는 것을 알고 있소. 부부로서 바라본 적이 없으니 황후는 나를 배반한 적이 없소."

황후가 몸을 동그랗게 말며 입술을 짓씹었다. 황제의 시선은 황후의 뒤편, 벽에 가만히 기대앉은 미카엘에게 향했다.

"꼴이 볼만 하구나."

미카엘은 눈을 감은 채로 대답했다.

"완벽하게 보내드리지 못한 점, 애석하게 생각합니다."

"말본새하고는."

그가 혀를 차자 미카엘은 느른히 눈을 떴다. 깊게 가라앉은 눈동자가 어둠 속에서 미약한 빛을 발했다.

"깨어나지 않으셨다면 더러운 꼴은 보지 않으셨을 텐데요."

"아비에게 독을 먹이고 맛본 영광은 재미가 있더냐."

"몹시."

미카엘이 빙그레 미소지으며 이어 말했다.

"재미있는 일이야 많았지요. 특히, 제 자식이 아닌 것을 알고도 이십 년이 넘도록 손안에 쥐고 있던 부성애가 참을 수 없이 유쾌했습니다."

"그것참 잘 되었구나."

"한순간이라도 저를 자식으로 여긴 적이 있으셨습니까."

잔뜩 가라앉은 목소리를 들은 황제가 여상한 눈빛으로 피투성이가 된 아들을 바라보았다. 그의 얼굴 위로 서너 살 무렵의 사내아이와 선이 굵직해지기 시작하던 소년이 겹쳐졌다.

[폐하.]

미카엘이 세상에 나와 처음으로 뱉은 말은 그것이었다. 작은 소쿠리 같은 아이를 무릎에 앉힌 채로 제국의 지도를 보여 주던 날이 아득하게 멀어졌다. 정을 붙이려 들지 않았으나, 필사적으로 제 뒤를 따라오던 아이에게 눈길이 머무는 일은 다짐만으로 막을 수 있는 감정이 아니었다.

[어린 녀석이 밥투정 한 번을 안 하는군. 황태자는 피망이나 당근을 원수 보듯 하는데 말이지.]

[모후께서 폐하를 실망시키지 말라 하셨습니다.]

고작 다섯 살 먹은 아이가 의젓하게 대답할 적이면 가슴이 시큰 거릴 때도 더러 있었다.

*[4황자께서는 하늘이 내린 재보십니다. 걸음마와 함께 글자를 뗀 것은 물론, 열 살도 되지 않은 어리신 황자께서 인재의 중용이 나라 에 미치는 영향에 관해 막힘 없이 강연하시니 이가 바로 제국의 홍복 이 아니겠습니까.]*

황자들의 스승이 혀를 내두를 적마다 어깨가 으쓱했다. 유약한 황태자와 차마 제 손으로 기르지 못해 짐승 새끼처럼 세상을 경계 하는 도미니크 대신 그를 의지했다. 드물게 몸이 아플 적이면 밤 중 에 그의 방을 찾아 이마를 매만졌고, 의사들을 닦달했더랬다. 키운 정이 어찌 낳은 정만 못하겠는가.

황제는 미카엘의 질문에 대답했다.

"짐은 단 한 순간도 너를 자식으로 여긴 적이 없노라."

"다행입니다."

"내 자식들의 우산이 되고, 차양이 되어 준 점은 갸륵하게 생각하 마."

"예."

"못난 놈."

어찌 이리 야위었어.

"정신 빠진 놈."

할 것이라면 틈 없이 마무리할 것이지.

"짐승만도 못해서."

어찌 아비 앞에서 이런 꼴을 보여.

늘 그랬듯이 본심을 삭이고. 애끓는 부정을 부정하면서. 그는 그런 방법밖에 알지 못했다. 권력을 쥐는 법은 알았어도 아들을 끌어안는 방법만은 알지 못하는 남자였다.

입궁한 나는 황제를 알현하기에 앞서 알베르를 먼저 만났다. 그는 내가 바리바리 싸 온 것들을 보고 의아한 표정으로 눈을 끔뻑였다.

"이것들은 다 뭡니까?"

"이건 욕창에 좋은 연고라고 해서 가져왔고, 이건 파스예요. 밀가루랑 마늘로 만든 것과 무즙으로 만든 것, 또 멘톨이랑 천을 이용해서 붙일 수 있는 것도 있고…… 계속 누워 계셨으니까 움직이시면 관절이 아프실 것 같아서요."

"파스?"

"네, 파스요."

— 하고 대답하던 난 "아, 여긴 파스가 없지." 하고 간략하게 파스에 대해 설명했다.

"굉장하군요, 파스!"

"네? 뭐, 그렇…… 지요?"

"파스, 오오, 이게 파스라!"

탐이 나는 것처럼 눈이 반짝여서 난 "한 번 해 보실래요?" 하고 물었고, 알베르는 냉큼 고개를 끄덕였다. 사용법을 알고 있는 내 기사들이 그의 손목이며 등에 수제 파스를 발라 주는 동안 나는 도미니크의 서재를 구경했다.

"서류가 많네요."

"이런저런 일이 많았잖습니까. 수습하느라 고생하고 계시죠."

알베르는 곧 화끈거리기 시작한 멘톨 천연 파스가 몹시 마음에 드는 모양이었다. 파스를 붙인 손목에 정신이 팔린 채로 연신 "호오……, 오!" 하고 감탄했으니까.

"폐하께서는 괜찮으세요?"

"몸은…… 속이야 그렇지 못하시겠지만요."

"속이 왜요?"

"4황자…… 아니, 미카엘을 만나고 오시더니 내내 방에 틀어박혀 계십니다."

그에게 미카엘과 황제 사이의 이야기를 듣던 난 가늘게 신음했다.

'황족이란 것도 마냥 편하진 않구나.'

그들 어깨에 짊어진 짐이 얼마나 무거울지 짐작도 되지 않아서 나는 어떤 말도 쉽게 내뱉지 못했다. 내가 우두커니 앉아 있는 동안 알베르는 그간의 일을 말해 주었다.

"황태자 전하께서는 고신 후유증으로 제1황자궁에서 나오질 못하시고, 로웨나 황비님께서도 전하를 간병한다고 황궁의 일은 뒷전이십니다."

"……."

"황후도 없고, 가브리엘라 황비는 와병 중, 코트니 황비는 미카엘과 엮여서 황비궁에 구금되셨고요."

"……."

"이러니 우리 저하께서 눈 붙일 시간조차 없으시죠."

"연락할 적엔 그런 말씀…… 없으셨는데."

"원래 힘든 내색할 줄 모르는 분이시죠. 엊그제 황궁 시종 하나가 삿된 자가 되었을 때도……."

"삿된 자가 되었다고요?"

"예, 황궁에도 성식이 흘러들었으니까요. 황궁에서도 삿된 자가 나타났다는 얘기가 돌면 민심이 걷잡을 수 없게 동요될 테니, 홀로 수습하셨지요."

"……."

"그 와중에 귀족들이 연일 찾아와 시끄럽게 굴고."

"……."

"동부를 제외한 각 부의 귀족들은 성녀에게 주어진 의무를 행하게 하라고 ― 아……."

정신이 팔려서 주절거리던 알베르가 입을 다물었다. 그러곤 어색하게 웃었다.

"영애께선 신경 쓰지 않으셔도 됩니다."

테이블에 널브러진 서류를 주워든 그가 "저하가 늦어지시는군요. 모셔오겠습니다." 하더니 도망치듯 방을 나섰다. 커다란 창으로 가득 내리쬐는 햇살이 눈을 찌르는 것 같았다.

얼마 후, 방문 너머로 다급한 발소리가 들리더니 쿵! 문이 열렸다. 땀으로 범벅이 된 도미니크가 숨을 정리하며 맞은편에 앉았다.

"회의가 길어졌습니다."

아발론에서 제2황자궁까지 가볍게 걸어서 삼십 분. 알베르가 말을 전하러 간 지 삼십 분이 채 되지 않았으니, 그는 틀림없이 뛰어왔을 것이다.

생각해 보면 늘 그랬다. 내가 그를 필요로 할 때마다 언제나 이렇듯 필사적으로 나를 향해 뛰어왔을 터였다.

"……."

"홀로 계시기에 무료하시지 않으셨습니까."

그는 단 한 번도 내게 힘든 내색을 하지 않았다. 경합부터 삿된 자들이 이 땅에 도래한 지금까지 나는 수없이 칭얼거리고 힘들다며 어리광을 부렸으나, 그는 늘 다정하게 내 말을 들어 주었다. 내가 그에게 기댈 수 있었던 시간들은 전부 그가 부족한 잠을 쪼개고, 없는 시간을 겨우 만들었던 것이다.

나는 며칠 사이에 수척해진 그를 가만히 올려다보았다.

"좀 주무셨어요?"

"예."

거짓말쟁이.

"식사는요?"

"간단하게 했습니다."

그의 방 어디에서도 식사의 흔적을 찾을 수 없었다. 커피잔만 가득 쌓여 있을 뿐. 그는 손등으로 내 뺨을 가볍게 문질렀다.

"창백한 것 같은데."

"……."

"성수 때문에 괴로울 텐데 황궁까지는 왜 오셨습니까. 쉬시죠."

제 몸이 부서져도 내 미열이 우선인 사람이었다. 나와 그가 만나

고부터 내내 그는 상냥한 거짓말을 수도 없이 했다는 것을 왜 이제야 알았을까.

"힘들진 않으십니까."

"……힘들어요."

그가 미간을 좁히며 내 얼굴을 지그시 응시했다.

"마탑에 결계를 해제하라 이르겠습니다. 포털로 귀가하십시오."

"여기서 눈 붙이면 되지요."

"……여기서요?"

"네."

그가 설렁줄을 잡고 "담요를……." 하고 말해서 나는 얼른 그의 손목을 끌어당겨 내 옆에 앉혔다.

"저하면 돼요."

난 무릎을 툭툭 치고 그를 올려다보았다.

"무릎 담요가 되어 주세요."

"내가 올라타면 부러질 텐데."

"머리만 살짝 올려 주셔도 충분합니다."

나는 애써 장난스럽게 웃고 그를 끌어당겨 눕혔다. 내 무릎을 베개 삼아 누운 그가 "무슨 조화인지 모르겠네." 하며 픽 실소를 흘렸다. 머리를 쓰다듬자 그는 금세 눈을 감았다. 흑단 같은 머리칼이 손가락에 가볍게 감겼다가 녹아들 듯 스르륵 빠져나갔다.

"프렌시프에 무슨 일 있습니까."

"아니요."

"아니면."

약간 붉은 그의 눈가를 손끝으로 매만지다가 고저 없는 목소리로 대답했다.

"꿈에 왜 나타나지 않았어? 기다렸는데."

"가고 싶었는데 갈 수 없었지."

"마지막으로 당신을 보았을 때를 기억해."

"선생님이 아픈 게 당신 때문이라고 울던 날 말이죠."

나는 고개를 저었다. 마지막으로 그를 본 건 칠흑같이 검은 어둠 속이 아니었다. 어둠 속에서 우린 오직 서로만을 보고, 대화할 수 있었는데 마지막으로 그를 보았을 적엔 달랐다.

눈이 아주 많이 오는 곳. 마법처럼 아름답지만, 그러했기에 외려 스산한 곳에 홀로 선 그는 야트막한 무덤을 하염없이 바라보고 있었다. 털이 바짝 선 살쾡이 같던 어린아이가 아니라 선이 굵어지고, 그만큼 더 메마른 눈빛으로. 그는 천 쪼가리를 겨우 기운 듯한 망토를 무덤 위에 덮어 주었다.

*[노인네, 그리도 이승을 지겹게 여기더니.]*

바람 소리에 파묻혀 바스러진 목소리가 애달팠다. 눈발 속에서 한참을 고개 숙이고 있던 그가 무어라 중얼거렸다. 그때는 도무지 알 수 없던 말이 이제야 들리는 것만 같았다.

"가기 싫어요, 스승님."

"……."

"그렇게 말하던 당신을 보았어. 그러니까, 황궁이 싫다면 더는 그 무게 감당하지 않아도—"

도미니크는 벌떡 일어나 나를 쳐다보았다. 나는 그의 시선을 피하지 않았다. 눈이 커져서 입을 열던 그는 황급히 등을 돌렸다. 커다란 손으로 얼굴을 감싸는 게 얼핏 보였다. 나는 고개를 모로 꼬고 그의 등을 빤히 보았다.

"왜요?"

"……."

"저하, 몸이 안 좋으세요?"

"……."

"저하."

나는 깜짝 놀라서 그의 팔을 잡았다. 도미니크는 "괜찮습니다." 하고 작은 목소리로 대답했지만, 나는 계속 염려되었다.

"무슨 일인데요."

"아닙니다."

"근데 왜 나를 못 보는 건데. 네?"

"……쪽팔…… 서."

"네?"

그가 큼, 헛기침을 하더니 슬쩍 나를 돌아보았다.

"잊어 주십시오."

"……?"

"사춘기엔 누구나 도망치고 싶은 법이지 않습니까."

"무슨 말씀을 하시는 거예요?"

내가 미간을 좁히자 도미니크도 의아한 표정이었다.

"그 뒤는 못 보셨습니까?"

"네."

"……."

"……?"

그가 소파 등받이에 팔을 걸친 채로 크게 한숨을 내쉬었다.

'그 뒤에 무슨 일이 있었구나!'

나는 눈이 반짝반짝해져서 그에게 매달렸다.

"뭔데요? 무슨 일이 있었는데요?"

"……."

"네? 알려 주세요!"

"……."

"궁금하단 말이에요."

뭐길래 도미니크가 이렇게 부끄러워할까. 그는 궁금해서 어쩔 줄 모르는 나를 보더니 곤란한 듯 인상을 찌푸렸다.

"저하!"

"……니다."

"네?"

"울었습니다. 황궁에 가기 싫다고."

말도 안 돼! 꿈에서 본 작은 도미니크는 몹시 조숙했다. 피범벅이 된 몸으로도 절대 울지 않는 아이였다. 그런 그가 다 커서 울었다고? 정말?

'보고 싶어!'

나는 그의 팔에 매달려서 "왜요? 왜요? 아빠를 보러 가는 거잖아요!" 하고 물었다.

"……그 나이가 되도록 아버지를 본 게 한 손에 꼽을 정도였습니다. 타인이라고 생각했었죠."

"그래서 가기 싫었어요? 모르는 사람만 있는 황도가 싫어서?"

"······예."

"겁먹었구나~!"

"열여섯 즈음이었습니다. 사춘기였기도 하고요."

그가 필사적으로 변명했다. 난 웃으면서 얼굴이 붉어진 도미니크를 빤히 보았다.

"그랬구나~ 가기 싫어서 엉엉 울었구나~"

어쩐지 즐거워서 난 그가 부끄러워하는 것을 알고도 자꾸만 픽픽 웃음이 새어 나왔다. 찔러도 피 한 방울 안 나올 것 같은 사람이 황도에 가기 싫어서 울었다니.

'엄청 귀엽잖아~!'

도미니크는 "그만."이라고 하며 내 양 볼을 한 손으로 잡았다.

"그만 놀리세요."

난 그의 얼굴을 양손으로 덥석 잡은 채 눈을 빛냈다.

"또 울어 봐요."

"······예?"

"지금 울어도 엄청 귀엽겠지요? 귀여울 거예요, 분명!"

아아, 꿈이 더 이어졌으면 좋았을 텐데. 등교하라고 선생님이 깨워서 더 못 봤지 뭐야. 아쉬움이 뚝뚝 떨어지는 눈빛으로 어이없는 표정의 도미니크를 쳐다봤다.

"원하는 건 전 ─ 부 해 줄 정도로 귀여울 거라고요."

그는 눈을 가늘게 뜨고서 "재워 주려는 게 아니었습니까? 그런 느낌이었는데." 하고 말했다.

"그러려고는 했지요. 그래야 하는데…… 으음."

도미니크가 다시 내 무릎 위에 벌러덩 누웠다.

"계속 재워 주시죠."

아우, 피곤한 사람에게 계속 떼를 쓸 수도 없고. 나는 엄청나게 미련이 남은 표정으로 꼿꼿이 눈을 감은 도미니크를 쳐다보았다.

도미니크를 두어 시간가량 재운 후에 난 아발론으로 향했다. 그즈음, 저택의 사고를 정리한 할아버지와 란슬롯도 입궁해서 우린 함께 황제의 앞에 부복했다.

미카엘을 만났다고도 하고, 음독한 후 일어난 지 얼마 안 되어서 황제가 몹시 걱정스러웠는데, 그는 평소처럼 느물느물한 표정으로 우리를 맞았다.

"아, 세상모르고 잤지 뭐요. 덕분에 깨보니 귀찮은 일이 전부 처리되어 있더군."

그러더니 "충분한 휴식보다 좋은 명약은 없다니까." 하며 껄껄 웃는 바람에 할아버지는 몹시 언짢은 얼굴이었다.

"제국 각지에 삿된 자가 나타났습니다."

"알고 있소."

"하면 이리 용안이 개운하여서는 아니 될 것인데."

할아버지가 혼잣말하듯 힐난했고, 나는 할아버지의 소매를 쭉 끌어당겼다.

"할아버…… 조부님."

할아버지는 입을 다물었고, 그 모습을 본 황제가 무릎을 치며 껄껄 웃었다.

"황명도 개가 짖는 줄 아는 '어르신'이 손녀딸에겐 이처럼 약하시군."

란슬롯이 빙그레 웃었다.

"집안이 다복한 편입니다."

어쩐지 '누구와는 다르게' 하고 뒷말이 이어지는 것 같아서 난 당황스러웠다. 황제도 란슬롯이 웃는 얼굴로 빈정거린 것을 아는지 눈빛이 묘해졌다.

"겁이 없는 건 가풍이었나."

하지만 그 외에 별다른 말은 없었다. 의자에서 일어난 황제는 고개를 끄덕였다.

"이리 겁이 없는 것을 보면 내 땅을 쑥대밭으로 만든 놈들을 토벌할 확실한 계획은 가지고 있는 것이겠지. 프렌시프의 후계."

란슬롯이 고개를 수그리곤 대답했다.

"미력하나마 힘을 보태겠습니다."

"일어나시오."

황제가 소파에 앉으며 고개를 끄덕였고, 할아버지와 란슬롯, 나는 맞은 편에 앉았다. 도미니크는 황제의 뒤편에 서 있었다. 황제와 우리 가족은 내내 머리 아픈 회의를 이어갔다. 나는 '여기 계속 있어도 되는 걸까' 하는 표정으로 보았는데 다들 정신없이 집중한 듯하여 가만히 손만 매만졌다.

"영애의 생각은 어떻지?"

얼마 지나지 않아 황제가 물었고, 난 움찔해서 눈을 깜빡였다.

"글쎄요……. 사실 제가 여기서 할 수 있는 일이라곤 포털을 열거나, 성수를 불러내거나, 누아제들을 정화하는 것밖에 없어서."

황제가 한쪽 눈을 찌푸린 채 말했다.

"능력이 출중한 점을 자랑하는 건가."

"……?"

어리둥절한 표정으로 보자 란슬롯이 빙그레 웃었다.

"너야말로 우리가 가진 가장 큰 무기이지. 그래서 계책을 낼 수 있는 것이고."

"할 수 있는 선에선 제국을 위해 애쓸 생각이에요."

할아버지가 뿌듯하다는 듯 내 머리를 쓰다듬었고, 황제는 어쩐지 언짢은 얼굴이 되었다.

"핏줄 복이 많구려."

"그런 편입니다."

"그렇게 뻔뻔하게 대답하면 자식 한 놈은 구금되어 있고, 자식 한 놈은 쓰러져 빌빌대고 있는 짐의 심기가……."

농담이 오가는 것을 보니 아직까지는 그리 큰 위기는 아닌 모양이었다. 나는 그들 사이에서 얌전히 이야기를 듣다가 시계를 보고 "아." 소리쳤다.

"가브리엘라 황비님께 가 봐야 할 시간이라서 실례하겠습니다."

황제가 고개를 끄덕이는 순간이었다.

"폐하!"

새로 임명된 시종장이 새파란 얼굴로 황제의 집무실에 뛰어 들어왔다.

"무슨 일이냐."

"황도 경계선이 무너졌습니다."

"뭐라!"

황제가 벌떡 일어나 소리치자 거대한 양피지를 끌어안고 온 시종장이 마른 침을 삼키며 말을 이었다.

"황도 근경을 지키던 오뵈르 군이 전멸했습니다. 삿된 자들이 황도로……!"

뭐라고? 황제가 벌떡 몸을 일으키자 시종이 거대한 양피지 두루마리를 테이블에 내려놓았다. 삿된 자들의 이동 경로를 체크한 지도였다.

나와 할아버지, 란슬롯, 그리고 도미니크가 황제에 이어 지도를 확인했다. 현재 황도로 넘어온 삿된 자들의 수가 서른하고도 둘이었다. 황도 근처에서 제국군과 대치 중인 수는 헤아리기 어려울 정도였다. 이대로 가다간 일백 구가 넘는 수의 삿된 자가 황도를 덮칠 것이다.

'너무 빨라.'

우리 측의 예상으론 삿된 자가 황도에 도착하는 건 적어도 보름 뒤였다. 굳은 얼굴로 지도를 보던 할아버지가 시종장을 돌아보았다.

"한 구(具)를 퇴치했다는 소식을 어제 느지막이 전달받고, 오늘 낮엔 지원군까지 내려보냈어. 그런데 갑자기 전멸이라니!"

"지원군이 도착하기 전, 삿된 자 네 구(具)가 들이닥쳤다고 들었습니다."

"누아제가 삿된 자화된 것이냐."

시종장이 고개를 저었다.

'완전한 삿된 자가 튀어나왔다고?'

이렇게 갑자기? 황제가 눈살을 찌푸렸다.

"아탈란이 삿된 자를 풀고 있는 근거지가 황도 근처라는 건가."

황제의 말에 란슬롯이 고개를 저으며 대답했다.

"그럴 리 없습니다. 삿된 자가 제국에 출몰한 후 즉시 황도를 수색하기 시작해서 근경까지 조사를 마쳤습니다. 그 어디에서도 아탈란의 흔적을 찾을 수 없었습니다."

"아탈란에 의해 보고서가 조작되었을 가능성은 없는가."

"몇 번이나 확인을 거쳤습니다. 말씀하신 가능성은 전무합니다."

"하면 이렇게 갑자기 나타난 것은 누아제가 삿된 자화 되었다고밖에 볼 수 없지."

"아무래도 그렇겠지요."

황제가 "오뵈르 군에게 다시 한 번 확인하라."라고 시종에게 명했다. 황제와 란슬롯이 대화를 나누는 동안 지도에 표시된 삿된 자의 이동 경로를 지긋이 응시하던 내가 말했다.

"포털이에요."

"뭐?"

"뭐라?"

란슬롯과 황제, 할아버지가 나를 쳐다보았다. 황제는 인상을 찌푸리며 말했다.

"그럴 리가. 현재 이 제국에서 포털을 쓸 수 있는 사람은 영애가 유일하지 않나."

"대사제는 포털을 쓸 수 있어요."

아탈란의 사제가 샷된 자, 그리고 샤를리나와 함께 프렌시프 령으로 이동한 것을 보았다. 게다가 프렌시프 군이 그들의 본거지였던 동부 별궁을 포위했을 적에 포털을 이용해 빠져나가지 않았는가.

할아버지가 고개를 끄덕였다.

"그렇지. 대사제가……."

란슬롯이 이해할 수 없다는 표정으로 지도에 이어진 실선을 매만졌다.

"하지만 이상하지 않습니까."

"포털이 있다면 이상할 것은 없지."

황제의 말에 란슬롯이 대답했다.

"포털이 있다면 현재 아탈란의 방식은 너무나 비효율적입니다."

"그건……."

"저라면 즉시 황도로 진격해 폐하를 비롯한 황족 모두를 해하였을 겁니다."

"……."

"전쟁이란 건 체스와 다름없습니다. 킹을 잡은 쪽이 승리하는 게임이란 말입니다."

"……."

"아탈란이 샷된 자를 풀기 시작했을 당시, 폐하께서는 음독하여 쓰러진 상태로 황궁은 몹시 혼란스러웠습니다."

턱을 쓰다듬던 황제가 눈을 가늘게 좁혔다.

"그럴 때 삿된 자를 풀었다면 황궁은 손쉽게 무너졌을 테지."

"예, 게다가 황도는 제국에서 가장 굳건한 수비를 자랑하는 곳입니다. 거점으로 삼을 수만 있다면 황도의 이점을 흡수할 수 있을 테지요."

도미니크가 고개를 끄덕였다.

"지휘관을 잃은 오합지졸들만 정리하면 끝이 나는 게임을 이렇게까지 어렵게 할 필요는 없습니다."

그들의 말을 가만히 듣던 내가 입을 열었다.

"그렇다면 하나뿐이군요."

"그래……."

"그렇구나."

황제와 할아버지가 차례로 대답했고, 내가 쐐기를 박았다.

"저들의 포털을 열기 위해선 조건이 필요한 거예요."

황제가 인상을 찌푸렸다.

"대체 그 조건이 무엇이냐. 날짜? 아니면 날씨?"

아탈란의 사제가 프렌시프로 나타났을 때. 대사제가 동부 별궁을 빠져나갔을 때. 두 번 모두 날짜도, 날씨도, 하다못해 포털을 연 자도 달랐다.

"……장소예요."

"장소!"

"지금 생각해 보니 이전에 그들이 동부 별궁을 거점으로 삼은 게 이상해요."

"이상하다니?"

"동부 별궁은 레오나 님과 폐하께 추억의 장소죠. 즉, 폐하의 눈길이 가장 많이 닿는 곳이라는 뜻이에요."

등잔 밑이 어둡다는 생각만으로 동부 별궁을 거점으로 삼진 않았을 거다.

"그래, 이상하지. 몹시."

"한 번 프렌시프에 패배한 뒤에 다시 프렌시프 근처에서부터 삿된 자를 보낸 이유도요."

"동부 근처에서만 포털이 사용 가능하다는 말이냐?"

"예."

나는 얼른 란슬롯을 쳐다봤다.

"오빠, 동부에 연락을 취하세요."

"그래."

"동부를 샅샅이 뒤져 거점을 알아내야 해요. 그리고 아탈란을 쳐야 우리에게 승산이 있어요."

란슬롯이 통신석을 잡았고, 황제와 할아버지는 황도에 나타난 삿된 자들의 처리를 논의했다.

"일단 중앙군을 풀어야겠소."

"사람은 당해 낼 수 없습니다. 황궁 안에까지 성식이 퍼져 있으니, 그것들을 수거해 누아제로 만든 뒤에……."

"즉시 누아제가 될 수 있는 거요? 다른 귀족들이 올린 보고에 의하면 성식을 먹여도 짧게는 며칠, 길게는 몇 주도 걸렸다던데."

"프렌시프에서는 가능했습니다."

"어떻게 말이오."

그게 가능했던 것은 우리 군사들이 성식을 섭취할 때 도미니크가 있었기 때문이었다. 그리고.

'그렇게 되면 도미니크는⋯⋯.'

나는 그를 쳐다보았다. 황도에 쳐들어온 삿된 자의 수는 프렌시프 때와 비교할 수 없다. 몇 배에 이르는 수의 누아제가 필요하고, 그렇다는 건 도미니크가 감당할 위험이 훨씬 더 커진다는 말이었다. 나는 치맛자락을 꽉 쥐고, 황제에게 말했다.

"⋯⋯제가 갈게요."

"뭐라?"

"저는 삿된 자들에겐 천적이라, 그들은 저를 최우선으로 노려요."

"무슨⋯⋯."

"제가 황도와 반대편으로 이동하면 삿된 자들도 따라올 게 분명해요!"

내가 미끼가 된다면 삿된 자들을 황도 밖으로 끌고 올 수 있을 것이다. 내 말을 들은 할아버지와 란슬롯이 소리쳤다.

"세니아나!"

"아가!"

도미니크까지 딱딱하게 굳은 얼굴로 내 팔을 잡았다.

"안 됩니다."

"하지만⋯⋯."

"그게 얼마나 위험한 일인지 몰라서 그래!"

도미니크가 날카롭게 소리쳤다. 집무실의 분위기가 얼어붙었다.

그 후 한 시간이 넘게 씨름이 이어졌다.

"간다니까요!"

"안 돼!"

할아버지는 내 손을 붙잡고서 놓아주지 않았고, 란슬롯도 얼굴로 단호히 고개를 저었다. 도미니크까지 나를 뜯어말렸다.

누아제가 된 프렌시프의 암군이 삿된 자들과 치열한 사투를 벌이고 있다. 하지만 나무 몇 뿌리로 강둑이 무너질 시간을 지체시키는 것에 불과했다.

"곧 더 많은 수의 삿된 자가 황도로 넘어올 거예요. 그럼 우린 이대로 죽을⋯⋯!"

"그럼 죽어야지!"

할아버지가 날카롭게 소리쳤다.

"너를 제물로 바쳐야 하는 승리가 무슨 의미가 있어!"

"할아버지⋯⋯."

"정히 막아 낼 수 없다면 너와 함께 죽을 것이다."

"⋯⋯."

할아버지가 내 어깨를 붙잡았다.

"나는 한 번도 나를 보는 세간의 시선을 부정한 적이 없다. 난 이기적이고 추악한 노인네가 맞아."

"⋯⋯."

"세니아나. 내겐 저들 수천, 수만의 목숨보다 내 손녀 하나가 중하다."

"……."

"이 제국도 네 목숨 하나만 못해."

"아니, 왜……."

나는 인상을 찌푸리고 할아버지를 쏘아보았다.

"왜 자꾸 제가 죽는다고 하세요!"

"뭐?"

"안 죽어요. 죽기 싫어요. 저는 오래오래 살 거란 말이에요!"

나는 해 보지 못한 것들이 너무나 많았다. 가족들이랑 여행도 가야 하고, 스위트피의 집에 파자마 파티도 하러 가기로 했다. 바닷가에 예쁜 식당도 차려야 한다. 장뤼크가 손이 나으면 내가 좋아하는 요리를 잔뜩 만들어 주기로 했으니 그것도 먹어야 한다.

아빠가 생일 때 편지를 써 주기로 했는데, 그것도 엄청 기대하고 있다. 나는 백 살이 넘도록 오래오래 살다가 자식 손주 옆에 두고 옛날이야기도 하고 싶단 말이다. 그런데 내가 왜 죽어.

"그냥 삿된 자들을 황도 밖으로 몰아내기만 할 거라고요. 그것보다 더 좋은 방법이 어디 있어요?"

"중앙군을 누아제로 만들면ㅡ"

"싫어요!"

"도미니크가 네 할애비보다 중요하다는 게냐!"

할아버지가 버럭 소리치자 란슬롯이 "조부님." 하며 한숨을 내쉬었다. 란슬롯은 내 어깨를 잡고 시선을 맞추었다.

"세니아나, 너는 우리가 삿된 자들에게 미끼가 된다고 하면 보내 줄 거니."

"……."

"가웨인이 누아제의 민란을 처리하기 위해 프렌시프로 갔을 적에도 그렇게 마음 아파했지?"

"……."

"우리도 그래. 가웨인 때보다 몇십 배는 더 위험한 일을 한다는 걸 두고 볼 수 없잖아."

"하지만 갔잖아요."

"뭐?"

"가웨인도 갔잖아!"

나는 울먹이며 란슬롯을 노려보았다. 그는 또 한 번 한숨을 크게 내쉬고 고개를 숙였다. 다시 얼굴을 든 그가 말했다.

"이건 떼를 쓴다고 되는 일이 아니야."

"난 포털도 있고, 성수도 있단 말이야. 그저 유인하는 것뿐이라고."

"세니아나!"

"오빠가!"

나는 꽥 소리쳤다.

"오빠가 위험해도 난 이렇게 할 거야. 나도 할아버지 핏줄이니까. 이기적이래도 좋아."

"……."

"내가 할 수 있는 일을 왜 하지 말라고 해?"

"……."

"나는 언제까지 어린애여야 해?"

"……."

"오빠, 나는 성인이야. 내가 스스로 결정하고, 결정한 일을 실행할 수 있어."

흐르는 눈물을 소매로 벅벅 닦은 난 할아버지와 란슬롯을 똑바로 바라보았다.

"난 오빠와 할아버지, 가족들이 지고 있는 짐을 상상할 수도 없어. 한 번도 그런 적이 없으니까."

"……."

"가족들이 그럴 기회를 주지 않았으니까."

"……."

"할아버지와 오빠는 왜 내게서 가족들을, 사랑하는 사람들을 지킬 기회를 박탈하는 거야?"

두 사람은 아무런 말도 하지 못했다.

"나는 가족들이 만든 울타리 안에 있는 지켜 줘야 할 어린애가 아니에요."

"……."

"내게서 선택권을 박탈하지 마세요."

란슬롯의 손에서 스르륵 힘이 빠졌다. 멍하니 날 바라보는 그들을 뒤로하고 난 복도를 걸었다. 생각해 보면 그랬다. 윤세나일 적엔 뭐든 혼자 하던 내가 어느새 모든 일을 가족들과 상의하고, 그들 품에서 앳된 막내로 살고 있었다.

'그건 싫어.'

나는 지켜 줘야 할 사람이 아니라 누군가를 지키는 사람이 되고 싶다. 황도엔 할아버지가 있었다. 큰오빠가 있다. 아빠와 작은오빠가 돌아올 집이 있다. 사랑하는 사람이 있다. 나를 사랑해 주는 사람도 잔뜩 있었다. 나는 내 집을 지킬 것이다.

저택에 돌아온 나는 통신석을 통해서 아빠와 아주 긴 이야기를 나누었다. 아빠는 내 이야기를 오랫동안 묵묵히 들어 주었다.

"그러니까 저는 가족들의 결정에 따라 제 선택을 번복하는 게 아니라 제가 하고 싶은 일을—"

[그렇다면 내 딸은 지금 아비에게 통보를 하고 있는 게로구나.]

통보……. 나는 잠깐 멈칫했지만 이내 고개를 끄덕였다.

"그럴지도요."

[세니아나.]

"네."

[너를 사랑해서 말리고 싶다는 말은 통하지 않을 시점인 것이냐.]

"……네."

통신석에서 아빠의 가는 한숨 소리가 흘러나왔다.

[네가 고심해서 결정했다면 그리해.]

"아빠……!"

내가 밝게 소리치자 아빠는 [다만.] 하고 단호한 목소리로 이어 말했다.

[네게 가족들을 지킬 기회가 필요하듯, 우리에게도 너를 지킬 기회가 필요해.]

"그 말씀은……?"

[너 또한 네 결정을 번복하지 않는 선에서 가장 안전한 호위 정도는 감당해야겠지.]

차마 그마저 거절할 수 없었다. 홀로 생각에 잠겨 있느라 대답이 지체되자 아빠가 먼저 물었다.

[그마저 싫다면 떼를 쓰고 있는 걸 테고.]

"……아뇨, 싫다는 게 아니라요."

[아니라?]

"그냥…… 아빠가 제일 반대하실 줄 알았는데 생각보다 쉽게 허락해 주셔서요."

[믿으니까.]

"……네?"

[아비가 자식을 믿는 것은 당연한 일이지.]

아빠가 한숨을 작게 쉬는 소리가 들렸다.

[가슴이 새카맣게 타들어 재가 되더라도.]

그가 마지막으로 덧붙인 말이 가슴 아프긴 했으나, 한편으로는 벅차올랐다. 나를 이렇게 믿어 주는 사람이 있다는 것. 그게 몹시 행복해서.

"돌아올게요. 무사히."

[그래.]

끝없이 다정한 그와 통신을 마치고, 겨우 밖으로 나서자 의기소침해진 할아버지가 방 앞을 맴돌고 있었다.

"할아버지……?"

"네 선택을 번복하게 하려는 게 아니라……!"

할아버지가 다급히 손을 내저으며 이어 말했다.

"손님이 왔다."

지금? 나는 눈을 동그랗게 뜨고 할아버지와 함께 응접실로 들어갔다. 소파에 앉은 도미니크가 보였다.

"저하?"

"……말리셔도 듣지 않으신다기에."

서로 싫어할 때는 언제고 이렇게 죽이 맞았담? 나는 단호히 고개를 저었다.

"그래서요?"

"……한 번 울어 보려고 합니다."

나는 기가 막혀서 인상을 찌푸렸다.

"뭐라고요?"

"울며 애원하면 마음을 바꿔 줄까 해서."

정말로 눈빛이 촉촉해졌다. 나는 움찔, 하고 뒤로 물러났다.

"안 돼요."

"영애……."

"안 돼, 안 돼."

저런 얼굴로 우는 건 반칙이다. 귀여울 게 당연하잖아. 난 고개를 팩 돌리고서 말했다.

"울어도 마음은 안 바뀌어요."

"……."

"아, 안 된다니까. 해 줄 마음 없어, 돌아가세요."

"⋯⋯."

말이 없는 게 더 무서워서 슬그머니 다시 그를 보았다. 고개를 푹 수그린 그는 생각보다 더 귀여워서 가슴이 쿵, 내려앉는 것만 같았다.

으아아, 귀여워! 끌어안고서 마구 예뻐하고 싶어! 나는 끙끙거리며 고민하다가 버럭 소리쳤다.

"너무해!"

"⋯⋯예?"

그가 고개를 들자 시무룩한 얼굴이 드러났다. 결 좋은 머리칼이 매끈한 얼굴에 감겼다가 떨어졌다.

"우는 게 어디 있어요!"

"당신도 울었다던데."

"⋯⋯."

"황궁에서, 울면서 뛰쳐나갔다고 들었습니다만."

"⋯⋯저는 박력 있게 울었어요."

"저도 박력 있게 울어 보죠."

정말로 울 것처럼 미간이 일그러져서 난 얼른 그의 얼굴을 양손으로 막아 버렸다.

"소용없어요. 결정했으니까."

"애원도 통하지 않겠습니까."

"네."

나는 스르륵 손을 내리고 그의 얼굴을 빤히 쳐다보았다.

"무사히 다녀오라고, 잘할 거라고 말해 주세요."

"……."

"그럼 전 더 잘할 수 있을 거예요."

그가 나를 꽉 끌어안았다.

"무사히 다녀오세요."

"네."

"잘하실 겁니다."

"그래요."

쥐어 짜낸 목소리는 그답지 않게 가늘게 흔들렸다. 모두가 나를 걱정하고 있다는 것을 안다. 그 걱정이 사랑에서 비롯되었다는 것이 나를 기쁘고, 용감하게 만들었다.

무사히 다녀올 거야. 아주아주 잘할 거야. 이들이 나를 사랑한 시간이 후회로 남지 않도록.

할아버지는 내 작전에 프렌시프 암군의 일부와 뛰어난 기사들을 투입했다. 프렌시프 휘하의 귀족들 앞에선 나의 작전을 위해서라는 허울 좋은 핑계를 댔지만, 사실 할아버지는 오직 호위를 위해서 이들을 내주었을 것이다.

우리는 동이 트기 전 저택을 나섰고, 난 밤하늘을 가만히 쳐다보았다. 삿된 자들의 힘은 낮보다 밤에 강하고, 달빛이 닿지 않는 하늘 아래서 가장 강력하다.

'오늘은…….'

구름에 가려 달이 보이지 않는다.

'좋아.'

힘이 강력할 땐, 이동 속도마저 놀랍도록 향상된다. 그렇다면 동이 트기 전에 삿된 자들을 모두 황도 밖으로 내보낼 수 있을 것이다.

나는 군사들을 돌아보았다. 내 호위역인 고레일과 바커스, 그리고 빅터, 카터 형제가 날 선 눈빛으로 사방을 경계하고 하고 있었다. 나는 그들을 비롯한 군사들에게 말했다.

"나를 따라 줘서 고맙다는 말을 먼저 할게."

군사들이 일제히 무릎을 굽혔다.

"그리고 미안하다는 말도."

"당치 않으십니다."

"그렇습니다."

고레일과 빅터가 말하자 군사들은 동조하듯 고개를 숙였다. 난 벼린 칼날처럼 예리한 기세의 군사들을 둘러보고서 다시 입을 열었다.

"내가 작은오빠나 도미니크 황자님처럼 천부적으로 전투에 소질이 있다면 좋겠지만, 아쉽게도 내겐 그런 재능은 없지."

"……."

"검에도, 전술에도 밝지 않아서 당신들을 지켜 낼 여력이 없어."

"……."

"하지만 당신들이 나를 무능해지지 않도록 애써 줬으면 좋겠어."

몇몇 군사들의 얼굴이 미미하게 일그러졌다. 그럴 만도 했다. 나를 위해 방패가 되고, 검이 되어서 모든 공을 내게 돌리라는 뜻으로 들릴 수도 있으니까. 난 빙그레 미소지었다.

"그러니까 여러분, 살아남아 주세요."

"……예?"

그러자 그들은 뒤통수라도 얻어맞은 것처럼 멍하니 나를 올려다 보았다.

"지휘관의 능력은 부하의 목숨을 얼마나 잘 보전하는지에서 알 수 있잖아?"

"그게 무슨……."

나는 양손을 허리에 올리며 단호한 어조로 말했다.

"살아남는 것으로 내가 재능은 없어도 지휘관에는 꼭 어울리는 사람이었다는 걸 보여 줘."

바커스와 카터가 소리 없이 웃었다. 난 활짝 웃고서 소리쳤다.

"자, 그럼 가자. 삿된 자들을 황도에서 몰아내러."

내 인생의 최초이자 최후의 군사 작전이 시작되는 순간이었다.


황궁 근경의 산꼭대기로 이동한 난 한눈에 보이는 황도를 바라 보았다. 하늘에서 빛 한 점 찾아볼 수 없는 어둠 속에서 횃대를 치 켜든 자들이 필사적으로 삿된 자들을 막아내고 있었다.

'우선 멀린.'

나는 멀린의 마원이 박힌 목걸이를 잡았다. 어둠 가운데 강렬한 섬광이 퍼졌다. 섬광과 함께 나타난 백사자를 본 산 아래의 백성들 이 크게 술렁였다. 거대한 백사자가 하늘을 향해 포효하자 산이며, 건물이 맹렬하게 흔들렸다.

'다음은…….'

쵸의 마원이 든 브레이슬릿을 매만졌다. 작은 사막여우의 형태로 현신한 쵸가 내 주변을 총총총 맴돌다가 내가 뻗은 팔을 타고 올라와 어깨에 자리 잡았다.

힘에선 멀린이 셋 중 가장 뛰어나고, 테디는 체력과 방어에 강하다. 두 성수는 공격 특화형인 데 반해 쵸는 잔재주가 많았다. 특히 마법에서 잔재주가 많은 아이였다.

"이 주변을 밝혀서 시선이 집중되게 해 줘."

"네!"

쵸가 꼬리를 살랑살랑 흔들며 밝게 대답했다. 우리가 선 산꼭대기 주변이 다시 한 번 환히 빛났다. 산 아래 어디에서도 보일 정도로.

"역시 쵸는 재주가 많네."

"그렇쵸! 바보 곰과는 다르다고욧."

테디의 마원이 파르르 떨렸다.

[저주만 잘하는 바보 여우!]

"죽고 싶어서 환장을 했네요, 곰탱이."

[나쁜 말 했어! 나쁜 말 했어!]

두 성수가 다투기 시작해서 나는 어휴, 한숨을 내쉬었다.

"싸우면 안 되지."

쵸는 테디의 마원을 향해 훙! 콧방귀를 뀌더니 작은 얼굴을 내 뺨에 비볐다.

"바보 곰 때문에 주인님이 곤란해지셨군요."

[바보라고 하는 애가 바보다!]

"또 어린애같이 굴죠."

[조그만 건 너잖아, 너잖아! 내가 현신하면 너보다 훨 — 씬 크다, 뭐.]

"지적 수준은 한참 떨어지잖아요?"

[뭐라고~!]

테디와 쵸가 투닥거리는 사이 우리를 발견한 삿된 자들이 기괴한 소리를 내며 산 아래로 몰려들었다.

"얘들아, 그만 —"

내가 인상을 찌푸리기 무섭게 "크르르릉!" 하는 멀린의 울음소리가 들렸다.

[끄앙 — !]

"캐앵 — !"

멀린의 위협에 놀란 성수들이 각각 비명을 질렀다. 쵸가 내 품속으로 쏙 뛰어들었고, 테디의 마원은 부르르 떨리다가 잠잠해졌다.

[주인, 준비하시오.]

나는 멀린을 향해 고개를 끄덕인 후, 얼른 멀린을 다시 마원 상태로 만들었다. 성수를 쓰면 훨씬 편하겠지만, 과하게 쓰면 몸이 버틸 수 없다. 포털을 잔뜩 써야 하는 지금은 성수의 사용을 조절해야 했다. 미끼가 되어서 삿된 자들을 끌어들이려면.

'황도의 시장.'

산과 얼마 떨어지지 않은 곳으로 이동했다. 삿된 자들이 놀라운 속도로 시장으로 따라왔다. 그들이 지나올 때마다 고약한 냄새가 나는 검은 오물이 줄줄 흘러내렸다.

"케에엑—!"

유난히 거대한 삿된 자 하나가 기어이 등 뒤까지 따라붙었다. 삿된 자는 기괴하리만큼 많고도 날카로운 이빨을 쩍 드러내며 내게 달려붙었다.

고레일과 바커스, 그리고 빅터, 카터 형제가 내 주변을 둘러싸며 삿된 자를 막아섰다. 미리 성식을 섭취해 누아제가 된 그들의 검이 삿된 자에게 박혀들 때마다 검은 오물이 뚝뚝 떨어지며 점점 더 역겨운 형태로 변해 갔다.

고레일이 나를 향해 뻗어온 촉수를 베어 내자 그 속에서 무수히 많은 사람의 팔이 튀어나왔다. 검버섯이 핀 노인의 팔, 손톱이 덜렁덜렁한 여자의 팔, 게다가 어린애의 것으로 보이는 짤막한 팔까지. 모두 잔뜩 썩어 곪은 데다 단면이 드러나 흉측했다.

'그렇구나!'

저 거대한 삿된 자는 누아제 하나가 변한 것이 아니었다. 누아제들을 섞어서 삿된 자화시킨 것이 분명하다.

'대체 몇 명이나⋯⋯!'

"카터!"

바커스의 비명 같은 고함이 들렸다. 그가 카터를 재빨리 부축했다.

"크⋯⋯."

"정신 차려, 이봐!"

삿된 자의 촉수에 배가 꿰뚫린 카터는 새파랗게 질린 얼굴로 정신을 차리지 못했다.

"카터, 안 돼!"

카터의 형인 빅터가 나를 끌어당겼다.

"이동하셔야 합니다."

"하지만……!"

"카터는 포기하십시오."

"빅터!"

"저 수준이라면 더 이상 이동할 수 없습니다. 발목만 붙잡을 뿐이에요."

지금 이 순간에도 삿된 자의 공격이 맹렬했다. 나를 지키던 군사들이 점점 뒤로 밀려 나갔다. 거기다 점점 더 강해지는 고약한 냄새들. 삿된 자들이 이쪽으로 대거 이동 중이라는 얘기다. 나는 입술을 꾹 베어 물고, 카터를 붙잡았다.

"내 말 잊지 않았지?"

"허억, 헉……."

"살아남아야 해."

"크흑……."

"꼭."

카터가 간신히 입을 열었다.

"훌륭한…… 판단이십니다…… 아가씨."

가슴이 너무나 아프다. 발이 쉽게 떨어지지 않았다.

'정신 차려.'

이 정도쯤은 예상했잖아. 누아제의 몸이라면 사람보다 쉽게 삿된 자들에게서 벗어날 수 있다. 내가 미끼만 잘 되어 준다면 곧 이곳을 벗어나서 치료받을 수 있을 것이다.

가족들과 사용인, 기사와 병사들까지 나를 믿고 기다려 주고 있었다. 나도 이들을 믿어야 했다. 나는 카터가 떨어뜨린 검을 주워서 삿된 자의 촉수를 꿰뚫었다.

"이리 와, 멍청이! 나는 여기에 있어!"

내가 소리치자 병사들에게 가로막혀 있던 삿된 자가 "케에에에엑ー!" 울부짖으며 유리 조각 같은 것들이 박힌 날카로운 촉수를 뻗었다. 그때 멀린의 마원을 잡고서 포털을 열었다. 상점 지구.

첫 전투였는데도 대다수의 군사가 상해 있었다.

'곧 삿된 자들이 올 거야.'

나는 얼른 주변을 둘러보았다. 한 차례 삿된 자들에게 휩쓸린 상점가는 온통 엉망이었다. 주인과 종업원들은 피난을 가서 상점들이 모두 문을 닫았다. 한 곳만 빼면.

'레스토랑.'

제도에 오고서 처음으로 아빠, 할아버지와 함께 식사를 했던 곳.

"아……!"

멀리서 우리를 향해 따라붙은 삿된 자 몇 구(具)가 보였다. 난 군사들을 향해 소리쳤다.

"저쪽이야!"

나를 따라 군사들이 이동했다. 레스토랑의 문을 쾅쾅 두드리자 겁에 질린 얼굴로 창 안에서 얼굴을 내민 지배인이 보였다.

"프, 프렌시프 영애?"

"열어요! 어서!"

지배인이 허둥지둥 문을 열었다. 안으로 들어간 나는 지배인에게 물었다.

"왜 떠나지 않고 남아 있는 거예요!"

"다, 다친 종업원들이 있어서 움직일 수 없습니다. 저들을 두고서는 모, 못 가요."

"종업원들은 어디 있어요!"

"저, 저쪽……."

나는 지배인을 끌고서 종업원들에게 향했다. 삿된 자들에게 당한 모양인지 팔다리를 한 짝씩 잃은 자도 있었고, 어깻죽지가 날아가 정신을 차리지 못하는 자도 있다. 대부분 다리를 다쳐서 걷지 못하는 모양이었다. 난 테디의 마원을 잡았다.

"구호소로 이동시킬 거예요. 처음 이동하면 어지럼증을 느끼거나 구토를 할 수 있어요."

"이, 이동시켜 주시겠다고요?"

"정신을 잃은 사람은 괜찮은지 바로 확인하세요. 구토 때문에 숨을 쉬지 못할 수도 있으니까."

"아, 아가씨!"

지배인의 얼굴이 밝아졌다. 난 즉시 부상당한 종업원들과 지배인을 구호소로 이동시켰다. 그리고 군사들을 돌아보았다.

"주방과 창고를 찾아서 흩어져. 가서 밀가루 자루를 이곳으로 모두 가져와."

"밀가루를요?"

그들은 어리둥절한 얼굴이었지만, 곧 서둘러 움직이기 시작했다. 홀에 분진 자루가 가득 모였다. 나는 군사들에게 자루를 모두 터뜨리라고 명했다.

"무슨……! 뭘 하시려고요!"

바커스가 이 상황에서 무슨 짓이냐는 듯 다급히 소리쳤다.

"공중에 분진이 잔뜩 날아다니면 작은 불꽃으로도 폭발을 시킬 수 있어."

"예?"

1900년대 초반 미국에서 일어난 제분소 폭발 사건이 그러한 이유로 일어난 것이었다.

"날 믿어. 할 수 있어!"

"아무리 큰 폭발이 일어난다고 한들 누아제가 아닌 삿된 자를 죽일 순 없어요."

쉽게 죽일 수 없다는 거지, 아예 못 죽이는 건 아니었다. 그렇다면 누아제를 가지고 있던 아탈란이 왜 1차 대륙 전쟁에서 패배했겠는가. 한 구(具)당 수만이 달려들어야 겨우 없앨 수 있겠지만.

"내 목표는 누아제를 죽이는 게 아니야. 공격력을 감소시키는 거지."

붙어 보고 알았다. 누아제가 몇이나 융합되어 삿된 자가 된 거대한 것들과는 전투를 할수록 이쪽만 불리해진다.

'하지만 상처 입은 상태로 쫓아온다면 전투를 하지 않고 도망칠 수도 있어.'

고레일은 군사들에게 명해 자루를 터뜨리고 허공에 뿌려 엉망으로 만들었다. 작업을 마치자마자 삿된 자들이 건물 곳곳을 무너뜨리며 안으로 들어오기 시작했다. 나는 우선 군사들을 이동시켰다.

"잠깐, 아가씨 ─!"

바커스의 고함을 마지막으로 모두 이동시킨 후, 난 덜덜 떨리는 손으로 성냥 몇 개비를 잡았다. 타이밍 싸움이다. 불을 놓자마자 이동해야 한다. 하지만 나는 지금 수많은 군사와 함께 몇 차례 이동한 상태고, 거기다 성수를 두 마리나 헌신시켰다. 타이밍을 제대로 맞출 수 있을까.

'제발……!'

사방을 포위한 삿된 자들이 일시에 나를 향해 달려들었다.


그 시각 동부. 샤르파크 군과 함께 동부를 샅샅이 수색하던 가웨인이 막사 안에서 수색지를 점검했다.

'대체 어디에…… 제기랄.'

이 잡듯이 뒤졌지만, 그 어디에서도 아탈란의 흔적을 찾을 수 없었다.

"주군."

프렌시프의 병사가 막사 안으로 들어왔다.

"무슨 일이냐."

"웬 아이가 주군을 찾습니다."

"아이? 연합한 귀족의 자제이냐."

"그게…….."

주저하던 병사가 곤란한 표정으로 말했다.

"아닙니다. 귀족으로 보이지 않았습니다."

"하면!"

이런 시국에 어린애의 투정이나 들어 줘야겠느냐는 표정에 병사가 황급히 부복했다.

"소, 송구합니다. 굉장히 급박해 보였던지라…… 게다가 '언니의 오빠'를 찾는다는 게 아가씨를 알고 있는 듯도 했고……."

"잠깐. '언니의 오빠'라고……?"

이 근처에서 세니아나를 아는 녀석이라곤 하나뿐이었다.

"들여라."

"예? 아……, 예!"

병사가 황급히 아이를 데려왔다. 역시 그 녀석이었다. 부족 마을의 어린 족장.

"무슨 일이냐, 꼬맹이."

"꼬, 꼬맹이가 아니라 슈라예요."

"무슨 일이냐고 물었어."

슈라는 "언니는 친절한데 언니의 오빠는 못됐잖아……." 하고 웅얼거렸다.

"가르쳐 주지 말까 보다……."

"뭐?"

슈라가 토라진 얼굴로 입술을 삐죽이다가 어휴, 한숨을 내쉬고 가웨인과 시선을 맞추었다.

"우리 부족민이 대사제를 발견했대요."

가웨인이 벌떡 몸을 일으켰다.

                    *        *        *

　스르륵 주저앉은 나는 후들후들 떨리는 손으로 입을 틀어막았
다.

　'다, 다행…… 다행이다.'

　성공했다. 불을 놓자마자 이동했다.

　'제대로 폭발했으려나.'

　나는 얼른 통신석으로 상점가 근경에 있는 우리 군에게 연락했
다.

　[예, 아가…… 씨.]

　"칼립스!"

　통신 상태가 몹시 좋지 않았다. 목소리가 끊겨서 들리고 이따금
기분 나쁜 소음이 들려왔다.

　"칼립스, 칼립스!"

　[……들……리십니……까!]

　"그래! 상점가에서 폭발음이 들렸어?"

　[그렇지 않아도…… 상황을 파악……하기 위해 군사……들을 보
내려던 참이었습니다. 큰 폭음……이 들렸고, 인경의 군……사들이
폭발을 목격……했다고…….]

　"아아……. 다행이네."

　[혹시 그 폭……발이 ― !]

　"으응, 내가 했어."

　[아가씨!]

칼립스가 다급히 고함을 내질렀다.

[몸……은 괜찮으십니까? 무슨 일이 있었……기에 폭발까지……!
호위들……은 무엇하고!]

"괜찮아, 다들 무사해. 우린 다시 이동하려고 해. 그것보다 시장
으로 사람을 보내 줘. 카터가 크게 다쳤어."

[카터가……. 예, 알겠습……니다.]

"할아버지랑 아빠한테는 비밀이다?"

그러지 않아도 가슴 졸이고 있을 텐데, 폭발까지 있었다는 것을
알면 더 크게 걱정하실 거다. 칼립스는 크게 한숨을 내쉬었다.

[부디 무사……히 돌아오십……시오.]

"응."

통신을 종료하고서 난 나무 기둥을 잡고 가까스로 몸을 일으켰
다.

'군사들은 어디에 있지?'

커다란 떡갈나무, 그 곁으로 초봄에 달맞이꽃이 잔뜩 핀 것으로
보아선 난 목적했던 곳으로 이동한 게 분명했다. 그런데 아무리 둘
러보아도 군사들이 보이지 않았다.

'그들을 잘못 이동시켰나 봐.'

군사들부터 이동시켜야 한다는 생각만 하느라 목적지를 제대로
떠올리지 못한 모양이었다. 주변을 둘러보며 걷던 난 불안한 얼굴
로 회중시계를 꺼냈다.

'세 시가 넘었어.'

벌써 시간이 이렇게 되었다니, 큰일이다. 해가 뜨기 전에 삿된 자

들을 모두 황도 밖으로 몰아내야 한다. 그렇지 않으면 곧 황도로 더 많은 삿된 자들이 몰려올 것이다. 지금 황도에 있는 수만으로도 어마어마한데 삿된 자들이 더 합류하면 황도는 금세 무너지고 만다.

나는 통신석으로 고레일에게 연락을 시도했다. 그런데 아무리 시간이 지나도 연결되지 않았다. 칼립스와 통신할 적에도 상태가 좋지 못하더니, 마법사들이 주둔하고 있는 통신탑에 무슨 일이 생긴 모양이었다. 난 쵸의 마원을 붙잡았다.

"쵸."

[예, 주인님.]

"혹시 사람들을 찾을 수 있을까?"

[그럼요! 저는 눈이 좋거든요. 높은 곳으로 올라가 주체요.]

"다행이다."

이 근방에 가족들과 함께 쌍월을 구경했던 관측탑이 있었다. 포털을 열어서 이동하려고 하는데 길이 열리지 않았다.

'이런…… 너무 많이 이동했나 봐.'

힘을 이렇게 많이 쓸 때면 삼십 분 정도는 휴식을 취해야 다시 길을 열 수 있었다.

'멀지 않으니까 뛰어가자.'

그곳에서 군사들을 찾을 즈음이면 다시 이동할 수 있을 거다. 관측소를 향해 달리는 중에 난데없이 등줄기가 오싹했다.

'삿된 자가 다가올 때의 기분이야.'

심장이 덜컥 내려앉기 무섭게 통신석에서 멀린의 목소리가 들려왔다.

[피하시오, 주인!]

순간 날카로운 촉수가 허공을 가리고 나를 향해 달려들었다.

"으악―!"

나는 비명을 내지르며 가까스로 촉수를 피했다. 촉수를 피하며 넘어진 바람에 다리가 욱신거렸다. 사사사삭―! 샷된 자들이 주변을 에워쌌다.

'어떡하지.'

마원은 샷된 자가 다가올 적부터 빛나고 있지만, 성수들은 나타나지 않았다. 아니, 현신하지 못하는 것이다. 포털도 열지 못하는 상황에서 성수를 현신시킬 수 있을 리가 만무했다.

[누, 누나, 누나―!]

[주인님!]

도망쳐야 해. 나는 덜덜 떨리는 몸을 억지로 움직였다. 하지만 발목이 접질린 모양인지 날카로운 격통 때문에 제대로 움직일 수 없었다.

"죽…… 여…… 성녀를…… 죽인다…… 성녀를……."

"씹어 먹어야지…… 뼈를 씹고…… 피를…… 피를…… 마…… 마시고."

기분 나쁜 목소리와 함께 이지를 잃은 붉은 눈이 섬뜩하게 빛났다.

'살려 줘.'

할아버지, 아빠, 오빠……. 그들의 얼굴이 차례로 눈앞을 스치고 지나간 후, 머릿속이 하얗게 비었다. 난 여기서 죽을 거야. 가족의 품으로 돌아가지 못하고 삿된 자들 손에 가루가 되겠지. 그럼 가족들은…….

[무사히 돌아와야 한다.]

[제발, 세니아나.]

차마 나를 붙잡지 못하고 걱정 어린 눈으로 이를 악물던 할아버지와 란슬롯. 그리고.

[너를 믿으니까.]

아빠……. 나를 향한 믿음 때문에 평생 스스로를 원망하게 될 아빠.

'정신 차려!'

나를 입 안의 여린 살을 질끈 깨물고 나무를 붙든 채로 몸을 일으켰다. 발목은 여전히 끊어질 듯 아팠지만, 이를 악물었다.

순간, 삿된 자 하나가 스르륵 무너지고 있는 것이 보였다. 그건 마치 커다란 젤리가 무게를 이기지 못하고 점점 밑으로 가라앉는 것 같은 모양새였다. 그러고 보니 처음보다 이동 속도며 공격 속도가 현저히 낮아졌다.

'그렇구나!'

레스토랑 폭발에 휩쓸린 삿된 자들이다. 누아제가 아닌 이상 저들을 죽일 순 없지만, 큰 폭발이었던 만큼 타격을 입힌 것이다.

'도망칠 수 있어.'

나는 삿된 자들을 둘러보고 가장 형태가 온전치 못한 것을 찾았다. 7시 방향의 삿된 자. 진흙을 억지로 뭉쳐 놓은 것처럼 금방이라도 무너질 것 같았다.

나는 재빨리 로브를 잡고 휙! 벗어 던졌다. 삿된 자들이 일시에 로브를 쳐다보았다. 그 틈을 놓치지 않고 7시 방향으로 냅다 뛰었다. 삿된 자를 막 벗어나려던 찰나, 촉수가 달려들었지만 다행히 피할 수 있었다.

'관측탑.'

관측탑으로 가야 해! 허겁지겁 뛰어 도망치자 삿된 자들이 사사삭! 빠르게 달려오기 시작했다. 숨이 턱 끝에 찼으나 조금만 속도를 늦추면 잡힐 것만 같았다.

\* \* \*

황궁의 사무관과 마법사들이 정신없이 복도를 내달렸다.

"황군과 대치 중이던 푸른 눈이 난데없이 공격을 멈추고 이동했습니다."

푸른 눈이라면 황도에 쳐들어온 삿된 자 중 가장 거대한 개체였다. 몸에 달린 수십 개의 눈 중 하나가 청안이라 하여 붙은 별칭이었다. 황제가 한숨을 내쉬며 중얼거렸다.

"다행이군. 황군의 피해는 크지 않겠구나."

푸른 눈은 아마도 성녀에게 향했을 가능성이 컸다.

"그렇긴 합니다만, 푸른 눈이 이동 중에 통신탑을 무너뜨렸습니다. 통신을 담당하는 마법사 대부분이 큰 부상을……!"

"뭐라고?!"

황제가 샛노란 얼굴로 벌떡 일어났다. 전역으로 퍼져 있는 통신탑은 제국의 자랑이기도 하였지만, 너무나 편리한 탓에 통신을 몹시 의존하게도 했다. 전시에 통신이 마비되면 사령부의 명을 제대로 전달할 수 없다.

"즉시 황궁의 마법사들을 통신탑으로 보내고…… 제도 내의 모든 마법사들을 통신탑으로 집결시켜 복구를……."

이마를 쥔 채로 중얼거리던 황제가 이어 소리쳤다.

"수석 마법사에게 황궁의 긴급 통신망을 가동하라 전해라."

"예!"

시종장이 뛰어나가기 무섭게 황제와 함께 있던 도미니크가 검을 잡았다.

"도미니크!"

황제가 그를 붙잡았다.

"거기 서라."

"통신탑이 무너졌으면 프렌시프 영애의 소대 또한 우왕좌왕하고 있을 겁니다."

"프렌시프 영애가 어디에 있는지도 모르면서 어딜 간다는 게야."

아직 밤인 데다가 달도 뜨지 않았다. 삿된 자들이 가장 강력할 시기에 목적지도 모른 채 헤매고 있다간 불똥을 맞기 십상이다.

"네가 가 봤자 ― 잠깐, 도미니크!"

황제가 그를 뜯어말렸으나 도미니크는 다급히 부황의 손을 뿌리쳤다. 기분이 이상했다. 그녀의 작전이 시작된 후 불안하지 아니한 적이 없으나 얼마 전부터 자꾸만 조급해져서 견딜 수가 없었다.

"이놈! 게 서지 못해!"

"……."

도미니크가 대꾸 없이 문을 나서려던 때였다.

"폐하!"

또 다른 시종이 다급히 방 안으로 들어왔다.

"무슨 일이냐. 긴급 통신망을 연결하지 못한 게야?!"

"가동에 성공했습니다. 통신이 연결되자마자 프렌시프 경으로부터 연락이 왔습니다."

"동부에 무슨 일이 있다더냐!"

"대사제의 거처를 찾았답니다!"

황제와 도미니크의 눈이 커졌다.

\*　　\*　　\*

"아악!"

관측탑을 목전에 두고 삿된 자들에게 발목이 붙들렸다. 크게 넘어진 나는 다리를 버둥거리며 소리쳤다.

"이, 이거 놔! 놓으란 말이야!"

삿된 자의 입이 십자로 벌어지고 역한 냄새가 코를 찔렀다. 입 속에 난 무수히 많은 이빨이 코앞까지 다가왔을 때 난 치마 속을 더듬었다.

"케에에엑!"

내 손에 들린 칼에서 오물이 뚝뚝 떨어졌다. 저택을 떠나기 전에 시트론이 들려 준 단검이었다.

*[나는 칼을 못 쓰는걸. 내가 달려들어도 생채기 하나 못 낼 거야. 오히려 위험하기만 하고.]*

*[알렉시아가 그러더라고요. 검을 차는 건 적을 베기 위해서만이 아니라고.]*

*[그럼?]*

*[각오래요. 살아 돌아오겠다는.]*

내 손을 붙들고 가늘게 떨던 그녀는 미소를 쥐어 짜냈다.

*[꼭 돌아오셔요, 아가씨.]*

시트론의 얼굴이 너무 간절해서 가지고 왔는데, 정말로 크게 도움이 되었다.

'시트론, 고마워!'

나는 다시 삿된 자들에게서 빠져나오기 위해 엉금엉금 기었다. 저기만 올라가면 군사들을 찾을 수 있다. 나 홀로 움직이는 건 무리여도 군사들의 도움을 받으면 다시 삿된 자들을 몰아서 황도 밖을 나갈 수 있을 것이다.

필사적으로 땅을 디디며 뛰어가려는 중에 또 한 구(具)가 나를 막아섰다. 도망치면서 시간이 꽤 흘러서 그런지 삿된 자들도 회복을 마친 모양이었다. 아주 멀쩡하고도 거대한 모양새로 내 앞을 가로막더니 금세 나를 향해 돌진했다. 그때 무언가 나를 휙! 끌어당겼다.

"테디!"

사람 형태로 현신한 테디가 나를 끌어안더니 우다다다 뛰어가기 시작했다.

"테디, 테디!"

"나, 나, 커다랗게 현신 못 해. 도망쳐야 돼. 으아아앙! 한심해!"

아니, 네가 커다랗게 현신하지 못하는 건 내 체력 문제인데, 아니, 그보다!

"그쪽이 아니야! 관측소! 관측소로 가야 해!"

"관측소가 어디야?"

"왼쪽!"

"왼쪽!"

테디가 내 말을 따라 하며 왼쪽을 향해 재빨리 뛰었다. 뛰는 내내 테디의 몸이 거품처럼 녹아들고 있었다.

'억지로 현신을 해서…….'

그의 얼굴이 점점 샛노래지는 걸 보니 몹시 고통스러운 것이다. 나는 입술을 꾹 깨물었다.

아탈란. 아탈란. 아탈란! 화가 나서 참을 수 없었다. 어째서 모두를 괴롭게 하는 거지. 그들 손에 죽어 간 사람들, 억지로 삿된 자가 되어 사람을 죽이는 것들. 무너지는 건물들과 그 속에 담겨 있는 꿈과 미래. 모두 소수의 욕망으로 비롯된 일이었다. 대체 욕망이 무엇이건대 남을 짓밟고서 이루어야 하는가.

테디가 관측소에 뛰어들기 무섭게 우리는 우당탕탕 넘어져 나뒹굴었다. 거품처럼 녹아든 테디가 에헤, 웃으며 말했다.

"어서 가."

"너……!"

나는 엉금엉금 기어 테디에게 다가갔다. 괜찮은 걸까. 다시 마원으로 되돌아가지도 못하고 있는데, 이대로 놓고 가도 되는 걸까. 테디는 바닥에 누워 히히, 웃고는 나를 빤히 쳐다보았다.

"내가 누나를 지켰어. 그렇지?"

"······응."

"나는 바보 곰이 아니라 멋진 곰이야."

"응, 테디는 아주 멋져."

"가, 누나. 나는 조금만 쉬고서 따라갈 테야."

테디가 억지로 나를 떠밀었다. 나는 이를 악물고 몸을 일으켰다. 뛰어가는 동안 테디가 있는 곳에서 커다란 파열음이 들렸다. 그의 마원이 돌아오지 않는다. 나는 치맛자락을 꽉 붙들었다.

'괜찮아.'

쉬고서 따라온다고 했으니까. 그러니까 다시 올 거야.

쵸의 마원이 가늘게 흔들렸다. 나는 관측소의 문을 쾅! 열고서 탑 아래를 내려다보았다.

"쵸! 보여?!"

쵸는 대답이 없었지만 마원은 빛나고 있었다. 곧 마원이 황금색으로 빛나더니 한 방향을 가리켰다.

'저기다!'

그때 엄청난 굉음과 함께 관측소가 크게 흔들렸다. 나는 황급히 아래를 내려다보았다. 몸에 달린 수십 개의 눈 중 하나가 푸른 삿된 자. 저택을 덮쳤던 삿된 자보다 거대한 개체로, 내가 지금껏 본 모든 삿된 자를 통틀어 가장 컸다. 촉수가 벽을 관통할 때마다 지진이라도 난 것처럼 관측소가 휘청거렸다.

"으악!"

'반대쪽으로 뛰어내리면……'

아래를 내려다본 나는 움찔, 뒤로 물러났다. 아찔한 높이였다. 삿된 자들에게 벗어나겠다고 뛰어내려 봐야 즉사.

"도망쳐야……!"

문을 향해 뒤로 돈 순간, 덜컹. 덜컹. 덜컹, 덜컹. 덜컹덜컹덜컹! 꽁꽁 닫아 놓은 나무문으로 화살촉 같은 촉수가 튀어나왔다. 기어이 작은 놈들이 문 뒤까지 따라붙은 것이다. 촉수에 달린 수많은 눈이 나를 발견하고 희번덕 붉게 빛났다.

빠르게 흔들리던 문이 이내 날카로운 파열음과 함께 부서지고 작은 놈들이 안으로 쏟아져 들어왔다. 산 넘어 산이다. 뒤엔 다른 삿된 자들이, 아래엔 푸른 눈이 기어오고 있었다.

'이동, 이동! 제발……!'

포털을 열려고 했지만, 아직까지 몸이 회복되지 않았는지 마원만 빛날 뿐 길이 열리지 않는다.

"케에엑—!"

성 아래에서 올라온 푸른 눈이 나를 향해 입을 벌렸다.

'엄마!'

나도 모르게 눈을 감고 우뚝 굳어졌다. 그런데.

'어?'

금세 사지를 물어뜯길 거라고 생각했는데 어떤 고통도 느껴지지 않았다. 살금살금 실눈을 뜨자 눈앞에 익숙한 등이 보였다.

"저하……."

"뒤로 붙으십시오."

도미니크가 내 손목을 잡고 제 등 뒤로 강하게 끌어당겼다. 그를 넘어서 소름 끼치는 비명을 내지르는 푸른 눈이 보였다. 커다란 눈알에 박힌 것은 늘 도미니크가 가지고 다니던 검이었다. 푸른 눈이 비명을 내지르는 사이, 작은 놈이 달려들었다. 도미니크는 내 허리를 끌어안고 요령 좋게 피하며 작은 놈을 걷어찼다.

그가 조율자이기 때문일까. 문을 통해 들어온 삿된 자들은 도미니크에게 달려들지 못하고 주춤거렸다. 도미니크는 틈을 놓치지 않고 내 손을 잡더니 재빠르게 작은 놈들을 피해 문으로 달렸다.

"어서!"

난 도미니크를 따라 허겁지겁 달렸다. 계단을 통해 몇 층을 빠르게 내려가다가 "윽……." 신음하며 이를 악물었다. 넘어질 때 다쳤던 발목이 퉁퉁 부어 걸음을 옮길 때마다 수십 개의 바늘이 찔러오는 것만 같았다.

"다쳤습니까."

"괘, 괜찮…… 앗!"

작은 놈들이 등 뒤를 바짝 추격해 왔다. 다급히 주변을 둘러본 도미니크가 바로 앞에 보이는 문을 향해 나를 밀어 넣었다.

'관측 기록실인가.'

책장에 양피지가 빼곡히 들어차 있다. 내가 방을 둘러보는 동안 그는 문 앞에 탁자며 책장들을 옮겨 두었다. 하지만 벌써 안으로 들어오려는 삿된 자들이 덜컹덜컹! 문을 소름 끼치도록 빠르게 흔들었다.

“작은 놈들이라 들어오려면 시간이 걸릴 겁니다.”

“하지만 이번엔 쉽게 저들을 넘어서 빠져나가지 못할 거예요.”

난 숨을 몰아쉬며 대답했고 그는 무릎을 꿇고서 내 발목을 살폈다. 발목은 육안으로 보기에도 크게 부어 있었다.

“……더 달리지 못할 겁니다.”

“아, 아니에요. 달릴 수 있……!”

덜컹! 기어이 문짝이 쪼개졌다. 희게 질린 내가 움찔, 물러나자 도미니크는 방에 딸린 창을 활짝 열었다.

“뛰어내리죠.”

“여기서요?!”

3층이라고! 잘못 떨어지면 정말로 못 걸을 것이다. 아직 성벽에 푸른 눈이 매달려 있는데 움직이지 못하면 옴짝달싹 못 하고 잡아먹힐 게 분명했다. 스스슥―! 삿된 자들이 넝마처럼 널브러진 테이블과 책장을 넘어 다가오기 시작했다. 도미니크가 나를 얼른 끌어안았다.

“저, 저하!”

“……”

“잠깐, 잠깐! 도미니 ― 꺄악!”

“입 다무세요. 혀를 씹을 수도 있습니다.”

으아아! 선생님…… 엄마! 그의 어깨를 꽉 끌어안음과 동시에 휙! 몸이 떠오르는 것 같더니 그대로 추락했다. 스그그그극! 무언가 긁히는 소리와 함께 파삭! 다시 한 번 몸이 튀어 올랐다.

성벽을 붙잡은 채 그대로 뛰어내리다 커다란 나무에 부딪히기 전에 거대한 기둥을 발로 찬 것이다. 도미니크가 내 허리를 끌어안은 채로 잔가지를 휙, 휙, 옮겨 잡으며 잔디 아래로 뛰어내렸다.

"……."

"……."

나는 꽁꽁 굳어서 움직이지 못했다.

'주, 죽는 줄 알았어.'

다행히 내 몸은 말짱했다. 이런 거 영화에서만 봤는데……. 퍼뜩 정신을 차린 난 "우와!" 소리치다가 잔디 아래로 뚝뚝 떨어지는 피를 보았다. 그의 손이 너덜너덜했다. 손바닥의 살점이 떨어지고, 먼지와 피가 엉망으로 뒤섞였다.

"저하……."

"업히세요."

그가 내 앞에 무릎을 굽히고 등을 내보였다.

"……."

"어서!"

푸른 눈이 우리를 발견하고 성벽에서 뛰어내렸다. 나는 입술을 꾹 깨물고 그에게 업혔다. 뛰는 내내 그의 거친 숨소리가 화살촉처럼 귀 안을 가로질렀다. 등은 온통 땀으로 젖어 있었다.

그는 포털을 쓰지 못한다. 이곳은 나무가 울창한 숲이라 말이나 마차로 들어오기도 힘드니, 이곳까지 오기 위해 한참을 달려왔을 터였다. 도미니크의 다리가 부들부들 떨리는 게 느껴졌다. 뛰어내리며 다친 게 분명했다. 한참을 뛰었으나 푸른 눈은 무시무시한 속도로 우리를 추격해 왔다.

쉬이익―! 푸른 눈의 촉수가 나를 향해 돌진하자 도미니크가 땅을 강하게 디디며 재빨리 공격 영역을 벗어났다. 나를 나무 기둥 아래에 내려 주고 그는 푸른 눈을 막아섰다. 그의 검은 여전히 푸른 눈에게 꽂혀 있었다.

'무기도 없이 혼자서 어떻게 하려고―!'

내가 "저하!" 소리치자 푸른 눈이 "케에에엑!" 울부짖었다. 흰자위마저 붉어진 푸른 눈은 완전히 이지를 잃은 듯했다. 푸른 눈은 나를 막아선 조율자를 향해 달려들었고, 도미니크는 질퍽한 오물을 밟고 도약해 꽂혀 있는 검 손잡이를 잡은 채로 쭉 미끄러졌다.

"키에엑!"

푸른 눈이 고통으로 크게 버둥질함과 동시에 박혀 있던 검이 빠지며 손잡이와 분리되었다. 쯧, 혀를 찬 도미니크는 날이 부러진 손잡이를 내던졌다.

'저하의 눈이…….'

프렌시프 령을 구한 후 보았던 붉은 눈. 입술 중앙에서 코 아래까지 실금 같은 상처가 생겼다.

'삿된 자화되려는 거야!'

나는 허겁지겁 그를 향해 뛰어갔다.

"가요! 가세요!"

누아제는 삿된 자가 되기 전이라면 내가 정화시킬 수 있지만, 도미니크는 어떻게 될지 모른다. '조율자'가 '삿된 자'로 변하면 그 뒤엔 어떻게 되는지 기록에조차 남아 있지 않았다.

"나는 괜찮으니까 제발 가란 말이야!"

도미니크가 금방이라도 끊어질 것처럼 가늘게 숨을 몰아쉬었다.

"내일…… 잠깐이라도 시간을 내서 함께…… 차를 마십시다."

"키에엑 —!"

푸른 눈이 도미니크와 나를 향해 돌진했다. 도미니크는 재빨리 나를 밀치고 푸른 눈을 향해 주먹을 내질렀다. 먹혔는가 싶었는데, 도미니크의 주먹이 오물을 파고들었을 뿐 푸른 눈은 동요조차 하지 않았다.

"저 —!"

"당신은 허브티를, 나는…… 커피를."

"……."

"당신이 좋아…… 하는 버터가 듬뿍 든…… 스콘과 함께."

"……."

"어르신과 후작…… 프렌시프 경들도 부르죠."

듣지 않아도 그가 뱉지 않은 말을 알 수 있었다. 여기서 살아 돌아가서. 평소처럼. 내일이 올 거라는 당연한 믿음과 함께 한가로이.

나는 눈물을 흘리지 않기 위해 입술을 꾹 베어 물었다. 그리고 도미니크가 그와 대치하는 동안 손잡이와 분리되어 떨어진 칼날을 꽉 잡았다.

"세니아나!"

잘 벼린 날이 손바닥을 파고들자 불이 붙은 듯 화끈하고 고통스러웠다. 고통스러웠지만 나는 칼날을 놓지 않은 채로 삿된 자를 향해 돌진했다. 퍽! 촉수가 땅을 내리쳤다. 거대한 채찍처럼.

피하려고 하였지만, 발목의 부상 때문에 완전히 피하지 못했다. 왼쪽 어깨부터 허벅지까지 몸이 쇠사슬에 갈린 것 같은 격통이 느껴졌다.

"뭐 하고 있는 거야! 세니아나!"

도미니크의 고함이 아득히 멀게만 느껴졌다.

'아래에서 세 번째, 왼쪽 끝.'

저 눈만 푸른 색이었다. 흰자위까지 온통 새빨간 데도 오직 저 눈만이 사람의 것 같은 청안이었다. 이렇게 거대한 삿된 자를 만들기 위해선 무리하게 누아제들을 합쳐야 한다. 그 과정에서 무언가 하나 어긋났다면, 그래서 저 눈만큼 변이하지 않았다면…….

'약점일 수도.'

다시금 입술을 꾹 베어 물고서 푸른 눈에게 달려들었다. 나는 저 남자와 함께 돌아갈 것이다. 그리고 그와, 또 가족들과 함께 차를 마실 테다. 설탕을 잔뜩 넣은 달콤한 허브티를 마시고, 버터 향이 코끝을 간지럽히는 스콘을 라즈베리잼에 묻혀서 입안 가득 베어 물어야지.

가웨인은 나를 아기 돼지라며 놀리면서도 사랑스럽다는 눈빛으로 바라볼 테고, 란슬롯은 그런 가웨인을 타박하며 내 뺨을 다정하게 쓰다듬어 줄 거다.

아빠는 내가 먹는 것을 좋아하니 당신 몫의 스콘을 반으로 나눠 쥐어 줄 테지. 할아버지는 분명 도미니크를 마뜩잖은 눈으로 볼 테지만, 내가 팔짱을 끼고 있으면 그를 타박하기 힘들 거다.

도미니크는 가족들 눈치를 볼까? 그러면 뻔뻔하게 자리를 지키고 있을지도 몰라. 그리고 나는 그가 돌아가는 길에 그를 끌어안고 서 오늘 정말 고마웠다고, 너무너무 행복한 시간이었다고 말해 줄 것이다.

이모와 외삼촌에게 티 타임에서 있었던 일을 종알종알 떠들고. 잠들기 전엔 스위트피에게 연락해서 파자마 파티에 초대하고 싶은 사람이 있다고 해야지. 샤르파크 성의 루시를 소개해 주고 싶으니 까. 나는 오늘 이 사지에서 살아남아서 꿈같은 일상을, 꼭…… 꼭.

"영애 — !"

찢어지는 것 같은 고함이 들렸다.


*    *    *


"으하하하!"

대사제의 유쾌한 웃음소리가 신전에 울려 퍼졌다.

"세니아나 프렌시프, 그 빌어먹을 년이 드디어 삿된 자에게 먹혔 구나!"

빌어먹을 년. 뭐든 저 홀로 하겠다고 나댈 때부터 이 순간을 예감 했다. 대사제의 수척한 얼굴 위로 오랜만에 즐거운 홍조가 드리웠다.

"아쉽구나. 내 손으로 찢어 죽여 주고 싶었는데 말이지."

그리고 손녀라면 끔찍한 늙은이에게 그 계집애의 수급을 선물로 보내는 것이다. 세상이 무너진 표정으로 주저앉을 나베리우스 프렌 시프는 볼 만할 텐데. 그의 곁에 도열해 있던 아탈란의 신관이 조심 스레 입을 열었다.

"하지만……."

대사제가 폭소를 뚝 그치고 신관을 노려보았다. 신관은 움찔, 고개를 수그리며 웅얼거렸다.

"계집이 죽었으면 어찌합니까. 의식은……."

"빌어먹을 년이긴 하지만 성녀. 삿된 자 만 구를 담기 위한 병으로 우리의 신, 아탈란께서 낙점한 년이니 삿된 자의 손에 그리 쉽게 죽지는 않아."

"그럼……."

"삿된 자에 흡수되었을 뿐이지."

"그대로 흡수된다면—!"

"하여 푸른 눈과 같은 거대한 것들을 만들어 낸 것이 아니냐."

일반적인 삿된 자에게 먹혔다면 혼까지 금세 흡수될 테지만, 실험을 통해 만들어진 삿된 자들은 인간을 쉽게 '소화'시키지 못했다. 누아제를 억지로 이어 붙여 놨기에 그 속에 있는 수십, 혹은 수백, 수천의 삿된 자들이 제가 혼을 흡수하기 위해 치열하게 싸워 댔기 때문이다. 그제야 신관의 얼굴이 밝아졌다.

푸른 눈은 삿된 자 수천을 이어 붙여 만들어 낸 개체였다. 속에 그만큼 많은 삿된 자가 있다면 흡수되는 속도마저 현저히 느릴 것이다. 대사제는 와인 잔을 손안에서 빙글빙글 돌리며 사납게 뇌까렸다.

"푸른 눈을 거점으로 이동시켜라. 삼켜진 채로 의식을 치러야겠다."

"의식의 재료인 샤를리나와 조율자 도미니크는 어찌합니까."

"조율자야 그년에게 푹 빠졌으니 구하기 위해 제가 알아서 달려올 테지. 샤를리나는……."

그가 곤란한 어조로 물었다.

"버려졌다고 생각하여 약이 바짝 올랐을 겁니다. 쉬이 오겠습니까?"

대사제가 흥, 콧방귀를 뀌었다.

"피차 의식이 시작되기 전에 죽여야 할 년. 황궁에 있는 우리 사람에게 넝마 짝으로 만들어 데려오라 일러라."

대사제가 와인 잔을 내려놓자 신관들이 허리를 굽혔다. 의식을 준비하기 위해 그들이 와르르 빠져나가는 걸 지켜보던 대사제는 상아 의자 뒤, 커튼을 쳤다.

"……대사제!"

황도에 난리가 난 후, 수비를 위해 황도군을 이끌던 에단이 세작에 의해 잡혀 온 것이다. 대사제가 느른히 입꼬리를 올렸다.

"쥐새끼 같은 놈에겐 어울리지 않은 축복이겠으나, 혈족이 내일을 위한 위대한 희생을 치르는 만큼 관람은 허하도록 하마."

"개자식!"

에단이 그의 얼굴을 향해 침을 탁! 뱉었다.

"세니아나에게 무슨 짓을 하려는 게냐!"

손등으로 침을 훔친 대사제가 쯧 혀를 차며 에단의 머리채를 휘어잡았다.

"말했지 않으냐. 위대한 희생, 이라고."

"그 아이를 내버려 둬!"

대사제가 손끝으로 그의 뺨을 툭, 툭, 치며 빙그레 웃었다.

"네놈도 곧 죽은 누이의 곁으로 보내 주마."

"돌았어, 넌……!"

"너희 남매에게는 감사하고 있단다."

"……."

"한 년은 가슴에 비수를 품은 주제에 나를 위해 애썼고, 또 한 년은 내게 '재료'를 낳아 주었으니."

그가 쿡쿡 웃으며 에단의 머리를 놓아주었다.

"이 정도면 알뜰히도 써먹었지."

"개자식! 죽여 버릴 거야! 내가 기필코 너를―!"

축제의 시작이었다. 광분하는 에단을 즐거이 바라보던 대사제가 이윽고 몸을 돌렸다. 비릿한 미소를 머금고 에단을 지나치는 대사제의 곁으로 신관 하나가 따라붙었다.

"아무래도 이상합니다. 황도로 집결한 삿된 자들이 외곽으로 뿔뿔이 흩어지고 있습니다."

"삿된 자들은 천적인 성녀를 따라 황도로 이동한 것이 아니냐. 성녀가 사라졌으니 황도에 있을 턱이 없지."

"하지만……."

흩어지는 속도가 예상을 뛰어넘는다. 신관은 낮은 목소리로 중얼거렸다.

"삿된 자들이 빠져나가기 무섭게 누아제가 된 기사들로 황도 주변을 감싸고 있습니다."

"누아제들로?"

걸음을 우뚝 멈춘 대사제가 미간을 좁히고서 턱을 쓰다듬었다. 누아제들은 어떻게 보면 샷된 자의 새끼와 같다. 따라서 허기지지 않은 샷된 자들은 자연스럽게 누아제가 결집한 곳을 피해서 이동했다.

"제국에서 어떻게 샷된 자의 습성을 알아차린 것일까요."

"……프렌시프 령에서의 일을 유심히 살핀 것이 아니겠느냐."

프렌시프 령의 성벽을 누아제들로 감싼 것은 영지 안으로 투입한 샷된 자들이 빠져나가지 못하도록 울타리를 친 것과 진배없었다.

"흥, 프렌시프 놈들이겠군."

악독한 만큼 비상한 놈들이었다. 신관은 고개를 끄덕였다.

"그렇습니다. '누아제 결계'의 지휘관이 나베리우스 프렌시프와 란슬롯 프렌시프입니다."

누아제들로 결계를 만들자 황도에서 빠져나온 샷된 자들은 황도 반대편을 향해 이동했다. 황도 함락을 지원하기 위해 보낸 샷된 자들조차 이동 경로를 바꾸었다. 신관이 짓씹듯 "쳐죽일 사도 놈들이 영악한 수를……" 하고 중얼거리며 물었다.

"그냥 두어선 안 됩니다. 황도를 빠르게 무너뜨리지 못하면 제국의 백성들이 아탈란에 저항을 멈추지 않을 겁니다."

"되었다. 어차피 의식만 끝이 나면 자연히 무너질 터."

의식 후, 세니아나 프렌시프가 '절망을 담는 병'이 된다면 절망을 컨트롤할 수 있다. 실험을 거듭해 억지로 이어붙인 샷된 자들이 아니라 아탈란이 안배한 위대한 어둠을.

그깟 누아제 벽 따위 절망을 맞이한 순간 모래성처럼 와르르 무너질 것이다. 절망은 인력으로 당해 낼 수 없는 것. 제국의 모든 백성이 누아제가 되어 검을 든다고 해도 감히 맞설 수 없는 완벽한 힘이었다. 그러면 자연히 제국이 손아귀에 들어올 터이니 더 이상 염려할 필요가 없었다. 지금 중요한 것은 의식이었다.

"샤를리나는 어찌 되었느냐?"

"제국에 난리가 난 틈을 타 지하 옥사에서 무사히 빼돌렸습니다. 의식 전에 도착할 터이니 염려 놓으십시오."

"도미니크 황자는?"

"푸른 눈을 따라 이동 중입니다."

준비는 모두 끝났다. 대사제가 히죽 웃으며 고개를 끄덕였다.

# 23장

　나흘 후, 어둠이 가고 여명이 비추었다. 신전 아래 모인 사제들 사이로 모습을 드러낸 대사제가 주변을 둘러보았다.

　드디어. 1차 대륙 전쟁에서 아탈란의 대신전이 무너진 후 수십 년. 사무치도록 야멸찬 세월이었다. 신성한 교리는 부정당했으며, 위대한 신 아탈란의 안배를 마귀의 횡포라 비난받았다. 가련한 아탈란의 동포들은 무지한 자들에게 핍박받고 어둠 속으로 숨어들 수밖에 없었다.

　숨죽이고, 숨죽이고, 또 숨죽이며. 오직 이날만을 위해 칼날 같은 추위를 견뎌냈다. 비록 프렌시프 령 전투에서 패배하여 거점을 옮겼고, 그러는 동안 샷된 자 만 구(具)의 준비가 늦어졌으나 끝끝내 의식을 맞이했다.

"아탈란의 아들딸들아, 거룩한 평화의 서막이 올랐도다."

대사제의 목소리가 지하 신전에 울려 퍼지자 신관들은 일제히 무릎을 굽혔다.

"우리의 신 아탈란을 위해!"

입을 모아 소리친 자들을 둘러본 대사제가 고개를 끄덕였다. 가장 먼저 끌려 나온 건 새파랗게 질린 샤를리나였다.

"놓으란 말 안 들려?!"

지하 옥사에서 끌려 나온 후, 사제들의 행동이 이전과는 판이하게 달라졌다. 쥐면 꺼질까 불면 날아갈까 제 앞에선 고개도 들지 못했던 자들이 이제는 마치 짐짝처럼 내던지고, 난동을 피우는 제게 서슴없이 손을 올렸다.

'이상해.'

이상하다. 대사제는 늘 세뇌하듯 말하였다.

[의식은 오롯한 권좌로 가기 위한 통과점일 뿐, 네게 해가 되는 일은 없을 것이다.]

정말인지 몇 번을 확인하면 인자한 얼굴로 고개를 끄덕였다.

[염려하지 마라. 너는 '병'을 만들기 위해 필요한 '조건'일 뿐이야.]

[그래도…….]

[내가 언제 네게 해가 되는 일을 하더냐.]

[그건 아니지만…….]

세니아나 프렌시프가 '절망을 담는 병'이 된다는 것은 알고 있다. 조율자는 삿된 자들을 '병에 담는 역할'. 그렇다면 약탈자인 자신은 어째서 의식에 필요한 것일까. 샤를리나가 떨떠름한 표정을 지으면 대사제가 어깨를 붙잡고 상냥한 어조로 말했다.

[너는 우리의 상징이 될 아이야. 평화의 상징 말이다.]

[…….]

[우리는 약탈자를 찾기 위해 몇 번이나 실험을 거듭했다. 신관의 핏줄, 왕족, 귀족. 모두 조건에 부합하지 않았지.]

[조건이요? 그게 뭔가요.]

[욕망.]

[욕망이요?]

[네 안의 평화를 위한 욕망. 세상 어디에도 너만큼 특별한 아이는 없어.]

샤를리나가 '저는 특별한가요?' 하고 물으면 그는 언제나 빙그레 웃곤 고개를 끄덕였다.

[평화를 위한 욕망이 절망의 발동 조건이야.]

[…….]

[샤를리나, 너는 이 세계에 평화를 드리우기 위해 우리의 신 아탈란이 안배한 고귀하고도 특별한 아이다.]

[고귀하고 특별한 아이…….]

[영웅이 되어라.]

영웅에게 있어 시련은 필수 불가결한 요소. 그러했기에 여러 가지 고통스러운 일을 겪으며 자라난 것이라 대사제는 말하였다. 이전엔 그의 말을 믿었다. 하지만 지하 옥사에서 갖은 곤욕을 겪은 후에 알아차렸다. 소중한 영웅이 될 사람이라면 저를 그리 방치할 이유가 없었다. 그렇다면 혹시…….

'나는 그저 제물인 것이 아닐까.'

그렇게 생각하자 제단을 둘러싼 신관들의 표정이 오싹하게 느껴졌다.

"이, 이거 놔……! 놓으란 말야!"

지하 신전의 중앙으로 끌려 나온 샤를리나는 성기사들에 의해 꿇어 앉혀졌다.

"가련한 아이야. 고통은 순간일 뿐이란다."

대사제의 목소리가 지하 옥사에 음산하도록 낮게 내리깔렸다.

"시, 싫어, 싫어!"

비명을 내지르며 버둥거리는 샤를리나의 시야로 서늘하게 빛나는 단검이 들어왔다. 천천히 그녀의 곁에 다가간 대사제가 무릎을 굽히고 그녀를 마주 보았다.

"정말이지 괴로운 날이었지."

"대, 대사제님……."

샤를리나가 애원하는 눈빛으로 그를 바라보았다. 그녀는 오들오들 떨며 대사제의 옷깃을 붙들었다.

"부모 없는 제게 대, 대사제님은 아버지 대신이었잖아요……. 네?"

세니아나가 되었지만, 원하던 가족은 가질 수 없었다. 가족이 되어 주지 않는 프렌시프 일가에 상처 입고 분노할 때마다 그는 아주 다정하게 샤를리나는 안아 주었다.

*[오냐, 오냐. 마음이 많이 상하였겠구나.]*

마치 지금처럼 미소지으며, 세상에 다시 없을 만큼 인자하게 다독여 주었다. 지금껏 대사제를 신뢰했던 것은 그러한 날이 있었기 때문이었다. 샤를리나는 억지로 입꼬리를 끌어당겼다.

"제가 지금 말도 안 되는 생각을 하고 있어요."

"……."

"평소처럼 상냥하게 알려 주세요. 지금 제가 느끼는 이 공포는 심약한 마음에서 비롯된 어리석은 추측일 뿐이라고."

"……."

"그렇죠?"

샤를리나가 식은땀이 배어 나오는 손으로 대사제의 손을 꼭 부여잡았다.

"저는 '특별한 아이'잖아요."

"……."

"세니아나처럼 가짜가 아닌 진짜 성녀요. 아탈란의 상징! 그렇지요?"

"……."

"대사제님은 저를 아끼고 사랑하시니까……!"

"……말하지 않았니. 괴로운 시간이었다고."

대사제가 샤를리나의 뺨을 부드럽게 쓰다듬으며 히죽 입꼬리를 올렸다.

"나는 네가 참을 수 없이 역겨웠단다."

"……!"

"미천한 계집애가 진실로 특별하다 믿는 것이 우스워 견딜 수 없었지."

"거, 거짓…… 거짓말……!"

소리침과 동시에 복부에 격렬한 통증이 느껴졌다. 그녀는 벌벌 떨리는 손으로 배를 움켜쥐었다. 대사제의 검이 꽂힌 복부에서 검붉은 핏물이 줄줄 흘러나왔다. 샤를리나는 새빨갛게 충혈된 눈으로 다시 일어선 대사제를 올려다보았다. 마치 쓰러진 세니아나를 보며 비명도 지르지 못하고 죽어가던 미아처럼.

*[분명 후회할 날이 올 거야.]*

미아의 목소리가 귓가를 맴돌았다. 대사제는 제단에 퍼진 약탈자의 검붉은 피를 눈에 담곤 소리쳤다.

"절망의 먹이는 준비되었다."

그가 벽 쪽에 선 신관을 향해 눈짓하자 신관이 휘장을 올렸다. 휘장 뒤에 난 작은 쪽문을 통해 누군가 걸어들어왔다. 대사제가 그를 향해 허리를 굽혔다.

"오시느라 얼마나 고생이 많으셨습니까."

"……."

"황자님."

도미니크가 무미건조한 눈빛으로 대사제를 응시했다. 푸른 눈과의 싸움 후, 도미니크는 황궁으로 향했다. 황궁에 들어가기 전 행정관 하나가 앞을 가로막았다.

*[홀로 돌아오신 것을 보니 성녀님을 구해 내진 못하신 모양입니다.]*

*[너는 누구냐.]*

*[조율자께 인사드립니다. 아탈란의 말석입니다.]*

미처 다 숨어 내지 못한 아탈란의 끄나풀이었다. 도미니크가 그에게 달려들어 소리쳤다.

[눈 하나가 푸른 놈이 영애를 삼켰다! 당장 대사제를 불러! 성녀는 네놈들에게도 소중한 존재이지 않으냐!]

[대사제께선 오지 못하십니다.]

[네놈……!]

[다만, 저하께서 찾아가실 수는 있지요.]

행정관 행세를 하는 신관은 히죽 웃으며 황궁에서 빼 온 '황궁 마차'를 가리켰다. 함께 가자는 말에 도미니크가 움직이지 않자 행정관은 쐐기를 박았다.

[다시 성녀님을 뵙고 싶지 않으십니까.]

마차에 올라타는 것 외엔 도리가 없었다. 도미니크는 그렇게 신전으로 끌려 왔다.

"이런 곳에 숨어 있었군."

대사제를 노려본 그는 낮은 목소리로 덧붙였다.

"겁도 없이 프렌시프 령 근경에."

"언제나 그림자 안이 가장 안전한 법이지요."

"네놈들이 쓸 수 있는 포털이 위치한 곳이기도 하고."

"……."

대사제가 눈썹을 까딱 들어 올렸다.

"영민하시군요. 그를 눈치채고 계셨습니까."

"그래."

"칭찬해 드리지요. 늦었지만."

이미 의식은 모두 준비되었고, 이제 와 제국군이 이곳을 덮쳐 봤자 개죽음만 당할 뿐이었다.

"세니아나는 돌아올 수 있는 것이겠지."

도미니크의 말에 대사제가 가볍게 고개를 끄덕였다.

"물론입니다. 그분은 평화를 위해 할 일이 많이 있으시지요."

무사하지는 않겠지만. 이미 삿된 자에게 먹혔으니 그 배를 갈라 꺼내더라도 너덜너덜할 것이다. 삿된 자 속에서 살점이 뜯겨 나가고 뼈가 부러졌을 터이니 인간의 꼴은 아닐 터. 그 고통을 겪으며 정신이 온전할 순 없다. 버러지 같은 꼴이나마 살아 있기만 한다면 재앙을 담는 병으로는 쓸 수 있다.

'미련한 년.'

감히 제게 반항하지만 않았더라면 안전한 제 품에서 무사히 지냈을 텐데. 대사제는 도미니크의 굳은 얼굴을 보고 킬킬, 기분 나쁜 실소를 흘렸다.

"의식 후엔 그녀를 돌려드리지요. 물론, 두 분 모두 일생을 이 신전 안에서 보내실 테지만."

"……상관없어. 그녀만 돌아올 수 있다면."

"고작 여자 하나 때문에 제국의 백성을 모두 버리고 부황마저 저버리시는 겁니까."

"……."

"순애보는 갸륵하나 제국에 있어선 애석한 일입니다."

"쓸데없는 말 따윈 집어치워. 의식을 시작해라!"

도미니크가 조급하게 소리치자 대사제는 "성격도 급하셔라." 하며 한 손을 들어 올렸다.

"푸른 눈을 들여라!"

신전의 문이 열리기 무섭게 "케에에엑!" 푸른 눈의 비명이 천장을 흔들었다. 성녀를 흡수하기 전 크게 당한 모양인지 푸른 눈은 금방이라도 무너질 것 같은 진흙 덩어리 같았다. 그럼에도 움직일 때마다 아탈란이 갖은 실험을 거듭하여 만든 '검은 사슬(누아제를 이용하여 제작한 사슬. 삿된 자를 옭아맨다)'에 균열을 만들어 냈다.

"오냐, 오냐, 귀여운 것."

대사제가 흐뭇하게 웃으며 제단의 중앙을 가리켰다. 몇십이나 되는 아탈란의 성기사들이 힘을 쥐어짜 끌어내자 푸른 눈이 조금씩 움직였다.

세 개의 원이 일렬로 이어진 제단 위. 중앙엔 푸른 눈. 양옆으로 쓰러져 피 흘리는 샤를리나와 도미니크가 섰다. 제단 위에 선 '의식의 재료'를 확인한 대사제가 땅 아래를 내려다보았다. 이 아래에 삿된 자 만 구가 있었다. 모든 것이 완료되었다. 이제 의식만이 남았을 뿐.

제단을 에워싼 신관들 사이로 합류한 대사제가 무릎을 굽히기 무섭게 신관들이 고개를 숙이고 중얼거리기 시작했다. 생전 들어본 적 없는 언어였다. 신관들이 신어(神語)를 외기 시작하자 이윽고 제단 주변으로 검은 안개 같은 것이 뿌옇게 흩어졌다.

"커흑!"

샤를리나가 각혈하며 꿈틀거렸다. 도미니크 또한 격렬한 두통을 이기지 못하고 무너져 한 손으로 땅을 디뎠다.

"크……."

그것은 한 번도 느껴본 바 없는 고통이었다. 머릿속으로 수많은 음습한 감정이 새어들어 오는 것 같은 느낌. 그것들은 시간이 지날

수록 형태를 띄워 온몸을 압박했다.

"꺄아아악 —!"

살려 줘. 살려 주세요. 구해 줘. 엄마…… 아빠……! 제발!

발아래서부터 들려오는 소름 끼치는 비명. 삿된 자가 된 인간들의 마지막 의식이 제단으로 빨려들었다.

'아아, 이제…… 드디어!'

신어를 외며 제단을 보는 대사제의 눈빛에 희열이 떠올랐다. 그때였다.

"신전을 포위해라!"

신전의 문이 벌컥! 열리고 제국군이 그 안으로 쏟아져 들어왔다. 신어를 외기 시작한 사제들은 움직일 수 없었다. 그대로 멈춰서 저희들을 포위한 자들을 본 신관들의 얼굴이 당혹으로 물들었다.

"크윽…… 움직이지 마라……! 의식을 맺어야 해!"

대사제가 짓씹으며 소리쳤을 때였다.

"그거 소용없을걸."

등 뒤로 산뜻한 목소리가 들려왔다. 아주 익숙한 목소리였다.

'세니아나 프렌시프!'

어떻게, 저년이 어떻게 여기에 —!

"너……, 너……!"

대사제가 무심코 몸을 움직인 순간, 바닥에서부터 파지직! 올라온 스파크에 신관들의 관절이 절로 비틀렸다.

"이런."

세니아나는 인상을 찌푸리며 고개를 저었다.

"의식 중에 움직이니까 그렇지. 여기에도 써 있잖아. 정신이 흐트러지면 삿된 자에게 먹힌다고."

그녀가 헌책을 톡톡 두드리며 말하자 신관들의 낯빛이 허옇게 질렸다.

'저걸 어떻게 —!'

의식에 맞춰 도착한 것이 아니라 이때를 노리고 숨죽이고 있었던 건가. 대사제가 크흑, 신음하자 문을 통해 뚜벅뚜벅 걸어 들어온 가웨인이 그의 멱살을 잡아 제단 밖으로 내던졌다.

"크아아악 —!"

사지가 두 쪽으로 갈라지는 듯한 격통이 온몸을 내달렸다. 침을 질질 흘리며 고통에 몸부림치는 대사제를 보고 가웨인은 쯧, 혀를 찼다.

"하필 이런 구석에 숨어 있어서 찾느라 고생 좀 했다."

그러자 프렌시프의 기사, 알렉시아의 등 뒤에 숨어 있던 슈라가 얼굴을 쏙 내밀었다.

"내가 알려 줘서 찾은 거면서!"

"……어쨌든."

세니아나는 벌레처럼 꿈틀거리는 대사제에게 다가갔다. 그가 도망치기 위해 손을 뻗기 무섭게 손등 위로 날카로운 구두 굽이 직격했다.

"큭 —!"

대사제의 손등을 지그시 밟던 세니아나가 표정 없는 얼굴로 말했다.

"드디어 제대로 대화를 나누게 되었어."

"너, 너어……."

"소개부터 할까. 잘 알고 있겠지만."

"빌어먹을 계집이—!"

"당신들이 죽인 미아의 딸이야."

빙그레 웃는 세니아나의 얼굴 위로 그 여자의 얼굴이 겹쳐졌다.

*[당신이 처절하게 후회하는 날, 지옥에서 다시 만나자.]*

죽어가면서도 눈빛에 살기가 스미던 맹랑한 계집. 제 손으로 키웠으나 손아귀에만은 쥘 수 없었던, 아탈란을 지키기 위한 검임과 동시에 그들을 무너뜨릴 수 있는 오롯한 창.

미아.

세니아나는 충혈된 눈으로 자신을 노려보는 대사제를 향해 빙그레 미소지었다.

"덕분에 이십 년 가까이 다른 세계에서 죽도록 고생하고 왔거든."

"……."

"쉽게 죽을 생각은 하지 마."

\*     \*     \*

내가 천천히 허리를 굽히자 딱딱하게 굳어 있던 대신관은 으득, 이를 갈았다.

"우매한 놈들. 너희들은 무슨 일을 벌였는지 모를 것이다."

"뭐?"

"너는 이 땅에 드리울 영겁의 평화를 찢어발겼어."

"평화라고?"

난 몹시 기가 막혀 헛웃음조차 나지 않았다.

"평화가 아니라 종속이겠지!"

"멍청한……."

"너희들만이 이 세계에서 군림하기 위해서 사람을 죽이고, 또 죽이고."

"……."

"얼마나 많은 사람들이 죽었는지 알고 있어? 자식을 잃은 어미, 부모를 잃은 아이, 평생을 가꿔온 터전이 무자비하게 무너지는 걸 보아야 했던 자들."

"……."

"너희가 군림하여 전쟁이 사라진다고 그들이 평화를 되찾을 수 있을 것 같아?"

"미래를 봐야지! 그들의 자식이, 또 그 자식이, 자식의 자식이 살아갈 내일 말이다! 후손들은 아탈란이 선사한 평화 속에서 전쟁이 없는 삶을 누릴 수 있었어!"

대사제가 악을 내지른 후 살벌하게 덧붙였다.

"서로 가치관이 달랐을 뿐이다. 난 후손들의 거룩한 평화를 위해, 무지한 종자들을 품에 안기 위해 평생을 노력했을 뿐이야. 세상을 위해 헌신한 내게 무슨 죄가 있느냐!"

"네 가치관만이 옳다고 믿는 오만."

"……뭐라고?"

"남 위에 올라서고 싶다는 욕망 따위를 세상을 위한 일로 포장한 어리석음."

"……."

"수많은 사람을 무참하게 살해하고도 용서를 빌지 않는 몰염치함."

"……."

"내게서 어머니를 빼앗고, 인생을 빼앗고, 겨우 찾은 내 사람들 눈에서 피눈물이 나게 한 비정함."

난 입술을 꾹 깨물며 그를 노려보았다.

"그 모든 게 네 죄야."

대사제가 주먹을 불끈 쥔 채로 바르르 떨었다. 난 군사들을 돌아보며 소리쳤다.

"추포해라!"

그때, 구구구구구ー! 굉음과 함께 땅이 요란스레 흔들리고, 대사제의 입꼬리가 히죽 올라갔다.

"말했지. 너희들은 무슨 일을 벌였는지 모를 거라고."

그가 말을 맺자마자 제단 위에서 찢어지는 듯한 비명이 터져 나왔다.

"크아아악ー!"

"아악!"

"사, 살려 줘…… 살려……!"

신관들의 목에 굵은 핏줄이 도드라졌다. 새파랗게 변한 그들은 순식간에 컥! 단말마와 함께 쓰러졌다. 칼립스가 허겁지겁 달려가

신관의 맥을 잡았다.

"……죽었습니다."

가웨인이 인상을 찌푸리며 그들에게 다가갔다.

"의식을 중단해서인가……."

"아무래도."

"일단 도미니크 황자를 챙겨서 빠져나가야겠다. 세니아나, 너는─세니아나?"

그가 나를 쳐다본 그가 얼굴을 굳혔다.

"왜 그래? 무슨 일이야!"

나는 대답하지 못하고 양팔을 교차한 채로 팔뚝을 잡았다. 발밑에서부터 오스스 소름이 밀려들었다. 땅 아래에서 죽은 듯 잠잠하던 무언가가 일렁이는 것이 선연하게 느껴졌다.

'의식을 제대로 맺지 못했기에 잠들어 있던 삿된 자들이 눈을 뜨기 시작한 건가.'

의식을 위해 필요한 삿된 자들의 수는, ……일만 구.

"세니아나."

내게로 바짝 다가온 가웨인이 어깨를 조금 흔들었다.

"왜 그러느냐니─"

"도망……, 도망쳐야 해……. 도망……."

"뭐?"

"도망쳐!"

콰과과광─! 땅이 갈라지기 시작했다. 균형을 잡지 못해 휘청인 아탈란의 성기사 몇이 순식간에 그 아래로 빨려들었다.

"끄아아악ㅡ!"

처절한 비명과 함께 우두두둑, 뼈가 끊어지는 소리가 메어리쳤다. 그리고 이어진 고요 속에서 희게 질린 우리 군사들과 나, 가웨인이 땅을 내려다보았을 찰나였다. 쉬이익ㅡ! 허공을 가르는 소리와 함께 수많은 촉수가 땅 위로 솟구쳤다.

"아아악ㅡ!"

"꺄악!"

비명이 난무했다. 나는 우리 군사들을 향해 소리쳤다.

"도망쳐! 어서!"

모두 누아제가 된 군사들이지만, 만 구나 되는 삿된 자들을 상대하기엔 턱없이 부족했다. 아니, 제국의 백성이 모두 누아제가 된다고 해도 저들을 막아낼 수 없을 것이다. 나는 가웨인을 떠밀며 말했다.

"가요, 빨리!"

"너는ㅡ"

"가라니까!"

주춤거리는 가웨인을 칼립스에게 맡겼다.

"어서 오빠를 데리고 나가!"

"하지만 아가씨는ㅡ!"

"난 포털을 열어서 도망칠 테니까."

"……."

"이 작전의 지휘관은 나야."

"……."

"명령이다!"

내가 단호히 소리치자 칼립스는 이를 악물고 가웨인을 붙들었다.

"잠깐⋯⋯! 이거 놔! 세니아나, 세니아나!"

"가십시오, 주군. 위험합니다!"

"세니아나⋯⋯!"

가웨인의 고함이 점점 멀어졌고, 나는 제단을 향해 뛰었다.

'도미니크!'

제단 중앙에 쓰러진 도미니크는 움직이지 못하고 있었다. 재빨리 제단에 올라간 난 그를 끌어당겼다. 곧바로 포털을 열려고 했으나 마원이 빛나지 않는다. 그러고 보니 이곳으로 향할 때 마원들과 나눈 말이 있었다.

*[멀린, 테디는 어떻게 되는 거야? 혹시⋯⋯ 죽은 거야? 다시는 그 애를 볼 수 없어?]*

초조한 물음에 멀린은 고개를 가로저었다.

*[성수를 인간과 같은 선상에 놓아선 아니 되오. 인간은 사망 후엔 되돌아올 수 없지만 성수는 다르지. 빛 속에서 몇 번이고 다시 태어난다오.]*

*[그래요, 주인님! 바보 곰은 우리에게 맡기체요!]*

그들은 사라진 테디의 마원을 재구성하기 위해 모든 힘을 집중했다.

*[아, 아직이에요, 주인님! 테디를 구성해 내지 못해서 길을 열 수 없쳐요!]*

쵸의 울먹임이 전음으로 느껴졌다. 난 입술을 꽉 깨물고 도미니크를 부축하려 했다.

"걸어서 나가야겠어요. 빨리 일어나요!"

그가 나를 밀어냈다.

"도미니크!"

"나는 두고……."

"그런 말 듣기 싫어. 살 때도, 죽을 때도 우린 함께 있을 거야!"

"당신……."

"내 고집 알죠? 내가 더 살길 바란다면 빨리 내 손 잡아!"

나는 도미니크를 부축해서 억지로 일으켰다. 조율자인 그와 붙어 있어서인지 샷된 자들의 공격이 비껴갔다. 하지만 점점 바닥을 뚫고 올라오는 촉수가 우리에게로 향하고 있었다.

'조율자보다 천적인 성녀를 먼저 인식하는 것들이 있어. 빨리 가지 않으면―'

그때, 무언가 내 발목을 잡았다.

"나, 나도…… 나도 데려가……."

"샤를리나."

"여, 여기서 죽기 싫어. 제발……."

간절한 표정으로 울먹이던 그녀가 가까스로 내 다리를 끌어안았다.

"너는 착한 애잖아. 그렇지, 세니아나?"

"……."

"기, 기억 못 하겠지만 우리 어린 시절을 함께 보냈어. 내가 너와 얼마나 많은 시간을 함께했는지 아니?"

"……."

"그때를 기억해 봐, 응?"

"하나 기억나는 게 있지."

난 눈빛에 희망이 떠오른 샤를리나를 지그시 응시했다.

"네게 손을 뻗으며 살려 달라던 나를 외면하던 너."

*[어, 언니…… 언니……! 으아아앙! 아파! 아파! 살려 줘!]*

온몸의 구멍이란 구멍에선 죄다 검붉은 피를 쏟으며 고통에 몸부림치던 날 보고 샤를리나는 한 걸음 물러나며 말했다.

*[어서 죽어, 죽어! 죽어 버리라고! ]*

*[언니…… 으아아앙!]*

*[그래야 내가 예쁜 구두를 신을 것 아니야.]*

"세, 세니아나! 나는 어렸다고, 어려서…… 대사제의 말에 놀라나서, 그래서……!"

"그때의 너는 어렸지만, 지금의 너는 다르잖아."

"……!"

"그때도 지금도 너는 나를 노려 왔고."

"세니아나!"

"잘 가, 마음 아파하지는 않을 거야."

나는 입술을 꾹 깨물며 매정히 발을 떼었다. 문 앞에 이르렀을 때, 기어이 땅이 완전히 무너지기 시작했다. 나는 비틀거리다가 넘어져 버렸고, 내게 기대 있던 도미니크도 함께 바닥에 널브러졌다.

"아가씨!"

고레일과 바커스였다. 삿된 자 유인작전에서 부상을 입고 신전에 투입하지 못했던 그들이 회복 후 이곳에 돌아온 것이다.

"바보들! 왜 여길 ─!"

"제 성격 아시잖습니까. 말은 더럽게 안 듣죠."

바커스가 빙그레 웃곤 도미니크를 쳐다보았다.

"갑시다, 약골 황자."

"나서고 보자……."

도미니크가 바커스를 노려보았다. 바커스는 "나선 후에 얼마든지." 하며 그를 업고는 냅다 뛰었다. 고레일은 나를 부축했다.

"저는 모범생인 편이지만, 인생에서 한 번은 막 나가도 되지 않을까 싶었습니다."

"정말……."

그가 나를 공주님 안듯 양팔로 안고는 문밖을 뛰쳐나갔다. 우리가 문을 나서자마자 입구가 와르르 무너졌다. 나는 헉, 허억, 숨을 몰아쉬며 이마를 잡았다. 건물은 무너졌지만, 그 아래에 있던 삿된 자 만 구는 여전히 꿈틀거리고 있었다.

"어서 산 아래로!"

우리가 재빨리 산을 내려가기 시작했으나 어느새 돌무더기에서 빠져나온 삿된 자들이 단숨에 따라붙었다.

"으, 으으으, 으……."

지금껏 삿된 자들을 상대해온 누아제 기사들도 어마어마한 숫자에 기가 질려 제대로 싸우지 못했다. 거대한 삿된 자가 십 자 입을 쩍 벌리며 나를 향해 돌진했다.

"세니아나!"

"영애!"

도미니크가 내 허리를 끌어안은 채로 몸을 돌렸고, 가웨인이 삿된 자를 밟고 튀어 올라 정수리에 검을 꽂아 넣었다.

"키에에엑!"

삿된 자가 몸부림치자 가웨인이 휘청였다.

'어쩌지, 어떻게 해야―'

[앞으로 십 분!]

멀린의 목소리였다.

'십 분?'

십 분이면 포털을 쓸 수 있다는 소리인가? 내 물음을 긍정하듯 마원에서 번쩍 빛이 났다.

무너진 건물에서 삿된 자들이 계속 튀어나오고 있는 지금 십 분을 어떻게 버틴단 말인가. 게다가 사위가 온통 어두컴컴하다. 밝은 낮에도 도망치기 어려운데 지금이라면 더더욱.

무엇보다, 삿된 자들은 나를 쫓아올 거다. 내가 산 아래로 내려가면 민가와 근처에 있는 프렌시프 령이 큰 피해를 입을 터였다. 그런 생각을 하다가 알렉시아의 등 뒤에 붙어 어쩔 줄 모르는 슈라와 눈이 마주쳤다.

"슈라!"

"으, 으응?"

"네 부족 마을에 결계가 있지? 삿된 자들을 빠져나가지 못하도록 하는 결계 말이야!"

"으응, 부족민이 삿된 자가 되어 빠져나가면 우리 부족이 곤란해지니까……."

"우리를 네 마을에 숨겨 줘!"

결계가 있다면 못해도 십 분쯤은 버틸 수 있을 것이다.

"그건……."

슈라가 곤란한 얼굴로 나를 쳐다보았다.

"……이거 빚이야."

어느새 샷된 자의 정수리에서 뛰어내린 가웨인이 슈라의 머리를 휙휙 쓰다듬으며 말했다.

"프렌시프의 이자는 뭐든 수십 배지. 보복도, 은혜도."

슈라가 '치!' 입술을 삐죽 내밀다가 팔을 뻗었다.

"저쪽이야!"

우리는 슈라의 안내를 받아 뛰었다. 뛰는 동안 난 슈라에게 통신석을 빌려주었다.

"이거…… 소중한 보석이잖아. 멀리 있는 사람과도 연락할 수 있는 거! 우리 마을에도 있어."

"그래, 코드를 알지?"

"그럼! 난 족장인걸!"

그녀가 뿌듯한 얼굴로 고개를 주억거렸다.

"연락해서 부족민들을 프렌시프 령으로 먼저 내려보내."

혹시 피해를 입을 수도 있으니까. 부족민 걱정으로 얼굴이 샛노랬던 슈라가 환한 얼굴로 나를 쳐다봤다.

"그래도 돼?"

"물론!"

샷된 자 만 구가 근처에 있는 지금은 우리가 마을로 가지 않아도 그들은 피신해야 할 거다. 슈라는 얼른 부족장에게 연락했다. 우리가 슈라의 부족 마을로 도착했을 땐 움막이 모두 텅텅 비어 있었다.

"저기, 언니……. 프렌시프 사람들이 우리 부족 마을 사람들을 핍박하지 않을까……?"

"그럴 리 없어. 가웨인이 오면서 프렌시프에 연락해 두었으니까 걱정하지 마."

그보다 다른 게 걱정이었다. 마을로 들어온 후로 결계 때문에 삿된 자들이 들어오지 못하고 있으나, 얼마 버티지 못할 것 같았다. 들어오고서부터 내내 결계가 부서지는 소리가 들리고 있었다.

'어쩌지…… 어떻게 해야…….'

내가 양손으로 이마를 꾹 눌렀을 때였다.

"세니아나?"

가웨인의 목소리가 들리는가 싶더니 마원이 모두 환히 빛났다. 나는 시야에 가득 배어들어 온 빛을 이기지 못하고 눈을 꽉 감았다.

*　　*　　*

"헉!"

정신을 차렸을 때 나는 모르는 공간에 있었다.

'아니, 아니야.'

나는 여기를 알고 있어. 이곳은…….

"주인."

"주인님!"

"누나!"

마원들이 나를 반겼다. 포털의 안, 이곳은 포털의 안이 분명하다. 포털이 안정되지 않았을 적에 나를 지키기 위해 삼키던 공간 말이다. 마원들이 일제히 몸을 비켜 주었다. 그 사이에서 나타난 사람은……

"세나야."

"……선생님."

언제나 궁금했다. 그녀를 다시 보게 되면 어떤 말을 해야 할까. 어떤 생각과 어떤 모습으로 마주하게 될까. 그녀에게 하고 싶은 이야기가 많았다. 세상에 어떤 사람이 온 마음과 시간, 정성, 생을 모두 희생해 내가 아닌 다른 사람을 지킬 수 있을까. 그건 얼마나 소중하고 다정한 감정인가.

그러니까 말해 주어야지. 나는 행복하다고. 낳아 줘서, 오랜 세월 나를 지켜 줘서 감사하다고. 그녀가 그리운 밤엔 이뤄지지 않을 다짐을 했다. 하지만 막상 마주하고 나니 그런 다짐들은 전혀 쓸모 있지 않았다. 진심은 눈물 안에 감춰지고, 나는 그저 그녀의 품 안으로 뛰어들 뿐이었다.

"선생님……, 엄마……."

눈물로 얼룩진 얼굴로 애써 미소지은 선생님이 내 뺨을 쓰다듬었다.

"고생 많았어, 정말로."

"……."

"엄마……."

"우리 세나를 키우면서 엄마는 늘 행복했어. 고마워, 우리 딸. 엄마 딸로 태어나 줘서."

그녀의 목소리가 가늘게 떨렸다. 나는 고개를 저었다.

"마음고생만 시킨 못난 딸인걸요."

"세나야."

"……네."

"엄마는 이 세상에 빚이 아주 많은 사람이야."

"……"

"나 살자고, 내 곁에 있는 사람들을 지키겠다고 무수히 많은 사람을 해쳤어. 누군가의 자식, 누군가의 부모. 헤아릴 수 없는 자식과 부모들이 내 손에 목숨을 잃었단다."

"그건……"

엄마는 흐리게 웃으며 말을 이었다.

"죽어 지옥에 떨어지는 게 당연한 사람이지. 그래서 감히 행복을 바라지 않았어."

"엄마……."

"하지만 아서를 만나고…… 네가 태어나고 난 정말로, 정말로 행복했어."

"……"

"네가 내 품에서 고물거려 줄 때, 나 같은 못난 사람을 사랑하고 아껴 주는 너를 볼 때, 어버이날에 카네이션을 달아 주었을 때, 나같은 사람이 되고 싶다고 말해 주는 너를 볼 때."

"……"

"이렇게 행복해도 될까 두려울 정도로 행복했단다."

나는 엄마의 옷깃을 잡고 고개를 숙였다. 그렇게 말해 주는 엄마가 고맙고도, 가슴 아팠다.

"훌륭하게 자란 네가 세상에 빛이 많은 엄마 대신 세상을 지키고, 사람을 지키고, 숱한 상처를 받아도 다정함을 잃지 않아 주었지."

"……."

"너는 엄마 인생의 구원이야."

나는 고개를 저었다.

"하지만 이제 지키지 못할지도 몰라요. 의식이 실패해서 삿된 자만 구가 모두 깨어났어요. 그러니까……!"

"나는 이곳에서 너를 지킬 거다. 그리고 너를 지키려는 내가 네 힘이 되겠지."

"네?"

그때였다. 엄마의 뒤에서 낯익은 사람이 나타났다.

"이제 가야 해, 미아. 우리에겐 아직 소임이 끝나지 않았어."

"……아!"

일전에 엄마를 만났을 적 보았던 여성이었다.

"저…… 당신은 알고 있어요."

그녀가 빙그레 미소지었다.

"나도 마찬가지란다. 늘 감사의 인사를 하고 싶었지."

"역시……."

"부족한 아들이 신세를 졌구나."

"레오나!"

황제의 처음이자 마지막 연심, 그리고 도미니크의 모친.

"영리하구나, 세니아나."

"도미니크가 당신, 아니, 저기! 아, 아줌마?"

뭐라고 불러야 할지 모르겠어서 동동거리자 엄마와 레오나는 쿡쿡 웃었다. 레오나가 눈을 가늘게 뜨며 중얼거렸다.

"아줌마는 너무 한걸."

"그게 아니라……."

"그러게. 뭐라고 불러야 할까. 이모…… 라기엔 내 아들과 너무 깊은 사이지?"

"저기, 그러면……."

어머님?

나는 차마 소리 내지 못하고 그녀의 눈치를 보았다. 엄마가 "너무 놀리지 마, 언니." 하며 나를 감싸 안았다. 레오나는 입가를 주먹으로 가리며 우후후, 소리 내어 웃었다.

"아들과 그 사람이 앞으로도 신세를 지겠지. 혼을 낼 땐 매섭게, 가끔은 타일러도 보면서 휘어잡고 살아. 알았니?"

"……네!"

"잘 부탁한다."

레오나의 눈매가 부드럽게 휘어졌고 엄마가 또 한 번 나의 뺨을 쓰다듬었다. 그러자 공간이 새하얗게 빛나기 시작했다.

"어, 엄마! 엄……!"

그렇게 불렀지만, 그녀는 대답하지 않았고 나는 완전히 빛 속에 파묻혔다.

＊　　＊　　＊

다시 눈을 떴을 땐 슈라의 마을이었다. 나는 헉, 숨을 삼켰고 가웨인과 도미니크가 날 흔들었다.

"세니아나!"

"영애!"

"엄마……."

가웨인이 굳은 얼굴로 "뭐?" 하고 물어왔다.

"무슨 일 있었어? 갑자기 사라졌다가 나타나서 놀랐다고."

"그게…… 아, 참! 시간! 어떻게 되었어요? 얼마나 지난 거예요?! 결계는 무사해요?"

가웨인과 도미니크가 서로를 바라보았다. 입을 연 건 도미니크였다.

"보름이 지났습니다."

"뭐라고요?!"

거짓말! 내가 선생님과 만난 건 고작해야 오 분일 터였다. 아니, 그보다 더 짧았으면 짧았지 결코 보름이나 지나진 않았을 시간이란 말이다.

'그러고 보니 이상해.'

엄마가 이 세계에서 죽은 후, 윤세나가 된 나를 찾아왔던 건 십 년이 지난 다음이었다. 그런데 어떻게 엄마는 길라게온에 있을 때와 같은 젊은 모습일 수 있었을까. 또 처음 멀린의 마원을 손에 넣었을 적, 힘이 불안하여 포털에 삼켜졌을 때도 순간이라고 여겼지만 돌아와 보니 며칠이 지나 있었다.

'혹시 포털은 공간뿐만이 아니라 시간도 넘나들 수 있는 것일까.'

아니, 그보다 ―!

"보름이나 지났으면 삿된 자들이 결계를 깨뜨렸을 텐데…… 어떻게 무사하실 수 있었지요?"

"네가 사라지고 난 후, 이 구역에 내내 빛이 뿜어져 나왔어. 삿된 자들은 그 빛 때문에 접근하지 못했고. 그들은 그냥 산을 내려가는 수밖에 없었다."

확신할 순 없었지만 막연히 그런 생각이 들었다.

'엄마와 레오나 님이 도와주신 걸지도…….'

두 사람은 아탈란에서 사력을 다해 키운 강력한 신관이었으니까.

"그럼 제국은……."

"곳곳이 초토화되었다. 이곳에 남아 있던 기사들이 오전부터 이상한 빛이 가라앉기 시작했다기에 혹시 네가 돌아왔을까 싶어 온 거고."

"그랬군요……."

"일단 내려가자. 빛이 사그라들었으니 삿된 자들이 접근해올 거다."

가웨인의 말에 나는 고개를 끄덕였다. 나는 그들과 함께 내려가면서 궁금한 점을 몇 가지 더 물어봤다.

"산 아래 사람들은 어떻게 되었어요?"

"일단 동부 사람들은 황궁 마차와 아탈란이 두고 간 포털 등을 이용해서 황도로 이동시켰지."

듣자 하니 아탈란의 포털은 내 생각대로 지역에 이어진 듯했다. 마치 지하철이나 버스 역처럼. 그곳을 통하면 지정된 한 곳으로만 이동할 수 있는데 황도 근처에 '역'이 있었다.

"그렇군요. 황도에 누아제 기사들로 결계를 만들어 두었으니……."

"하지만 그것도 더는 버티지 못할 듯싶다."

"왜요?"

"잠에서 깬 삿된 자들에겐 먹이가 필요하더군."

내가 "먹이?" 하고 가웨인을 쳐다보자 그가 쯧, 혀를 찼다.

"사람 말이다."

"……이 인근에서 민란을 만든 게 프렌시프의 눈길을 돌리기 위해서만이 아닌 거군요."

"누아제를 한 마리씩 깨우면서 민란에서 죽은 자들을 데려와 먹이로 써먹은 거겠지. 개자식들."

"먹이를 찾아 사람이 많은 황도 쪽으로 이동하고 있나요?"

"허기로 제정신이 아닌지 이동 속도가 놀랍더군. 뭣보다 진화하고 있어."

"진화라면……."

"지혜가 생겼다. 아탈란이 남긴 포털을 이용할 줄 알아."

이런. 나는 경직된 얼굴로 그를 쳐다보았다.

"그럼 삿된 자들이 황도로 집결하는 건……."

"오늘, 늦어도 내일까지는 모두 도착할 거다."

나는 걸음을 우뚝 멈추고 두 사람의 옷깃을 잡았다.

"뭐, 뭐야?"

"영애?"

"그럼 우리도 황도로 가요."

"포털, 이제 쓸 수 있는 거냐?"

열흘 전에 포털이 열렸었다면 지금도 열 수 있겠지.

'컨디션도 좋고.'

난 고개를 끄덕이고 당장 포털을 열었다.

* * *

"으아아악!"

기어이 누아제 결계가 뚫리고 수많은 샷된 자가 내부로 밀려들었다. 사람들은 비명을 내지르며 샷된 자를 피해 달아나기 시작했다. 혼란스러운 건 황궁도 마찬가지였다. 거대한 샷된 자 하나가 황궁의 담을 부수고 내부로 이동했다.

"꺄아악—!"

"아, 아아, 아으으…….."

혼비백산해서 도망치는 자도 있었고, 처음 맞는 공포에 질려 실금하는 자도 있었다. 황군들이 샷된 자에게 달려들었으나 성냥개비처럼 우수수 쓰러졌다. 그즈음, 옥사가 무너지며 간혀 있던 황후가 기어 나왔다.

"히, 히익—!"

눈앞에서 목격한 샷된 자를 피해 달아나던 그녀는 황비, 그리고 시녀, 시종들이 잔뜩 모여 겁에 질려 있는 것을 발견했다.

"이놈! 여기가 어디라고—!"

로웨나가 두 팔을 벌리며 샷된 자를 막아섰다.

"화, 황비님!"

시녀들이 뜯어말렸으나 그녀는 그들을 밀쳐냈다.

"너희는 어서 황제 폐하와 황태자 전하를 모시고 달아나라."

"하면, 하면! 황비님은 어찌하시려고요－!"

"나는 내궁의 주인이야. 주인이 집을 비우는 경우가 어디 있단 말이냐."

"황비님!"

어쩔 줄 몰라 하던 시종들은 "어서!" 하는 황비의 고함에 못 이기고 곧 달아나기 시작했다. 후들후들 떨리는 팔을 꾹 부여잡은 로웨나가 입술을 깨물었다. 그때, 삿된 자들에게 쫓겨오는 황후가 보였다.

"황후?"

"……로, 로웨나."

행색이 말이 아닌 황후는 삿된 자의 눈을 피해 도망치다 로웨나에게로 향했다. 로웨나가 그녀의 팔뚝을 붙들었다.

"이 뒤가 아발론이에요! 사람들이 모여 있다고요! 당신이 여기서 도망치면 삿된 자를 유인하는 꼴이 아닙니까!"

"모, 몰라, 난 그런 것 모른다고! 이거 놔!"

"당신 아들이 아발론으로 옮겨지지 않았습니까!"

"놔, 놔! 난 죽기 싫단 말야!"

"당신, 한때 국모였잖아! 못 가! 안 돼! 헬리오스가 아발론에 있다고!"

제가 키운 아들이 저곳에 있다. 처음, 북부의 귀족들에 의해 황궁에 올라왔던 때를 기억한다. 마음 붙일 곳 하나 없이 외롭던 그녀에게 유일한 벗은, 아이러니하게도 자리를 빼앗아야 할 선대 황후였다.

*[이리 와서 북부의 이야기를 더 해 주렴.]*

*[폐하께선 제가 밉지도 않으십니까. 북부 귀족들이 당신을 버리고*
*저를 택한 것이나 마찬가지인데요.]*

*[미안할 따름이지.]*

*[예?]*

*[황궁의 밤은 사무치게 외롭거든. 나 대신 밤을 견뎌야 할 네게 미*
*안하구나.]*

아들을 부탁한다던 선대 황후의 모습이 눈앞을 스쳐 지나갔다.
그녀의 말대로 황궁의 밤은 사무치게 외로웠다. 그 밤을 견딜 수 있
게 해 준 건, '엄마…….' 하고 부르며 저를 찾던 작은 손.

'헬리오스.'

혹자는 말했다. 로웨나가 성공을 위해 모후 잃은 가여운 황자를
이용하고 있노라고.

'아아…….'

내 속으로 낳지 않았다고 자식이라 부를 수 없는가. 아이를 사랑
하는 건 오직 낳은 부모뿐인 걸까. 그렇다면 이리 애끓는 마음은 무
엇일까. 사내와 마주 볼 때보다, 나 자신을 생각할 때보다 더 뜨겁
게 그 아이를 사랑했다. 온 마음을 다해서, 온 정성을 다해서.

그 아이가 위험하지 않기를 바랐기에 황위를 갈망했다. 미카엘의
정적으로 스러지길 바라지 않아서 영악하고도 교활한 삶을 택했다.

헬리오스. 헬리오스. 헬리오스야.

황후가 로웨나를 떠밀었다. 그 탓에 황후에게 집중되어 있던 작

은 삿된 자의 시선이 로웨나를 향했다. 황후는 도망쳐 아발론을 향해 뛰었고, 삿된 자가 로웨나를 향해 달려들었다.

'내 아들아……'

그녀가 눈을 꽉 감았을 때였다.

"비키세요!"

황궁 위에서 날카로운 목소리와 함께 콰과광—! 굉음이 들려왔다. 소스라치게 놀라 눈을 뜬 로웨나가 제 앞을 가로막은 사람을 보고 중얼거렸다.

"세, 세니아나……"

"괜찮으세요, 황비님?"

"그래……"

"다른 사람들은요?"

"폐하와 황태자 전하는 아발론의 비밀 통로를 통해서……"

"가브리엘라 황비님은요?"

"함께 계신다."

세니아나가 고개를 끄덕였다.

"쵸!"

[말씀하체요, 주인님]

"정리하고 따라와."

[네]

여우는 씩씩하게 말하며 삿된 자들을 향해 크르릉, 포효했다.

[바보 곰, 거기서 지켜보라고요. 내가 얼마나 잘하는지 말이에요.]

[테디는 바보 아냐! 아냐!]

거대한 여우와 곰이 삿된 자들을 막아 냈고, 세니아나는 황비의 손을 잡고 냅다 뛰었다. 로웨나가 얼떨떨한 표정으로 세니아나를 쳐다봤다.

"왜, 왜 날 구해 주는 거니……."

"네?"

"우리가 손을 잡긴 했지만 미카엘이 없는 지금, 도미니크를 황위에 올리려면 내가 방해될 텐데."

"그런가요. 음, 도미니크 저하도 그렇게 생각하시려나."

"너는 다르다는 거야?"

"네."

세니아나가 히히 웃고 로웨나를 돌아보았다.

"제가 황비님을 좋아하거든요."

"……다들 교활하다던데, 넌 이상도 하다."

"뛰면서 말하면 혀를 씹으실 수도 있어요!"

두 사람은 금세 아발론에 도착했다. 황족들은 아발론의 비밀 통로를 향해 달려가고 있었고, 시종이 그들을 보호했다.

"폐하, 어서 가셔야 합니다……!"

"일어나지 못해!"

미카엘이 황제의 손을 뿌리쳤다.

"두고 가시라니까요. 전 여기서 죽는 게 폐하께 이롭지 않습니까. 죄인을 어디로 데려가시려는 겁니까!"

황제가 그의 뺨을 철썩 내리쳤다.

"죽어도 내 품에서 죽어."

"……."

"자식이 찬 바닥에서 식어 가는 꼴을 아비가 어찌 본단 말이냐!"

황제와 미카엘 사이에 침묵이 흘렀다. 이내 황제는 아들을 끌어당기며 낮은 목소리로 말했다.

"가자."

"……."

황제에게 손이 잡혀 걷는 미카엘은 고개를 떨구었다. 잡힌 손이, 손에서 느껴지는 온기가 너무나 생경해 어떤 말도 나오지 않았다.

"내일은 서로 하지 못한 이야기를 나누자."

"……."

"너 좋아하는 것도 먹으면서. 그래, 애플파이를 좋아했던가."

"애플파이는 제가 아닙니다."

멈칫한 황제가 그를 슬쩍 돌아보았다.

"……아냐?"

"도미니크 녀석이었죠."

"형에게 녀석이 뭐야."

"제대로 따지면 제가 형입니다. 도미니크가 해를 넘기고 태어났으니, 확실히 위죠."

"그런가……."

"그렇습니다."

"애플파이는 도미니크……. 그럼 네 녀석은 무엇을 좋아하지?"

"……."

"……."

"……."

침묵이 길어지자 황제가 버럭 소리쳤다.

"바쁜 짐이 궁인들을 찾아다니면서 네놈 좋아하는 것을 물어야 했겠느냐! 알려 주지 않은 놈이 잘못이지!"

괜스레 성을 낸 황제가 헛기침을 하며 앞서 걸었다.

"하면 내일 이야깃거리는 정해졌구나. 네가 무엇을 좋아하는지 이야기하자."

내일은. 그래, 내일은.

미카엘이 머뭇거리며 입을 떼려던 그때, 아발론의 커다란 창이 부서지고 삿된 자가 들어왔다.

"뭐 하시는 거예요!"

세니아나가 버럭 소리치고 그들을 떠밀었다.

"어서 나가세요!"

"세니아나."

"프렌시프!"

미카엘과 황제가 그녀를 보고 눈을 홉떴다.

"언제 황도로 올라온 것이냐."

"방금이요. 그보다 빨리―!"

"짐을 구하러 왔느냐."

"네."

"미카엘과 헬리오스, 황비들을 부탁하마."

"폐하께서는요?"

"황궁은 제국의 상징이며 기둥이야. 황제가 어찌 그것을 저버리겠느냐."

"버리세요."

"뭐?"

"제가 오늘 황궁을 없애 버릴 생각이니까."

황제는 "그게 무슨 말이야, 궁을 없앤다니!" 하며 소리쳤으나, 마침 황비궁의 삿된 자들을 정리하고 나타난 거대한 여우 성수로 화제가 돌아갔다.

"저, 저건……!"

"염려하지 마세요. 제 성수예요."

"성수? 네 성수는 하나가 아니었단 말이냐?"

게다가 저건 일전에 황궁에 나타나 샤를리나를 추포하게 만들었던 여우 성수잖아!

'짐을 속였어?'

황제가 어처구니없는 얼굴로 그녀를 바라보았다.

"너……!"

그때 삿된 자의 촉수가 날아왔고, 쵸는 쾅! 소리를 내며 앞발로 촉수를 붙잡았다. 하마터면 죽을 뻔한 황제가 주르륵 미끄러졌다.

[주인님, 이 어린 것을 구할까요?]

"어린 것?"

세니아나가 눈을 동그랗게 뜨며 묻자 쵸는 홍! 하고 고개를 치켜들었다.

[저는 이 어린 것이 젖 투정하기 이전부터 존재했는걸요.]

"그야 그렇겠지만······ 으응, 뭐. 구해드리자."

그러자 쵸가 눈을 가늘게 뜨며 황제에게 말했다.

[어린 것, 주인님을 방해하지 말고 뒤로 붙으렴.]

"무엄한······!"

다시 삿된 자가 쉭! 소리를 내며 몸을 일으키자 황제가 움찔, 몸을 굳혔다. 미카엘이 제 아비를 끌어 쵸의 뒤로 향했다.

"무엄한 것에게 목숨을 구걸하란 말이냐."

"살고 싶으시다면 구걸밖에 답이 없을 듯합니다."

[저 어린 것은 눈치를 볼 줄 아는구나.]

"감사합니다, 여우님."

쵸가 황제를 쳐다보았다.

[저 어린 것과 주인님을 보아 등에 태워 줄 터이니 감사하렴.]

"뭐야?! 이놈 ― 으읍!"

미카엘은 부황의 입을 틀어막고서 가볍게 고개를 숙였다.

"영광입니다."

"영광은 무슨 ― 짐은, 우읍! 이거 놓지 못해!"

[시끄럽긴. 너는 어느 상황에서나 입을 가만두질 못하는구나. 네가 주인님을 괴롭히는 것을 다 보았어. 물어 죽이지 않는 것만으로 감사하지 못하고······!]

"쵸."

세니아나가 그를 엄히 불렀다.

"그만하고 어서 두 분을 모시고 황궁을 나서야지."

그녀가 눈을 부릅뜨자 황제에게로의 날카로운 기세가 거짓인 양

쵸는 끄으응…… 울며 몸을 낮췄다.

[화내지 마체요, 주인님……. 쵸는 주인님의 어린 양이랍니다.]

"그래, 그래. 쵸는 참 착해. 두 분을 모셔다드리고 빠르게 돌아와야 한다?"

[네.]

황제와 미카엘을 호위하던 시종들이 세니아나의 앞에서 놀라울 정도로 나긋나긋해진 쵸를 보고서 혀를 내둘렀다. 쵸는 황제와 미카엘의 옷깃을 가볍게 물어 던지듯 등 위에 올려 두었다. 앞발론 남은 이들을 잡아채 재빨리 뚫린 창문을 향해 뛰어내렸다. 창문 아래로 소스라치게 놀란 사람들의 비명이 울려 퍼졌다.

때마침 도미니크와 프렌시프 일가가 군사들을 이끌고 아발론에 나타났다. 누아제 기사들이 삿된 자들을 정리하고 있을 때, 세니아나가 도미니크에게 달려갔다.

"황도에 모인 사람들은요?"

"영애의 말씀대로 내보내고 있습니다."

"얼마나 걸릴 것 같은가요?"

"앞으로 두 시간."

세니아나가 고개를 끄덕이던 찰나, 황태자 헬리오스와 로웨나가 그녀를 찾아왔다.

"왜 빠져나가지 않으시고!"

"아직 우리가 해야 할 일이 있을 수도 있으니까. 내가 어떻게 하면 영애를 도울 수 있지?"

세니아나는 빙그레 웃고서 입을 열었다.

"숨어 있는 백성들도 있을 테니 마법사들에게 황도 내에 대피령을 내리도록 하세요. 그리고 두 분도 어서 황궁을 벗어나시고요."

"그래."

모두 바삐 움직였다. 그 사이에서 홀로 선 세니아나가 멀린과 테디의 마원을 꽉 그러잡으며 희미하게 웃었다.

*　　*　　*

명을 내린 지 십 분. 황궁의 마법사들이 황도 곳곳에 설치된 마탑을 통해 안내 방송…… 아니, 대피령을 내리기 시작했다. 사이렌 같은 긴급음과 함께 할아버지의 목소리가 황도 내에 울려 퍼지기 시작했다. 군사들은 미처 빠져나가지 못한 황궁의 시종들을 돕기 위해 삿된 자들과 맞서기 시작했다.

황제와 미카엘을 황궁 밖에 내려두고 온 쵸는 마원이 되어 내 손 안에 갈무리되었다. 시간이 지날수록 제도는 고요해졌고, 선득한 공포가 폐를 꽉 옥죄었다. 백성들이 빠져나가고 삿된 자들이 황도에 집결한 것이다. 난 마지막으로 황궁에 남은 군사들과 도미니크, 그리고 우리 가족들 이동시켜 주려 했다.

"넌 어떻게 하고!"

가웨인이 내 손목을 붙들었다.

"저도 금세 갈 거예요."

"삿된 자의 수를 알고 있어? 무려 만 구라고, 만 구! 너 홀로 어떻게 하겠다는 거야!"

"괜찮아요. 든든한 아군이 있으니까."

"뭐?"

난 할아버지를 쳐다보았다.

"할아버지가 오빠들을 데리고 가주세요."

"……."

"저를 믿어 주실 거지요?"

침묵하던 그가 고개를 끄덕였고, 란슬롯은 "조부님!" 하고 소리쳤다. 할아버지가 란슬롯과 가웨인의 어깨를 잡았다.

"가자."

"하지만－!"

할아버지가 고개를 가볍게 저었다. 란슬롯과 가웨인은 이를 악물고서 각각 내 손을 꽉 그러잡았다.

"약속하는 거지?"

"네."

"언제나 약속을 지켜 주었으니까. 그러니까……."

"반드시 돌아갈게요."

나는 헤헤 웃으며 길을 엶과 동시에 허공에서 번쩍, 빛이 났다. 다시 눈을 뜬 순간 황궁에 남은 것은 오직 나와 도미니크, 그리고 아빠뿐이었다.

"아빠."

"그래."

"아빠."

"……그래."

나는 그의 허리를 꽉 끌어안았다.

"꼭 말하고 싶었어요."

"……."

"저, 아빠의 딸이라서 정말로 행복했어요."

새까만 밤, 길을 찾을 수 없어 홀로 헤매고 있을 때 다정하게 주변을 밝혀 주는 내 가로등이며 등대. 그를 만나고 난 더 이상 어둠을 두려워하지 않게 되었다. 세상에서 가장 든든한 울타리가 나를 지탱해 주고 있다는 것을 알고 있었으니까.

서로 어떤 말도 하지 않았으나 나는 그가 나를 바라볼 때마다, 나를 향해 웃을 때마다, 내 손을 잡아 줄 때마다 그가 삼킨 말을 선명하게 느꼈다.

너를 사랑한다. 사랑한다. 사랑한다. 어떤 남자보다도, 그 누구보다도 나를 뜨겁게 사랑한 사람. 완벽한 사랑 하나를 가지고 있었으므로 난 누구보다 용감해질 수 있었다.

아빠는 희미하게 웃으며 무릎을 굽혔다. 나를 올려다보는 그의 눈가에 다정한 주름이 생겼다.

"너는 내 봄이고, 숨이야."

"……."

"네 아비로 산 매 순간이 내겐 기적과 같았다."

"……."

"기다리고 있으마."

나는 그의 목을 꽉 끌어안았다. 내 긍지임과 동시에 나를 긍지로 여겨 주는 세상에서 제일 멋진 기사님. 돌아올게요, 당신 품으로.

'아버지.'

실낱같은 빛이 그를 감쌌다. 이내 그는 내 품에서 사라졌고, 난 씩씩하게 고개를 들었다.

"갈까요!"

도미니크가 나를 보며 빙그레 미소지었다.

*    *    *

겨우 제도 외곽에 다다른 사람들이 거칠게 숨을 몰아쉬며 멀리 우뚝 선 황궁을 바라보았다. 검은 물결이 황궁으로 몰려들고, 휩쓸릴 때마다 삶의 터전이 모래성처럼 와르르 무너졌다. 어느 누구도 쉬이 입을 열지 못했다. 저것은 어둠이며 종말이다.

황궁을 향해 우르르 몰려가는 삿된 자들의 수에 질린 병사가 마른침을 삼켰다. 심약한 자들이 먼저 눈물을 터뜨리기 시작하자 누군가는 탄식했고, 누군가는 주저앉았다. 그 속에서 아서와 나베리우스는 눈을 떼지 않고 황궁을 지켜보았다.

"아서."

"예."

"그 아이는 돌아올 수 있을까."

"돌아올 겁니다. 약속은 반드시 지키는 아이가 아닙니까."

단호한 말과 달리 불안이 말끝에 묻어났다.

"저건ㅡ!"

누군가 소리쳤다. 우레가 하늘을 가르기 무섭게 허공에 거대한 백사자와 곰, 여우가 나타났다. 그들은 검은 물결을 황궁으로 몰아가며 커다랗게 포효했다. 성수가 발을 옮길 때마다 섬광이 번쩍이며 검은 파도가 밀려났다.

"일레인!"

황제가 소리치자 붉은 로브를 입은 여성이 병 안에 담긴 물을 바닥에 뿌렸다. 흙바닥에 물이 번져가며 타원형의 테두리가 되었다. 원형 내부에 푸른 실선이 이어져 한 면이 되더니 그 안에 황궁을 비추었다. 탑 꼭대기에 선 사람은.

"세니아나……."

란슬롯이 중얼거렸다. 탑 위에 우뚝 선 세니아나가 자신을 향해 몰려오는 삿된 자들을 보며 소리쳤다.

[난 여기에 있어.]

검은 물결이 난폭하게 휘몰아치자 그녀는 또 한 번 나긋이 중얼거렸다.

[나를 삼키고 싶거든 이리로 와라.]

기어이 검은 물결이 탑 위로 오르기 시작했다. 작은 개체, 혹은 큰 개체, 가리지 않고 올라오는 자들과 맞서는 건 도미니크였다.

"저 녀석."

헬리오스와 미카엘이 그에게 집중했다.

"멍청이, 뒤야!"

헬리오스가 도미니크의 뒤로 달려드는 삿된 자들을 발견하고 소리치자 황제가 주먹을 꽉 움켜잡았다. 동시에 도미니크의 검이 등 뒤로 다가온 삿된 자의 미간 정중앙에 박혔다.

'이놈이나 저놈이나 아비 심장 멎게 하긴……!'

당최 제대로 된 놈이 없다. 고집 세고, 아비 알기를 우습게 알아서…….

'장하지.'

그래서 도무지 말릴 수 없었던 것이다. 또 한 번 도미니크에게 날카로운 공격이 행해졌다. 가슴을 졸이며 화면에 집중하던 황제는 이마를 부여잡고 비틀거렸다. 아서가 그를 부축했다.

"자식놈들 때문에 공이나 짐이나 고생이 많소."

"아비 때문에 자식들이 고생 많은 게지요. 살아 돌아온다면 누가 저 애들을 탓하겠습니까."

그래, 살아만 돌아온다면.

'제발.'

제국의 모든 이가 저들의 귀환을 빌었다.

* * *

이제 됐다. 다 모였어.

'이 정도 범위면 길에 들어갈 수 있어.'

"영애!"

도미니크가 나를 끌어안고 세 시 방향에서 달려든 삿된 자를 쳐냈다. 휘청이는 바람에 떨어질 뻔했다. 나는 도미니크의 허리를 꽉 끌어안고 조심스레 바닥에 발을 디뎠다.

"저하, 이제 됐어요. 내려가서도 돼요."

"안 갑니다."

"고집은!"

"당신 고집도 보통 고집이 아닐 텐데요."

"……."

"살 때도, 죽을 때도 함께 하자고 한 사람이 누굽니까."

그가 인상을 찌푸리며 나를 쳐다봤다. 나는 그를 빤히 보다가 한숨을 내쉬었다. 그러곤 그의 손을 꽉 잡았다.

"그래요. 함께 가요."

"이제 내가 어떻게 하면 되겠습니까."

"기도요."

"예?"

난 그의 손을 잡은 채로 허공에 손을 휘저었다. 삿된 자들을 황궁 쪽으로 몰고 오던 성수들이 이내 뿌연 빛이 되어 흩어졌고, 내 손엔 각각 색이 다른 마원이 나타났다. 나는 마원을 꽉 잡았다.

'도와줘.'

그들이 화답하듯 손안에서 가늘게 떨리기 시작했다. 이렇게 큰 범위를, 알지 못하는 공간으로 이동시킨 적은 없었다. 성수들은 삿된 자들을 몰고 오며 이미 힘을 잔뜩 소진한 상태. 어쩌면……

'길을 열 수 있는 건 이번뿐일지도 몰라.'

모든 힘을 소진한 마원은 테디 때처럼 사라질지도 모른다. 그렇게 되면 돌아올 수 없을 것이다. 그땐 다른 두 성수가 테디를 실체화시켰으나 이번엔 모두 사라지게 될 테니까.

쵸의 마원이 가늘게 흔들렸다.

[주인님.]

이어서 [주인], [누나] 하는 작은 목소리가 귓가에 들리는 것만 같았다. 마원의 온기가 다정할 뿐이라 나는 가슴이 저며 들었다. 탑 아래를 내려다보았다. 수많은 삿된 자들이 바글거리는 지옥도.

'괜찮아.'

몇 번이나 되뇌며 허공을 바라보았다. 포털 안에서 엄마의 말을 듣고 깨달았다. 이곳에서 내가 삿된 자를 죽이는 것만이 평화의 방법이 아님을.

*[너를 지키려는 내가 네 힘이 될 거야.]*

포털에 만 구의 삿된 자를 가둔다. 육체가 없는 두 강인한 영혼이 삿된 자를 섬멸할 때까지. 나는 강하게 바랐다. 다시 그녀들을 볼 수 있기를.

콰과과과광—! 또 한 번 우레가 하늘을 가르고 마원에서부터 날카로운 빛이 뿜어져 나왔다. 난 도미니크의 손을 꽉 잡았다. 그리고 길이 열렸다.

나를 향해 미소 짓는 엄마를 본 것 같은 건 내 착각일까. 나와 도미니크는 마주 잡은 손에 힘을 주었고, 얼마 지나지 않아 완전히 빛 속에 녹아들었다.

\*　　　\*　　　\*

검은 물결과 함께 황궁이 사라졌다. 화면 속에 남은 것은 오직 빈터가 되어 버린 땅과 스산한 바람 소리뿐. 굳은 얼굴로 화면을 주시하던 사람 중 누군가가 중얼거렸다.

"맙소사……."

무거운 침묵이 내리깔렸다. 앙상한 빈 몸을 드러낸 가지가 세차게 흔들리며 고요에 파묻혔던 사람들이 이윽고 환호성을 내질렀다.

"삿된 자가 사라졌다……!"

"살았다! 살았어!"

혹자는 곁의 사람을 얼싸안으며 기뻐했고, 혹자는 두 손을 모은 채로 주저앉아 환희했다. 그 속에서 프렌시프의 사람들과 황족들은 황망하게 빈터를 바라보았다. 이 속에 없는 자들을 떠올리며.

세니아나와 도미니크가 사라졌다. 이 땅에 도래한 어둠과 함께.

\*　　　\*　　　\*

몇 개월 뒤, 황도. 무너진 건물 무더기 사이로 옷을 얇게 입은 아이들이 쾌활하게 달려나갔다.

"내가 세니아나다! 사자는 조엘! 여우랑 곰은 미티, 코르티가 해! 해리는 황제 해!"

"아, 왜 나만 계속 황제야. 또 숨어 있어야 하잖아!"

"유디스, 욕심쟁이! 만날 저만 세니아나 하고!"

아이들이 히히덕거리며 뛰어놀자 벽돌을 옮기던 인부들이 쯧, 입소리를 내며 손을 내저었다.

"이 녀석들! 위험하니까 여기서 놀지 말랬지! 애들은 저ㅡ기 공터에서 놀아."

샷된 자가 없어진 후, 나라는 다시 활력을 찾았다. 제국민의 대부분은 재건에 정신이 없었고, 아이들은 내일이 오는 것이 당연하게 여기며 즐겁게 뛰놀았다.

"점심 드시고 하세요!"

누군가 소리치자 정신없이 움직이던 인부들이 제 허리를 두드리며 식사를 위해 마련된 천막 안으로 들어갔다.

"오늘 메뉴는 뭐요?"

인부가 묻자 이마에 맺힌 땀방울을 소매로 닦아 낸 요리사가 소리쳤다.

"제철 채소 샐러드와 완두콩 수프, 오믈렛이오. 잠깐, 잠깐! 새치기하지 말고 줄을 서시오, 줄을!"

"미천한 놈들 사이에 껴서 식사를 하는 것도 불쾌한데 줄까지 서란 말이냐!"

귀족 청년이 평민들 틈을 파고들며 인상을 찌푸리자 누군가 그의 목덜미를 획! 잡아챘다.

"다른 사람들은 한가해서 점심이 되기 전부터 줄을 섰을까, 응?"

"쟈, 쟝뤼크 님."

"정말로 돌아가시고 싶지 않으면 줄 서시지."

쟝뤼크가 청년을 획, 밀어내며 수프가 가득 든 통으로 다가갔다. 그가 맛을 보자 요리사들뿐만 아니라 줄을 선 사람들마저 잔뜩 긴장하여 마른침을 삼켰다.

"이 수프에 후추가 어울린다고 보느냐."

"그, 그게……."

"어째 두 달을 내내 가르쳐도 늘지를 않아!"

요리사들이 꿀 먹은 벙어리가 되어 우물쭈물하자 그가 버럭 성을 냈다.

"엊그제 낸 과제가 재료에 어울리는 조미료 아니었느냐! 생각 없이 책의 내용만 베껴 오니 제자리걸음을 하지!"

"하, 하지만, 이 많은 요리를 하려면 손이 열 개여도 부족합니다……."

"그, 그렇습니다……. 자는 시간도 쪼개가며 요리를 하는데 수양할 틈이 있을 리가요……."

"세니아나는 학기 중에 수업을 들으면서 시험 준비를 했는데도 내가 낸 과제를 소홀히 여긴 적이 없다!"

"그야 그분은 천재시니……."

쟝뤼크가 웅얼거리며 변명하는 요리사의 이마를 꽝 쥐어박았다.

"그 아이가 천재라고 누가 그러더냐. 처음 나와 만났을 적엔 칼도 손에 익지 않은 생 풋내기였어."

"거짓말─!"

"정성이 부족한 것이다, 정성이."

어째 마음에 드는 놈이 하나도 없다. 쟝뤼크가 눈을 부라리자 천막 너머로 껄껄 웃는 소리가 들려왔다.

"로열 셰프!"

어린 요리사가 눈을 반짝이자 아곤이 씩 웃으며 그의 머리를 쓰다듬었다.

"성질 더러운 사수를 만나 너희들이 고생 많구나."

"아닙니다. 저희 같은 것들에게 배움의 기회를 주신 것만으로도……!"

모든 요리사들의 꿈인 로열 셰프. 그들 중에서도 아곤은 유난히 존경하는 요리사가 많았다. 정치에 눈이 벌겋던 다른 로열 셰프들과 달리 후진 교육에 힘쓰는 데다가, 특히 배움의 기회를 얻을 수 없는 가난한 평민 아이들에게 로열 키친의 셰프들을 보내 가르치도록 했다.

요리사들이 존경으로 눈을 반짝이며 아곤을 바라보았다.

"뵈, 뵈, 뵙게 되어 여, 여, 여, 영광이, 입니다!"

소년·소녀들이 아곤 앞에서 어찌할 바를 모르고 얼굴을 붉히자 쟝뤼크가 마뜩잖은 듯이 아곤을 보았다.

"무슨 일이우."

"상사에게 말버릇하곤."

"내 제자 덕에 좋은 자리 차지하셨군."

"탐이 나면 빼앗아 보든지."

쟝뤼크는 칫, 혀를 차며 에이프런을 의자에 걸쳐놓았다. 그러곤 아곤을 반짝이는 눈으로 바라보는 요리사들을 보며 눈을 부라렸다.

"배식 후에 시험을 볼 테니 긴장들 하고 있어."

"또요?!"

"세니아나는 매일같이 시험을 봤어!"

"으아아!"

아곤이 신음하는 요리사들을 둘러보다가 픽 웃으며 쟝뤼크를 쫓아 배식장을 벗어났다. 반쯤 탄 아름드리나무 앞에서 쟝뤼크가 그를 흘끔 쳐다보았다.

"고매하신 아곤 님께서 황도 외곽까진 무슨 일이오?"

"네놈을 보러 왔지."

"누가 보면 다정한 사이인 줄 알겠군."

"나만큼 네놈에게 다정한 사람은 많이 없지."

"그런 사람이 몇 개월 내내 귀찮은 일만 맡겨?"

아곤은 쟝뤼크를 전역에 보내 가난한 평민들을 교육하게 했다.

"성질은 더러운 놈이 꽤 잘 가르친단 말이지."

그가 턱을 쓰다듬으며 말하자 쟝뤼크는 오만상을 찌푸렸다.

"그따위 칭찬은 됐으니 쉬게나 해 주시지. 어떻게 휴일 한 번을 안 주나."

"휴일을 주면 아가씨를 찾으러 다니려고?"

"……"

세니아나를 자식처럼 사랑한 쟝뤼크는 내내 그녀를 찾아 헤맸다. 닮은 사람이 나타났다는 이야기만 들으면 제국뿐 아니라 타국행마저 불사했다. 그리고 매번 실망하는 것이다.

"손은?"

아곤의 말에 쟝뤼크가 고신으로 다쳤던 손을 쥐었다 펴기를 반복했다.

"나아지는 중이우. 비 오는 날엔 움직이기 힘들지만."

"돌아와라."

"남 밑에서 일 못 하는 것 모르시우? 난 최고 아니면 안 해."

그가 오만한 얼굴로 말하자 아곤이 가벼운 어투로 대답했다.

"그러니 돌아와."

"무슨 소리유?"

"오늘 사직서를 제출했다. 폐하의 인가가 떨어졌어. 너 아니면 로열 키친을 맡길 사람이 없더군."

"……프렌시프로 돌아가려고?"

"어르신 곁에 내가 필요할 것 같아서."

쟝뤼크의 얼굴이 굳어졌다.

"어르신에게 문제가 생긴 거유?"

"언제나처럼 당신 고통은 내색하지 않으시지."

"……그리 아끼던 손녀가 사라졌으니 오죽할까."

쟝뤼크가 주머니를 더듬어 연초를 찾았다. 연초를 입에 물고서 하늘을 바라보았다. 이 땅은 이제 조금씩 이전의 모습을 찾기 시작했는데, 이 땅을 지킨 이는 사라져 찾을 수 없었다. 쟝뤼크가 연초에 불을 붙이곤 후, 새하얀 한숨을 뱉어 냈다.

"난 됐수. 애초에 그 아이 아니었으면 쳐다도 보지 않았을 자리 였는데, 무슨."

"로열 키친에서 새로운 제자를 찾아봐. 평생 그리 살 수는 없지 않으냐."

"난 하나면 됐수다."

쟝뤼크가 희미하게 웃었다. 온 마음과 정성을 다 들여 키워 낸 나무가 너무나 흡족하여 다른 곳을 볼 여유 따위 없었다.

쟝뤼크와 아곤이 하늘을 바라보았다. 구름 한 점 없는 푸른 하늘 아래 모든 것이 제자리를 찾아갔지만, 마음 한구석만은 누군가 한 움큼 뜯어낸 듯이 허전했다.

그 시각, 프렌시프 성.

"고얀 놈들!"

마담 버지니아가 고함을 내질렀다. 새빨갛게 달아오른 얼굴로 가신들을 노려본 그녀는 이를 악물었다.

"이 나라와 우리의 고향을 지킨 게 누구인지 잊었는가!"

"압니다. 잘 알고 있습니다. 그러니 주청드리는 것이 아닙니까."

가신 하나가 인상을 쓰고 마담 버지니아를 마주 보았다.

"아가씨가 지킨 이 나라, 우리의 고향을 재건해야 하지 않겠습니까."

"예. 한데 사라진 아가씨를 찾기 위해 얼마만큼의 사람과 재물이 들고 있는지……!"

파르뎅 남작이 쾅! 테이블을 내리쳤다.

"은혜도 모르는 금수 같으니!"

"재물과 사람만이라면 몰라도 프렌시프의 혈족이 한 곳에만 집중하고 있습니다! 이러니 우리만 다른 곳과 달리 재건이 늦어지는 게 아닙니까!"

"당신들, 그게 지금 말이라고……!"

"각하께서 홀로 황도에서 프렌시프를 위해 애쓰고 계십니다. 그분의 힘이 되어드리는 것이 돌아가신 아가씨에게도……!"

"누가 돌아가셨다는 거야!"

가웨인이 버럭 소리쳤다.

"세니아나는 살아 있어. 돌아오겠다고 약속했다."

노년의 가신이 침통한 얼굴로 이를 악문 가웨인을 바라보았다.

"아가씨께선 제국의 영웅이십니다. 온 백성이 모두 그녀를 칭송하고, 아가씨의 이름을 딴 호수와 신전이 만들어지고 있습니다. 모두 그녀에게 감사해하지요. 이 늙은이 또한 마찬가집니다."

"그런데……!"

"아가씨는 저희에게도 자랑이고 존경하는 주인. 이런 말씀을 드리는 것이 저희라고 편하겠습니까."

"……!"

"아가씨가 사라지신 지 몇 개월이 지났는지 아십니까."

"고작 몇 개월이잖아! 몇 년이 지나도 우리는 그 아이를……!"

"그것을 아가씨께서 정녕 바라시겠습니까……."

란슬롯은 차디찬 얼굴로 가신들을 쏘아보았고, 가웨인은 주먹을 불끈 쥐며 벌떡 일어났다.

"세니아나를 핑계로 이용하지 마라!"

"도련님!"

"그 아이는—!"

"그만."

나베리우스가 낮은 목소리로 장내를 정리했다.

"조부님!"

"어르신."

세니아나의 행방을 계속 수색해야 한다는 입장을 고수하는 이들과 수색을 멈춰야 한다는 이들이 모두 그를 바라보았다.

"공들의 말이 틀리지 않았다."

"무슨……!"

란슬롯이 드물게 목소리를 높였다. 나베리우스가 말라붙은 눈으로 허공을 응시했다.

"재건을 우선해야지. 그래야지."

"세니아나를 포기하자는 말씀입니까!"

"그렇게 정리하고 회의를 이만 마무리하겠다."

가신들은 아무도 움직이지 못했고, 가웨인이 당황한 표정으로 나베리우스를 응시했다. 세니아나가 사라진 후, 가장 조급하게 그녀를 찾아 헤맨 이가 나베리우스였다.

하루도 성에 있지 못하고, 제국 전역을, 타국을 헤맸다. 이제는 '터미널'이라고 불리게 된 아탈란의 포털에 막대한 재물을 투자한 것 또한 그였다. 오직 세니아나를 다시 보기 위해서.

란슬롯이 그를 향해 달려갔다. 복도에서 그를 붙들고 고성을 내질렀다.

"정정하십시오!"

"……."

"분명 돌아오겠다고 약속했습니다."

"……."

"정정하란 말이야!"

란슬롯이 이렇게 속내를 훤히 드러내며 흥분하는 일은 없었다.

사용인들이 어찌할 바를 모르고 발만 동동 구르고 있자, 회의장에서 나온 가웨인이 제 형을 붙들었다.

"형, 그만……."

"포기하려거든 당신 홀로 해. 난 포기 못 해! 못 한다고!"

날카로운 고함이 성을 흔들었다. 가웨인은 잔뜩 흥분한 제 형의 허리를 붙들고 늘어졌다.

"제발!"

"기다리고 있을 거라고. 우리가 찾아 주기를, 다른 세계에서 매일 밤 가족을 그렸듯이 지금도……!"

란슬롯에게 붙들려 우뚝 서 있던 나베리우스가 기계처럼 그의 손을 떼어 내곤 걷기 시작했다. 영지의 총집사가 "괜찮으십니까?" 물었으나 그는 대답 없이 서재로 들어갔다.

*[아아! 안 돼요! 다 드셔야죠.]*

건강에 좋다는 채소를 몽땅 갈아서 만든 주스를 들이밀며 인상을 쓰던 아이의 모습이 떠올랐다. 테이블 위에 빼꼼 튀어나와서 히히 웃던 모습이 환상이 되어 아른거린다.

*[산책갈 시간이에요, 할아버지.]*

제 팔을 잡고서 '오늘은 저 — 기 뒷산까지 가 봐요.' 하던 모습도.

미친 사람처럼 그 애를 찾아 헤맸다. 살아만 있어 준다면, 그렇다면 신에게 제가 가진 것들을 모두 내어 줄 수 있다고 생각했다. 이 목숨마저 말이다. 어깨를 떨군 채 멍하니 소파에 앉은 그가 소파 테이블 한 편에 놓인 세니아나의 사진을 들었다.

*[할아버지.]*

못난 것.

*[할아버지.]*

어찌 이리 늙은이의 마음을 괴롭게 해.

*[할아버지!]*

나도 데려가라, 이놈아. 너 없는 곳에서 나는 이제 더 살 수 없으니. 우는 법을 배우지 못한 노인은 그저 사진을 끌어안을 수밖에 없었다. 숨도 쉬지 못하고서 그저 가만히, 소중히, 품에 안고 고개를 숙였다.

"세니아나……."


\*　　　\*　　　\*


나베리우스는 낯선 들판을 가만히 바라보았다. 봄에 코스모스가 활짝 핀 풍경을 보니 꿈이라는 것을 알 수 있었다. 녹색 줄기 위에 붙은 여린 분홍색 꽃망울을 본 그가 언제나와 같이 손녀를 떠올렸다.

"너와 닮은 꽃이 더 있었구나."

"저와 닮았나요?"

나베리우스는 숨을 멈추고 고개를 돌렸다. 제가 앉은 의자 위로 빼꼼 고개를 내민 세니아나가 히히 웃었다.

"도미니크는 아니랬는데."

그 아이의 곁으로 익숙한 웃음소리가 들려왔다.

"좀 더 강인한 꽃이 어울리죠."

도미니크였다.

"그렇대요."

"너……."

나베리우스는 말을 잇지 못했다. 그저 제 무릎에 고개를 올려 둔 채 빙그레 미소 짓는 손녀를 바라보았다.

"너…… 너."

"할아버지, 저 보고 싶었어요?"

"……!"

그의 얼굴이 아프게 일그러졌다. 대답조차 하지 못하고 떨리는 손으로 아이의 손등을 짚었다. 세니아나는 그의 손에 얼굴을 비비며 다시 입을 열었다.

"저는 보고 싶었는데."

"……하나도 안 보고 싶었어."

"정말이요? 너무해!"

"할애비 가슴을 천 갈래 만 갈래 찢어놓은 놈이 뭐가 예쁘다고."

그런 말을 하는 주제에 팔은 세니아나를 꼭 끌어안았다. 누군가를 끌어안고 평생 처음으로 어린애처럼 눈물을 터뜨렸다. 정말로, 정말로 보고 싶어서. 꿈인 것을 알면서도 그리움을 이기지 못해서.

그의 등을 힘주어 잡은 세니아나가 훌쩍였다.

"잘못했어요."

"……."

"잘못했어요, 할아버지. 마음고생 하게 해서 죄송해요. 이러려고 한 게 아닌데…… 그런데……."

나베리우스는 손녀의 뺨을 쓸어내리며 말했다.

"돌아와 주면 돼. 그러면 돼."

"……."

"돌아와만 준다면 이깟 마음고생 따위 잊어버릴 수 있어. 뭔들 못 해 주겠느냐. 내 손녀가 바란다면 뭐든 들어 주마."

조손이 마주 안은 채로 엉엉 울고 있자 그 모습을 지켜 보던 도미니크가 히죽 입꼬리를 올렸다. 그의 뒤로 새하얀 빛과 함께 나타난 누군가가 중얼거렸다.

"나쁜 생각을 하는 표정이구나."

"좋은 기회다 싶은 표정이었습니다."

"이런. 우리 아버님, 고생 좀 하시겠군."

쿡쿡 웃은 도미니크가 세니아나의 등을 두드렸다.

"갑시다."

그러자 나베리우스가 그의 손을 휙! 쳐내며 말했다.

"누굴 데려가려고! 나도 데려가라 이놈아! 나도 데려가!"

"그럴까요?"

세니아나가 퉁퉁 부은 눈으로 "안 돼요!" 소리쳤다. 그녀는 제 조부의 손을 꼭 잡으며 말했다.

"그런 생각 하시면 안 돼요. 기다리고 계셔야 해요?"

"……."

"금방 갈 테니까요."

세니아나가 몸을 일으키며 나베리우스를 향해 손을 흔들었다. 그녀가 빛을 향해 뛰어가자 도미니크는 잠시 나베리우스를 바라봤다.

"정말로 뭐든 들어 주시겠습니까."

"당연하지. 네놈이 세니아나만 데려와 준다면 제국을 네 품에 안겨 주마."

"제국은 필요하지 않습니다. 다만 다른 것을 소원하죠."

"데리고만 와. 빌어먹을 녀석."

빙그레 웃은 도미니크가 "그럼 다시 뵙죠." 하곤 세니아나가 사라진 방향으로 다가갔다.

그는 생각했다. 언제가 되더라도 기다리겠다고.


이른 아침, 소파에서 일어난 나베리우스는 눈물이 말라붙은 눈가를 매만졌다.

'역시 꿈이었나.'

희망은 때론 절망보다 더 간악했다. 한숨과 함께 몸을 일으킨 그가 문고리를 잡았을 때였다. 우당탕탕 소리와 함께 문이 열렸다.

"어, 어르신……!"

"무슨 일이냐."

"결계가 흔들렸습니다."

"무슨 말도 안 되는 소리를……."

포털이 열리지 않는 한 결계가 흔들릴 일은 없다. 그리고 이 대륙에 더는 포털을 가진 자가 존재하지 않는다. 헛소리라는 듯 인상을 찌푸리던 나베리우스는 떠올렸다. 꿈에서 들은 말을.

[금방 갈 테니까요]

얼굴을 굳힌 나베리우스가 헐레벌떡 방을 달려나갔다. 진원지를 향해 정신없이 달렸다. 성에 이상이 생겼다는 이야기를 듣고 복도로 나온 가웨인과 란슬롯이 헐레벌떡 그들을 지나치는 조부를 보고 시선을 교환했다.

"뭐야, 무슨⋯⋯."

가웨인이 의아한 듯 중얼거리자 란슬롯의 동공이 흔들렸다. 란슬롯이 즉시 그를 따라 뛰기 시작하자 가웨인은 "뭐야, 뭔데!" 하며 제 형을 쫓았다. 프렌시프의 사내들이 정신없이 뛰어 진원지에 도착했을 때, 바글바글한 사람들이 보였다.

사용인이며 가신들이 얼떨떨한 눈으로 한 곳을 응시했다. 웅성이던 사람 가운데 누군가 눈물을 터뜨렸다. 나베리우스가 그들을 헤치고 그제야 느린 걸음으로 앞서 걸었다. 홍해가 갈라지듯 길을 내준 사람들이 훌쩍이거나 웃으며 그를 바라보았다.

"⋯⋯."

가웨인이 사람들 사이를 걷는 나베리우스를 따라 걷다가 중앙에 선 사람을 발견하고 우뚝 걸음을 멈추었다. 마치 모든 소리가 고요에 먹힌 듯한 시간.

그가 허탈한 듯 "하." 실소를 흘리고 어깨를 떨구었을 때, 나베리우스는 낡은 로브를 걸친 작은 몸을 끌어안았다. 순간, 푸드덕! 소리와 함께 흰 비둘기가 하늘로 날아올랐다.

"세니아나!"

"세니안!"

란슬롯과 가웨인이 그녀를 향해 달려갔다.

가웨인이 "이 바보가ㅡ" 하며 목소리를 높이려던 찰나 란슬롯이 세니아나의 손목을 끌어당기며 엄히 소리쳤다.

"너……!"

"오빠."

"왜 이제야 돌아와! 가족들 가슴이 썩어 문드러지게 하고 이제 야ㅡ!"

"오빠……."

"이럴 거면 어째서 약속을 했어! 아버지가, 나와 가웨인이, 조부 님이 어떤 심정으로 널 보내 줬는데ㅡ!"

겉이나마 언제나 상냥했던 란슬롯이 눈꼬리를 사납게 올리며 고 함을 내질렀다. 세니아나가 종잇장처럼 그에게 흔들리다가 엉엉 눈 물을 터뜨렸다.

"어허엉ㅡ!"

로브는 잔뜩 헤졌고, 안에 받쳐 입은 옷이 군데군데 찢어졌으며 온몸에 생채기가 생겼다. 새빨갛게 튼 그녀의 두 뺨 위로 주룩주룩 눈물이 흘러내리자 가웨인은 마른침을 삼키며 제 형을 붙들었다.

"혀, 형. 이제 그만……. 세니아나가 놀랐잖아."

"이리 와, 이 녀석!"

그들보다 먼저 세니아나를 만난 마담 버지니아와 파르뎅 자작이 란슬롯을 뜯어말리기 시작했다. 나베리우스가 눈물을 터뜨린 세니 아나를 끌어안고 등을 두드렸다.

"되었다. 왔으면 되었어."

"허어엉, 할아버지……."

"왔어. 그래, 와 주었어."

"빨리 오려고 했는데, 그래서 서둘렀는데……. 죄송해요, 할아버지. 죄송해요."

"그래……."

"계속, 계속 돌아가려고 했어요. 잘못했어요, 할아버지……."

"그래."

평생을 세상 위에 군림했던 노인은 눈물 대신 목소리와 손을 가늘게 떨며 귀환한 손녀를 가만히 끌어안을 뿐이었다. 란슬롯이 잠잠해지자 가웨인은 한숨을 터뜨렸다.

"형."

"……."

"돌아왔잖아."

"……돌아왔네."

"그래."

형제의 얼굴이 아프게 일그러졌다. 가웨인이 "칫." 혀를 차며 세니아나에게 달려갔다. 그가 애타게 그리고 그리던 누이의 정수리를 꽝, 쥐어박았다.

"바보가."

"아, 아파요……."

"너, 이제 큰일 났다. 형이 화나면 얼마나 무서운지 알아? 아버님한테도 잔뜩 혼날 거다, 아마."

"놀리기나 하고. 저, 하나도 안 보고 싶었어요? 저는 엄청엄청 보고 싶었는데."

"내가 바보를 왜 보고 싶어 해."

가웨인이 씩 웃었다. 세니아나는 그를 빤히 보다가 헤헤 웃었다.

"울고 있으면서."

"안 울어, 바보야."

가웨인이 손바닥으로 눈가를 비비며 허세를 부렸다. 기사들이 놀림감을 찾았다는 듯이 껄껄 웃자 가웨인이 "이 새끼들, 빠져 가지고ー!" 하며 괜히 목소리를 높였다.

사람들이 웃음을 터뜨렸다. 그 사이에서 미소 짓던 세니아나는 저를 지그시 바라보는 란슬롯의 시선을 느끼고 기가 죽어 어깨를 바짝 움츠렸다.

"……."

"……."

"식사는 했니."

"배고파요……."

"가자."

손 내민 란슬롯이 어쩔 수 없다는 듯이 웃자 세니아나의 얼굴이 밝아졌다. 한 손에는 란슬롯의 손을, 다른 한 손에는 나베리우스의 손을 잡은 그녀가 싱글벙글 웃으며 성으로 향하자 가웨인이 "나는!" 하며 헐레벌떡 뒤쫓았다.

성은 일부 무너졌고 벽돌 무더기가 곳곳에 쌓여 있었으나, 하늘은 아주 맑고 산과 들은 오색찬란한 꽃과 새순이 가득했다.

'밥이다!'

상다리가 휘어지도록 음식이 가득한 식탁을 본 나는 눈을 반짝이며 포크를 끌어안다시피 했다.

세상에, 진짜 밥이야! 해산물을 잔뜩 넣은 진한 토마토 수프. 고소한 치즈가 그릇을 범람할 것처럼 무시무시하게 올라간 달콤짭짤한 콘샐러드. 노릇노릇 구운 부드러운 안심 스테이크. 라즈베리 잼이 들어간 커다란 파이 등등.

허겁지겁 음식을 입에 넣기 시작하자 가웨인은 턱을 괴고 날 구경했다.

"누가 보면 음식 구경도 못 해 본 사람인 줄 알겠어."

나는 커다란 고기를 와구와구 입에 넣으며 고개를 끄덕였다.

"황궁에서 이동한 후에 아무것도 못 먹 — 콜록콜록!"

급하게 먹어 사레가 들자 란슬롯이 미간을 좁히며 달콤한 샴페인을 건넸다. 나는 샴페인을 쭉 들이켜고 푸하 —! 한숨을 내쉬었다.

"포털 안엔 음식이 없거든요."

"이때까지 풀떼기 하나 못 먹었다고?"

나는 란슬롯이 껍질을 까 준 새우를 덥석 입에 물며 또 한 번 고개를 끄덕였다.

"그게 가능해? 아사해야 정상 아냐?"

"포털 안에선 다행히 허기도 안 느껴지고, 먹지 않아도 살 수 있더라고요."

하지만 사람은 허기만으로 음식을 먹는 게 아니잖아! 포털 안에서 있는 동안 음식이 엄청나게 그리웠다. 내가 우울한 표정으로 '짜고, 달고, 매운 거······.' 라고 중얼거리면 도미니크가 '나가면 배가 터지도록 먹읍시다.' 하고 달래 줬다.

"지금까지 뭘 한 건데. 네가 사라진 지 삼 개월이 넘었다고."

가웨인이 쯧, 혀를 차며 물어서 난 가족들의 눈치를 봤다. 정말로, 정말로 돌아오고 싶었다. 매일 할아버지와 아빠, 오빠, 그리고 사용인들 친구들이 그리웠다. 그렇지만 돌아올 수 없었던 건······.

"엄마와 레오나 님이 포털에서 삿된 자들과 싸우고 계세요. 도미니크와 저는 그분들과 함께 싸웠어요."

"뭐라고?"

가족들이며 가신, 사용인들이 모두 놀란 얼굴로 날 집중했다.

"굉장하더라고요. 누아제 기사들은 상대도 안 되던 거대한 삿된 자들이 막 성냥개비처럼 우수수 쓰러지고······."

레오나는 유쾌한 사람이었다. 어떻게 그리 강하냐고 물으니.

*[우리 아가도 죽으면 이 정도로 강해지지 않을까?]*

그렇게 말해서 도미니크가 인상을 썼다.

"엄마의 말로는 육체란 세상에 존재할 수 있게 하는 끈이래요. 매개 같은 거죠."

"매개라······."

"쉽게 말해 육체는 항아리, 영혼은 항아리에 담긴 물 같은 거라고 하더라고요. 항아리 안에 담겨 있어서 존재할 수 있지만, 대신 아주 연약하죠."

"삿된 자들은 항아리를 잃은 존재들이니 아직 항아리에 담겨 있는 산사람들은 상대가 안 되는 것이다?"

"그렇게 봐야겠죠?"

가족들은 그간의 일을 물었고, 나는 음식을 냠냠 먹으며 대답해 주었다.

황궁에서 이동한 뒤 도미니크가 레오나 님을 만났다. 둘은 아주 서먹했지만, 어쩐지 도미니크가 한 꺼풀 벗은 것 같다는 말을 하자 가웨인이 인상을 썼다.

"그런 건 궁금하지 않다고."

그러다가 "그래서 그 녀석도 포털에서 나온 건가?" 하고 물었다.

"네. 저하는 바로 황도로 이동했어요. 황제 폐하도 저하가 보고 싶으실 것 같아서요."

"쳇, 안 돌아와도 되는데."

"너무해!"

도미니크가 얼마나 고생을 했는데. 그는 포털 안에서 나를 위해 몇 번씩이나 죽을 위기에서 겨우 살아났다. 내가 이렇게 무사할 수 있었던 건 도미니크가 필사적으로 나를 지켰기 때문이었다.

"저하가 정말로 노력하셨어요. 물론 엄마와 레오나 님도 마찬가지로."

"엄마?"

할아버지가 눈을 홉뜨며 나를 바라봐서 나는 고개를 끄덕이고 다시 입을 열었다.

"그분들은 포털 곳곳에 숨은 삿된 자들을 처리하고 계시지요. 엄

마 말로는 없애 버려야만 삿된 자가 된 영혼이 안식을 찾는다고 해
요."

"……."

"두 분이 삿된 자를 처리하는 동안 저하와 전 포털을 돌며 새로
운 마원을 찾으러 다녔고요."

나는 각색의 돌멩이를 꺼내 가족들에게 보여 주었다.

"성수는?"

"……."

"……."

"괜찮아요. 언젠가 다시 만나기로 약속했으니까."

빛 속으로 걸어 들어간 그 날, 나는 분명 마원들의 목소리를 들었
다.

*[꼭 다시 만나자.]*

다정한 목소리들을.

레오나는 말했다. 마원이 성수가 되는 건 기적과도 같은 일이라
고, 포기하는 것이 마음 편할지도 모른다면서. 하지만 나는 몇 번일
지 모르는 기적을 맞이한 운 좋은 사람이었다.

나를 마음 깊이 사랑하는 가족. 나를 위해 몸과 시간을 아낌없이
내어 준 훌륭한 어머니. 열정을 다 쏟을 수 있는 소중한 꿈을 찾은
것. 날 위해 목숨조차 아깝지 않다고 여기는 멋진 남자.

그리고 내가 사랑하고, 나를 사랑하는 아름다운 세 마리의 성수
를 만난 일. 그러니까 여기에 기적이 한 가지 더 얻어지는 건 특별
한 일이 아니었다.

'우리는 또다시 만날 수 있어.'

언젠가, 분명히.


식사를 마친 후, 나는 방으로 돌아갔다. 나는 침대에 뛰어들며 보드라운 이불을 꽉 끌어안았다.

'우우우, 내 방, 내 침대!'

누운 것만으로도 눈이 스르륵 감겼다. 그때, 두어 번쯤 노크 소리가 들렸다. 나는 침대에서 일어나 문밖으로 고개를 빼꼼 내밀었다. 차와 다과거리를 든 할아버지가 "커흠." 헛기침했다.

"들어가마."

"네!"

함께 소파에 앉은 후 할아버지가 조심스럽게 입을 열었다.

"미아는 돌아오지 않는 건가."

난 희미하게 웃고 대답했다.

"엄마에겐 이제 육체가 없으니까요."

"……."

엄마는 나는 상상할 수 없는 시간을 포털 안에서 보내야 할 것이다. 어쩌면 영겁일지도 모르는 나날을.

[네가 꿈을 이루고, 사랑하는 사람과 결혼을 하고, 혹시 아이를 낳는다면 그것까지 볼 수 있기를 바라.]

[엄마.]

[네 아이의 아이가, 또 그 아이가 자라는 모습을 지켜볼 수 있는 게 내게 얼마나 감사한 일인지 아니.]

[…….]

*[그렇게 오래오래 감사한 광경을 지켜보다가 언젠가 잠에 들겠지.]*

레오나 님은 '네 엄마를 외롭게 두지 않을게' 하고 약속했다. 할아버지는 걱정되는 듯한 얼굴로 나를 바라봤다.

"너…… 괜찮은 거냐?"

난 희미하게 웃었다. 나는 소원한다. 엄마의 소망이 이뤄지기를.

"다음번에 다시 태어날 수 있다면 그땐 제가 엄마의 엄마가 될 거예요."

"……."

"오랜 시간이 흘러 서로 기억을 잊어도 나는 분명 엄마를 세상에서 가장 사랑할 테지요."

"미아에게 난…… 죄인이다."

"……."

"그러나 미아는 내게 은인이지. 그러니 약속하마."

할아버지가 내 손을 잡으며 다정히 눈가를 휘었다.

"너희 둘이 다음 생에 만난다면, 내가 너희를 지켜 주마. 미아가 나와 너를 지켜 주었듯."

행복해지자. 엄마를 위해서. 엄마가 가장 사랑하는 나는 행복해질 자격이 충분하니까.

"아빠한테도 연락해야 하는데! 엄마가 전해 달라는 말이 있거든요!"

할아버지가 무슨 말이냐는 듯 눈을 동그랗게 떠서 나는 한 손으로 뺨을 덮으며 말했다.

"다음번엔 마음고생 하게 되는 건 아빠일 거라고."

"……뭐?"

"세상에서 제일가는 바람둥이가 다음 생의 목표래요."

눈을 크게 뜬 채 잠시 굳어 있던 할아버지는 이내 껄껄 웃음을 터뜨렸다.

＊　　　＊　　　＊

같은 시각, 황도 외곽 별궁. 황제는 표정 없는 얼굴로 정면을 응시했다.

"……빌어먹을 놈."

"이곳 시간은 몇 달이 흘렀다고 들었습니다만."

"그런데."

"몇 달 만에 귀환한 아들에게 하실 말씀은 그것 뿐이십니까."

"그래."

"그렇군요."

도미니크는 고개를 꾸벅 숙이고, 황제를 지나쳐 걸었다. 눈치를 보다가 따라 나온 알베르가 쯧, 혀를 차며 말했다.

"그게 끝입니까."

"그렇다는군."

"프렌시프 령에선 얼싸안고 울었답니다."

"그렇겠지."

"……."

"……."

알베르는 묵묵히 걷는 도미니크를 보다가 뒤를 힐끔 쳐다봤다. 황제가 주저앉듯 의자에 앉아 어깨를 떨구었다.

'하여간에.'

아들놈은 키워 봐야 아무짝에도 소용이 없다.

'좌우지간 폐하도 오랜만에 달게 주무시겠군.'

아들이 빛 속으로 사라진 후로 좀처럼 잠들지 못하셨다. 몸이 버티지 못해 쓰러지면 얼마쯤 지나 새하얀 얼굴로 이불을 뛰쳐나왔다.

     *[……오늘도 소식이 없는 게냐.]*

묻는 목소리가 사무쳐 시종들은 차마 대답하지 못했다. 프렌시프처럼 온 나라가 들썩이도록 자식을 찾은 것은 아니나, 황제 또한 그들만큼 애달팠을 터였다.

'권좌가 좋은 것만은 아냐.'

역시 졸부가 최고다. 돈만 펑펑 쓰면서 인간처럼 살 수 있는 졸부를 인생 목표로 삼은 알베르는 도미니크와 함께 코너를 돌았다. 다급한 발소리와 함께 뛰어나온 누군가가 도미니크의 가슴에 부딪혔다. 황태자 헬리오스였다.

"너…… 너, 이놈……!"

그는 붉어진 코를 잡고 도미니크를 흘겨보았다.

"살아 있으면 연락을 했어야지!"

"포털 안에서 연락을 어찌합니까."

"역시 포털에 있었던 거냐?"

"예."

황태자가 안도의 한숨을 내쉬다가 퍼뜩, 정신을 차리곤 도미니크의 정강이를 발로 찼다. 요령 좋게 황태자의 발을 피한 도미니크는 대수롭지 않은 얼굴로 그를 내려다보았다.

"더 하실 말씀은?"

"내가 널 걱정한 건 아니야!"

"제가 뭐라고 했습니까?"

"아, 알아 두라고!"

그러면서 눈이 새빨개져서 휙! 고개를 돌렸다. 세 황자 중 가장 정 많은 사람이 황태자였다. 알베르가 픽 웃자 도미니크는 무미건조한 눈빛으로 그를 쳐다봤다. 알베르는 큼, 헛기침하며 말했다.

"쉬셔야죠."

"그래."

"당분간 일정은 잡아 두지 않겠습니다."

"내일은 프렌시프 령으로 출발한다."

"예?!"

도미니크는 씩 입꼬리를 올렸다. 드물게 미소 지은 주군을 본 알베르는 어깨를 부르르 떨었다.

'어째 나쁜 생각을 하는 것 같은 얼굴인데.'

"무슨 일이 있으십니까?"

그리 묻자 도미니크는 눈썹을 까딱, 들어 올렸다.

"약속한 것을 받아 내러 가야 하니까."

— 하고 말하며.

마차 안에서 난 "끄으으응" 하며 기지개를 켜고 한가로이 창을 바라보았다.

'여긴 벌써 삼 개월이 넘게 지났구나.'

포털 안에선 밤과 낮이 없어서 시간을 헤아릴 수 없었다. 하지만 적어도 삼 개월이나 흐르진 않았을 것이다.

'굳이 따지자면…… 열흘 정도일까.'

나른히 창틀에 턱을 괴는 날 보고 란슬롯은 내 얼굴을 살짝 마차 안으로 밀었다.

"다칠 수도 있으니 조심해야지."

"네……."

나는 눈을 비비며 고개를 끄덕였다.

"졸린 모양이구나."

"어제 아빠랑 늦게까지 연락해서……."

황도에 있는 아빠에게도 무사히 돌아왔다는 소식을 알려야 했기 때문에 통신을 연결했다. '돌아왔어요'라는 말에 아빠는 한참을 대답하지 않았다. 긴긴 침묵 후에야 답이 돌아왔다.

*[그래.]*

아주 짧은 대답이었지만, 침묵 속에서 안심을 읽는 나도 한참 고개를 숙였다. 눈물이 하염없이 나와서 차마 입을 열지 못하자 그는 다정한 목소리로 말했다.

*[곧 보자.]*

하고.

'그래서 내가 가지요!'

아빠도, 황도 저택의 사람들도 전부 보고 싶었다. 마릴린. 시트론. 고레일과 바커스. 빅터, 카터 형제. 그리고…….

'이모와 외삼촌도.'

삿된 자의 습격부터 포털 이동까지 일이 정신없이 진행되어 이모와 외삼촌과는 말 한마디 나누지 못했다. 아탈란의 새로운 거점을 습격했을 때, 외삼촌 에단을 찾았다는 말을 들었다. 무사히 구출했다고는 했는데, 고문의 후유증이 깊었다고 했다.

'걱정되는데…….'

내가 한숨을 내쉬었을 때, 마차는 황도에 막 들어섰다. 얼마쯤 지나 저택에 도착한 마차에서 폴짝 뛰어내린 나는 황도 저택을 둘러보았다.

'와―!'

삿된 자의 습격에서 가장 큰 피해를 입었던 프렌시프의 황도 저택은 몰라보게 달라져 있었다.

"정말로 삼 개월밖에 지나지 않은 거지요?"

내가 놀라서 물으니 가웨인은 씩 웃고는 대답했다.

"코트니 황비의 가문을 제외하면 제국에서 마법사를 가장 많이 데리고 있는 곳이 프렌시프라고?"

"그런데 왜 영지 재건은 그렇게 늦어졌어요?"

"황도 저택은 프렌시프 위용의 상징. 마법사들을 총동원해서 우선 수리한 거지."

"그렇구나…….'

내가 고개를 주억거리며 말하자 마담 버지니아가 다른 마차에서 내리며 덧붙였다.

"어르신이고, 도련님들이고 다른 일에 매진하고 계셔서 유독 늦어지긴 했죠."

"다른 일?"

"아가씨를 찾아 헤맸—"

가웨인이 윽! 신음하며 "버지니아!" 소리쳤다. 나는 "흐으응~" 하고 가웨인을 가늘어진 눈으로 쳐다봤다.

"하나도 안 보고 싶었다더니."

그러자 붉어진 가웨인이 "안 들어가냐!" 소리치며 제가 먼저 휘적휘적 저택으로 들어갔다. 나는 히히 웃었고, 란슬롯도 눈매를 둥글게 휘며 그의 뒷모습을 바라봤다.

"갈까. 아버님을 뵈러."

"네!"

나는 힘차게 대답하고서 란슬롯의 손을 잡았다.

"오늘도 울면 우리 막내의 예쁜 눈이 짓무를 것 같은데."

"안 울 거예요!"

"정말?"

"그럼요. 영지에서 많이 울었다고요."

란슬롯은 "씩씩하네." 말하며 내 머리를 쓰다듬었고, 나는 정말로 씩씩하게 그와 함께 저택으로 들어갔다.


"허어엉."

엉엉 우는 나를 보고 란슬롯은 픽 웃었고, 가웨인은 낄낄대며 놀리기에 여념이 없었다.

"거봐. 내가 이겼지?"

가웨인이 란슬롯을 향해 손을 슥 내밀자, 란슬롯이 픽 웃으며 금화 몇 개를 가웨인의 손바닥에 내려놓았다.

'내기했어!'

나는 엉엉 울다 말고 그들을 노려봤고, 아빠는 그들에게 "나가." 축객령을 내렸다. 오빠들이 웃으며 문을 나섰다. 방은 눈물 떨어지는 소리마저 선명하게 들릴 듯이 고요해졌다. 아빤 내 눈가를 쓰다듬다가 희미하게 웃었다.

"무사히 돌아와서 다행이다."

"엄마가 지켜 주셨어요."

"……그래."

"저는 아빠가 아주 많이 보고 싶었고, 엄마도 같은 마음이라고 하셨어요."

"그래."

지쳐 보이는 그가, 그의 눈가의 주름이 짙어진 것이 몹시 마음 아팠다.

"고집이 센 자식이라서 죄송해요."

"……벌을 받는 게지. 나도 그만큼 아버지 속을 썩였을 테니까."

난 눈을 홉뜨고서 아빠를 바라보았다.

'호칭이 바뀌었어……'

아빠는 할아버지를 '어르신'이 아닌 '아버지'라고 불렀다. 그러고 보니 삿된 자가 습격했을 때도 그리 불렀던 것 같다.

"이제 할아버지를 용서하기로 하셨어요?"

"아버지의 심정을 절절하게 이해할 날이 왔으니까."

"이해요?"

아빠가 희미하게 웃으며 말했다.

"사실은 삿된 자를 물리치기 위해 홀로 가겠다는 네게 화를 내고, 소리치고 싶었지."

"……."

"너를 사랑하지만, 사랑하는 만큼 네 앞의 가시밭길을 견딜 수 없어서."

내게 엄마는 세상에서 가장 멋지고 사랑스러운 사람이지만, 당시의 길라게온 사람들에겐 원수였을 터다. 아무리 전쟁에서의 일이라도 내 부모, 내 자식, 내 남편, 내 아내를 죽인 사람이라는 건 변함이 없을 테니까.

삿된 자들을 끌고 포털에 갔을 때, 엄마는 말했다.

*[드디어 마음의 빚을 조금이나마 갚을 수 있겠구나.]*

할아버지에게 아빠와 엄마의 결혼은 아들 앞에 깔린 가시밭길과 다름없을 터였다. 평생을 엄마와 한 데 묶여 사람들의 손가락질을 받았을 테고, 그것이 불씨가 되어 아빠를 삼키는 불이 될까 두려웠을 테니까.

"할아버지께 말씀드리세요."

"……."

"자식을 사랑했기에 타인에게 상처를 주었지만, 그렇다고 해서 아빠에게마저 죄인은 아니라고."

나는 아빠의 눈을 보며 빙그레 미소지었다.

"그게 사랑받는 사람의 의무예요. 내게 오는 마음을 정면으로 대하는 것."

"그래."

나는 아빠를 꼭 끌어안고서 말했다.

"아빠를 많이 사랑해요. 아빠의 사랑에 무척 감사하고요."

"나도 그래."

우리는 마주 안은 채로 한참을 있었다. 나는 그사이 늘 하던 다짐을 했다. 이만한 마음을 받는 나는, 꼭 행복해져야 해. 그러다가 "아, 참!" 하고서 아빠를 쳐다봤다.

"엄마가요. 다음 생이 있다면 바람둥이로 살 거라고 하셨어요."

"……이뤄지지 않기를 바라지."

"너무 해!"

"너무한 건 그 사람이야."

아빠가 인상을 쓰며 말했다.

"나는 고생하지 않은 줄로 아는데 착각이다. 프라우, 그 새— 남자가 내 손에 죽지 않은 건 하늘이 도운 걸 거야."

프라우가 누군지 몰라도, 정말 다행이다 싶었다. 우리 아빠……살인자가 되지 않아서 다행이야. 나는 아빠의 팔짱을 낀 채로 소파에 앉았다.

"피곤하냐."

"네……. 마차를 오래 탔더니……."

"포털은 이제 못 쓰는 건가."

"아니에요. 다만, 성수의 포털이 아니라 그런지 이전처럼 단숨에 장거리를 이동할 수 없어요. 게다가 힘이 회복되는 속도도 느려서 단기간에 몇 번씩 쓰기 힘들고…….."

"성수는…….."

아빠가 말을 하다 말고 나를 빤히 쳐다보았다. 성수가 사라졌다는 건 어젯밤의 통신에서 그에게 알려 주었다. 혹시 그 일로 내 마음이 아플까 걱정되는 모양이었다.

"다시 만날 거예요."

"그래…….."

동의한다는 듯 대답했지만 확신할 수 없다는 듯 그가 창밖을 바라보았다.

"정말인데. 증거도 있어요."

"증거?"

"왜냐면 포털 안에서 할아버지를 보았으니까."

"아버지가 포털 안에 들어갔다고?"

"꿈에서요. 그건 분명 쵸의 힘일 거예요. 아직 형태를 만들지 못하는 거지 성수들은 제 곁에 있는 거겠죠."

"그런가…….."

아빠가 다행이라는 듯 고개를 끄덕였다. 나는 하품을 하며 눈을 끔뻑거렸다. 초여름, 날은 선선하고 햇살은 따뜻했으며, 곁에선 매일을 그리던 아빠의 다정한 냄새가 난다. 어느 순간 나와 아빠는 서로에게 기대 스르륵 수마에 빠져들었다.

　　　　*　　　*　　　*

　아서는 낯익은 풍경을 보며 눈살을 찌푸렸다. 꿈, 이것은 꿈이 분명하다. 미아와 세니아나가 떠나고 꿈에서라도 다시 보길 바라던 풍경이 시야를 가득 차지하고 있었으니까.

　이윽고 풍경 안으로 한 사내가 들어왔다. 투구를 쓴 남자는 말에서 내려 짓씹듯 말했다.

　[비루먹은 놈.]

　그러자 말이 푸르르, 울며 고개를 털어냈다. 비루먹었다기엔 말의 털엔 윤기가 흘렀고, 근육은 꽉 조여졌으며 눈은 이채로 반짝인다.

　'게일.'

　아서가 말에 다가가 손을 뻗자 말은 안개처럼 흩어졌다. 역시 꿈이다. 게일은 세니아나가 태어나기 전 죽은 그의 애마였다. 제국에서 가장 우수한 혈통을 자랑하는 게일은 대륙 전쟁에서 검상을 입고 쓰러진 그를 태운 채로 100마일이 가까운 거리를 내달린 명마였다. 다만 기세와 낼 수 있는 속력만큼 성격이 고약했다.

　[또 뭐가 문제야.]

　[히이이잉 — !]

　말이 발굽을 들며 날카롭게 울다가 이내 잔디를 우적우적 뜯어먹었다.

　[여물은 넘치게 줬……! 됐다.]

　남자가 짜증 섞인 목소리로 중얼거리다 투구를 벗었다. 젊었을 적의 그였다. 아서 프렌시프. 대륙 전쟁을 승전으로 이끈 길라게온의 영웅.

서풍이 불어왔다. 결 좋은 머리칼이 나부꼈고, 금세 턱에 부드럽게 감겨들었다. 짜증 섞인 시선으로 말을 바라보던 젊은 아서가 흠칫, 숲을 돌아보았다.

[누구냐.]

[…….]

[나와.]

숲에서 얼핏 보이는 그림자는 고집스레 몸을 드러내지 않았다. 잠시 숨죽이고 있던 그림자가 어느새 빠르게 달려가기 시작했다. 헉, 허억, 헉. 숨을 고를 틈도 없이 정신없이 달리던 그림자가 주변을 둘러보며 나무줄기에 기대 미끄러졌다.

[저 작자가 여긴 왜…….]

[내 영지로 가는 길이니까.]

난데없이 들린 목소리에 놀란 그림자가 뻣뻣하게 굳어지자 젊은 아서가 칼을 들이밀었다.

[후드를 벗어.]

[…….]

[누구냐.]

검 끝이 목에 닿자 그림자가 끙, 신음하며 후드를 내렸다. 이윽고 고개를 돌려 젊은 아서를 바라본다. 마주 본 두 사람은 서로 말이 없었다. 잠시 얼굴을 굳혔던 젊은 아서가 중얼거렸다.

[겁대가리가 없는 건지, 정신이 나간 건지 모르겠는데 내 보기엔 후자군.]

[······.]

[미아.]

순간 구름에 가려졌던 태양이 드러나며 왜소한 몸집의 여성이 모습을 드러냈다.

[······둘 다 아니거든.]

맨몸인 주제에 기세 좋게 중얼거린 그녀가 벌떡 몸을 일으켰다.

[빛 아래에 가장 짙은 어둠이 있다. 몰라?]

[······.]

[영리한 계책이었다고.]

젊은 아서는 헛웃음을 터뜨렸다.

[대륙 전역에 수배령을 내려도 찾을 수 없던 녀석이 감히 길라게온에 숨어들어 있었군.]

[그래서 죽일 거야?]

[아니면.]

[놔주세요······.]

미아가 우물쭈물하다가 그를 팩 노려보았다.

[아탈란에서 도망쳤다는 얘기 못 들었어? 나 이제 사제 아니라고. 죽이면 너 살인자—!]

[입만 살아서.]

젊은 아서가 손을 뻗으려던 그때, 나무꾼 무리가 숲으로 들어왔다. 미아는 고래고래 비명을 지르기 시작했다.

[도와주세요—!]

그러자 선량한 나무꾼들이 도끼를 든 채로 허겁지겁 달려왔다.

[무슨 일이유!]

아서가 인상을 찌푸리고 [하던 일이나 계속…….] 하고 말하던 찰나, 미아가 또 한 번 빽 소리쳤다.

[변태다!]

[……!]

굳어진 아서의 뒤에서 미아는 입은 계속 놀렸다.

[갑자기 막 벗으려고 해요! 변태!]

[너……!]

나무꾼들은 온갖 휘황찬란한 복식을 걸친 건장한 사내보다는 빼빼 마른 몸으로 넝마 같은 옷을 걸친 소녀의 말을 신뢰했다.

[너, 잘 걸렸다. 어디 할 짓이 없어서 변태 짓을 해?!]

[잡아라!]

[잡아!]

나무꾼들이 달려들었고, 미아는 그사이 냅다 도망쳤다. 죄 없는 민간인을 벨 수 없었던 아서는 나무꾼들에게 붙잡혔고 그 후, 위병에게 넘겨졌다. 영지의 행정관이 내려와 그의 신분을 증명한 후에야 겨우 감옥을 나설 수 있었다.

그것만으로도 끔찍한 경험인데 제일 열이 받는 건 한동안 그의 집무실에 기가 막힌 편지들이 쌓여 있었단 것이다. 몸을 보여 주고 싶다면 파티에 초대하고 싶다는 둥, 성적 취향도 맞출 수 있으니 한 번만 만나 달라는 둥의 이상한 러브레터였다.

나베리우스는 젊은 그에게 말했다.

[등신 새끼.]

그래서였다. 전쟁 이후, 아탈란엔 관심을 거두었던 그가 미아를 찾기 위해 혈안이 된 것은.

'잡히면 죽는다.'

프렌시프의 정보부가 보름을 꼬박 지새웠으니 연고 없는 그녀쯤은 금세 찾아낼 수 있었다. 어느 지역의 축제에서 다시 조우한 그녀는 젊은 아서를 보고 닭꼬치를 툭, 떨어뜨렸다.

[으아아아 − !]

아서가 그녀의 목덜미를 잡고 으르렁 말했다.

[오늘은 옷을 벗지 않을 테니 곱게 가지.]

미아는 와앙 − ! 눈물을 터뜨리며 부들부들 떨었다.

[나, 나는 잡혀가면 사형이라고. 사지가 찢겨서 죽을 거야.]

[죽을 짓을 했지.]

[알지만……! 알긴 하지만…….]

미아가 처연히 고개를 떨구었다.

[죽기 전에 한 번만 평범하게 축제를 즐기고 싶어.]

[…….]

[한 번도 없었단 말야. 이런 거.]

[…….]

[불꽃놀이만 보고, 사형대에 올라가고 싶어…….]

얼마나 벌벌 떨며 말하는지 아서는 쯧, 혀를 찼다.

[도망치지 못하도록 내가 붙어 있을 거다.]

[응!]

그는 미아를 주시하며 걸었다. 축제에서 본 그녀의 얼굴은 놀랍도록 낯설었다. 늘 죽은 생선처럼 말라붙은 눈으로 제 앞에 서서 동포들을 죽여 온 사람이라고는 믿을 수 없을 만큼 밝고 눈부셨다.

[우와─!]

과자 가게 앞에 선 그녀가 양 뺨을 쥔 채로 발을 동동 굴렀다.

[이거구나. 길라게온의 전통 과자! 먹어 보고 싶어~!]

그러며 주머니를 뒤져 돈을 찾았다. 하지만 탈탈 털어도 고작 1피니 3켈트. 3피니나 하는 비싼 과자를 사 먹기엔 무리였다.

[저기…….]

[뭐.]

[아냐…….]

어깨를 떨군 채 터덜터덜 걸으며 가게를 벗어난다. 그녀의 뒷모습을 보고 미간을 좁힌 그가 한숨을 푹 내쉬며 주인에게 돈을 내밀었다.

[주시오.]

그러자 미아가 펄쩍 뛰며 아서에게 달려왔다.

[와아─! 와!]

[시끄러워.]

[너 좋은 놈이구나!]

과자를 와구와구 씹으며 신나 하는 그녀를 보며 생각했더랬다. 저게 개였다면 꼬리가 힘차게 흔들리고 있을 거라고.

[왜 전쟁에 나선 거냐.]

[가족들이 인질로 잡혀 있었으니까. 우리 언니가 나 때문에 손목이 잘렸거든. 아탈란에서 다시 붙여 줬지만.]

그녀는 아무렇지 않은 얼굴로 과자를 먹으며 대답했다.

[……그래도 네가 길라게온의 백성을 죽인 건 달라지지 않아.]

[알아.]

[…….]

[나는 전투 후에 늘 신전에 끌려가 실험을 당했거든? 살가죽이 찢어지고, 가끔은 눈알도 빼앗기고. 하지만 내 손에 죽은 사람들보다는 나은 처지였지.]

[…….]

[그들에겐 내일은 '괜찮을 거야, 덜 아플 거야, 어쩌면 사람을 죽이지 않아도 될지 몰라' 하는 희망이 없었잖아.]

[…….]

[언젠가 나는 죽겠지. 내가 죽인 사람들의 손에 미래를 빼앗기게 될 거야.]

[…….]

[그게 당연한 거지.]

너무나 대수롭지 않은 목소리라 저답지 않은 생각이 들었다.

'놓아 줄까.'

저렇게 젊은 나이에 생이 저문다는 게 아주 조금, 가엾다고 느껴졌다. 하지만 그가 그녀를 풀어 주는 일은 없었다. 잡기 전에 또다시 냉큼 도망쳤으니까.

[그치만 오늘 죽고 싶진 않아. 딱 보름만 평범하게 살아 보고 내 발로 갈게.]

[뭐?]

[변태다!]

이번에도 구금소행이었다.

또다시 같은 수법에 당했다. 부친은 마주칠 적마다 [너, 실은 정말로 변태인 게 아니냐.] 하며 신경을 긁어 댔다. 당연히 다시 한번 미아를 찾았다. 그러나 이전과 달리 행방을 쉬이 찾을 수 없었다. 그녀의 소식을 들을 수 없었던 게 아니라 ─

[황도 외곽에서 발견되었다는 소식이⋯⋯!]

[무슨! 서부일세. 인상착의가 틀림없이 그놈이다.]

[말도 안 됩니다. 방금 서부 항구에 파견된 우리 사람이 그녀를 발견했다고 ─!]

자랑하는 포털로 어찌나 각지를 쏘다니시는지 정확한 위치를 잡을 수 없었던 것이다. 그렇게 축제에서 만났던 날 이후 보름이 지나고, 제국을 발칵 뒤집어도 찾을 수 없었던 녀석에게 연락이 왔다.

『약속은 지켜.』

인사도 없는 짤막한 쪽지였다. 그는 축제에서 나눈 말을 떠올렸다. 제 발로 사형대에 오르겠다는 말이 진심이었던 것인가.

당시, 미아는 정말로 인근의 영주 성을 찾아갔다. 경비병 앞에서 후드를 벗으려던 찰나, 다부진 손이 휙! 그녀의 손목을 낚아챘다.

[너 ─!]

[날 이렇게 빼이치게 해 놓고 다른 새끼 손에 붙잡히면 안 되지.]

전쟁 중 아서 프렌시프의 소문은 익히 들었다. 전장에 나타난 전신(戰神). 인세에 강림한 미의 화신. 온통 거북한 별칭 천지라 한 귀로 듣고 흘렸지만, 하나만은 분명히 기억하고 있었다.

'전장에서도 품위를 잃지 않는 귀족 중의 귀족 — 이라면서!'

길라게온에서 조우했을 적에도 어마어마한 현상금이 걸린 악귀에게도 말씨가 제법 정중했다.

[듣던 것과는 달리 말투가 날건달이신데…….]

[변태도 되어 봤는데 날건달쯤이야. 따라와.]

[잠깐! 잠깐! 어디로 데려가는 건데!]

미아가 빽 소리쳤으나 그는 말이 없었다. 결박당한 채 그와 한 마차에 탔다. 어색한 침묵이 이어졌다.

[…….]

[…….]

[말이라도 하든가…….]

[우리가 다정히 안부를 물을 사이는 아니지.]

[알긴 하지만요…….]

미아가 칫, 혀를 차자 아서는 가늘게 한숨을 내쉬었다.

[너는 프렌시프의 이름으로 황궁에 바쳐질 거다.]

[공로…… 뭐, 그런 것 때문에?]

[대충 맞아.]

그를 힐끔 쳐다본 그녀가 늘어지듯이 앉아서 [그러든가.] 하고 대답했다. 아서는 턱을 괸 채로 그녀를 지그시 쳐다봤다.

[쉽게 죽는 건 안 되지. 감히 날 구금소에 두 번이나 가둔 녀석이.]

어쩐지 눈빛이 소름 끼쳤다.

'죽었다.'

그녀는 프렌시프의 황도 저택으로 옮겨졌다. 아탈란에서처럼 지독한 고문이 기다린다고 생각했는데…….

[이건 뭐람.]

[얘가, 얘가.]

하녀 하나가 허리춤에 손을 올리고 [못 써!] 소리쳤다.

[네가 누구고, 왜 우리 주인님께서 널 데려오셨는진 모르겠지만, 너는 이제부터 프렌시프의 하녀야. 교양과 품위를 잃으면 혹독하게 체벌할 거야.]

[뭐어 — !?]

농담인가 싶었는데 그녀는 정말로 저택의 하녀가 되어 하루 온종일 고된 노동에 시달렸다. 그 후로 몇 개월간 몇 번이나 도망치려고 했지만, 결계가 얼마나 무시무시한지 포털을 열었다가 결계에 부딪쳐서 죽을 뻔했다.

'성수의 도움 없이 포털을 열려니 확실히 힘이 딸려.'

[뭐 해! 현관 청소 마쳤어?!]

[손이 이렇게 굼떠서야 뭘 하겠다는 거야!]

[멍청하긴!]

'확 성수를 불러내 버릴까 보다.'

고민하다가 마원을 주머니 깊숙이 집어넣었다. 성수의 진정한 주인은 제가 아니라는 것을 어렴풋이 알고 있었다. 힘을 빌려줄 뿐이지 종속되지 않은 성수. 당연히 원주인처럼 섬세하게 조절할 순 없었다.

성수를 꺼내면 저택의 사람들은 모두 죽을 거다. 그러면 아탈란 귀에 소식이 들어갈 거고, 또다시 그들에게 붙잡혀 전쟁 무기로 쓰일 터였다.

'차라리 죽는 게 낫지, 그건 싫어.'

[현관 정리가 끝났으면 주인님께 차를 가져가라.]

[내가 왜 ─ !]

[뭐?!]

[아니, 제가 왜요……]

[가라면 가. 너, 주인님의 차 시중이 얼마나 영광인지 알아?]

'저 선임 하녀는 정말로 무서워……'

화가 난 가브리엘라보다 배는 무서운 것 같다.

'언니는 화를 잘 안 내기도 하고.'

미아가 울상을 지은 채 티 세트를 가지고 아서의 방으로 올라갔다.

[차를 가져왔습니다.]

거대한 의자에 다리를 꼰 채로 앉아 있던 아서는 서류에 시선을 고정한 채로 고개를 끄덕였다. 미아가 차를 타고 있자, 그제야 그가 그녀를 바라보았다.

[제법 폼이 그럴듯한데.]

[혼쭐이 나며 배웠거든요.]

[말투도 그럴듯하고.]

[혼쭐이 날 테니까요.]

아서가 픽 웃으며 찻잔을 들었다. 차 맛을 본 그가 그녀를 힐끔 쳐다보았다.

[얼그레이를 부탁했는데.]

[네.]

[네가 내온 차는 얼그레이가 아니고.]

[네.]

[반항인가.]

[주인님은 불면증이 있으시니까요.]

[그런데?]

[국화차가 숙면에 도움을 준답니다.]

[……]

[……하녀장님께 이르실 건가요?]

당당하게 다른 차를 내온 주제에 기가 죽어 우물쭈물한다. 아서
는 아무런 말이 없었고, 미아는 눈치를 보다가 쏜살같이 내빼 버렸
다. 그녀가 나선 후, 부관이 들어왔다. 서류를 내려놓은 그가 찻잔
으로부터 흘러나오는 향기를 맡고서 미간을 좁혔다.

[치우겠습니다.]

[뒤.]

[싫어하시잖습니까.]

모친의 장례식 때도 나베리우스는 끝까지 자리를 지키지 못했
다. 그놈의 영지 일을 본다고 떠났고, 어린 아서는 그녀의 관이 놓
인 국화꽃밭에서 며칠을 홀로 서 있어야 했다.

[뒤라.]

[……예.]

[……]

[아탈란의 악마는 어찌하실 겁니까. 하루빨리 황궁에 보내시는
것이 이로울 겁니다. 계속 데리고 있다간 불똥이 튈 텐데―]

양피지를 내려놓은 그가 무미건조한 눈빛으로 부관을 쳐다보았다.

[내가 기억력이 좋지 않은 모양이군.]

[예?]

[네게 말을 허락한 기억이 없는데 말이야.]

[송구합니다!]

부관은 허리를 굽혔고, 서둘러 문을 벗어났다. 아서의 시선이 찻잔에 닿았다. 부관이 무엇을 우려하는지 잘 알고 있다. 저 녀석을 데리고 있을 이유가 없다는 것도.

그저 밤을 하얗게 지새우고, 동이 틀 무렵 창밖을 보면 부지런히 정원을 쓸고 있는 녀석이 보기에 나쁘지 않았다.

이따금 이름 모를 새가 정원으로 날아들 때 '아아, 잠깐만, 잠깐만! 너 주려고 모이를 가져왔어!' 버럭 소리쳐 놓고는 새가 놀라 도망치면 아쉬워하는 게 우스웠다.

그렇게 또 시간이 지나 겨울이 되었다. 영지로부터 편지와 함께 아이들이 왔다. 공무로 바빠 밤늦게야 도착하니 제 집무실 앞에서 예상치 못한 광경이 보였다.

[꼬마도련님, 이제 주무세요. 주인님은 엄 ─ 청 늦게 온다고요.]

[꼬마도련님이 아니고, 란슬롯이다.]

[네네.]

[대답은 한 번만.]

[두 번 하면 안 되나요?]

[교양 없는 짓이라고 조부님이 말씀하셨다.]

[왜요?]

[그건……]

란슬롯이 당황해서 대답이 없자 미아가 킥킥 웃으며 아이를 휙 안아 들었다.

[봐 줘!]

[주무세요. 꼬마도련님은 많이많이 주무셔야 쑥쑥 큰다고요.]

[아버님이 귀가하시면 귀가 인사를 드려야 해.]

[어째서요?]

[그게 자식의 도리라고 조부님께서 말씀하셨다.]

[왜요?]

[그건…….]

란슬롯이 또다시 우물쭈물하자 미아가 픽 웃고 아이의 뺨에 제 뺨을 가볍게 비볐다.

[착해라. 할아버지의 말을 잘 듣는 귀여운 손자군요.]

[의젓한 거다.]

[네네, 의젓하세요. 하지만 아까부터 아무것도 안 먹고 기다리시 잖아요. 따뜻한 우유랑 쿠키를 먹고 코— 자고 있으면 주인님께서 오실 거예요.]

[하지만…….]

[제가 주인님께서 오시면 깨워드릴게요.]

[하지만 조부님이랑 아버님이 아시면 실망하실 텐데…….]

[비밀로 할게요. 약속!]

소지로 고리를 만들어 내밀자 쭈뼛쭈뼛하던 란슬롯이 그녀의 손 가락을 덥석 잡았다. 란슬롯은 사실 굉장히 졸렸던 모양인지 안기 자마자 스르륵 눈을 감았다. 잠든 아이의 등을 다정하게 두드리던 미아가 인기척을 느끼고 고개를 돌렸다.

[⋯⋯아이 안는 게 익숙해 보이는군.]

[신성력이 발현하기 전엔 신전에서 꼬맹이들을 보살피는 게 제 일이었거든요.]

[이리 줘.]

아서가 잠든 란슬롯을 받아 집무실의 문을 열자 미아가 말했다.

[프렌시프 령에서 편지가 왔어요.]

[들었다.]

[후작 부인께서 보내셨대요.]

[⋯⋯그래.]

문이 닫히기 전, 미아는 중얼거렸다.

[결혼했었구나⋯⋯.]

─하고. 왜 그녀를 따라나서고 싶었는지 이유를 알 수 없었다.

'난 전쟁 전에 이혼했어.'

말하고 싶어지는 까닭을 그때의 자신은 알지 못했다. 가문의 이익을 위한 사랑 없는 결혼이었다. 무려 두 번째의.

부인들과는 각각 아이를 보았다. 란슬롯과 가웨인. 이전 부인에게도 현 후작 부인인 가웨인의 모친에게도 사랑하는 남자가 따로 있었다. 두 후작 부인은 결혼 생활 중에도 공공연히 애인을 만났고, 그건 당시 귀족 사회에선 흔한 일이었다.

'결혼이란 가문 간의 비즈니스, 그 이상 그 이하도 아니다'라는 게 당연한 전제였다. 란슬롯이 가져온 편지도 위자료에 관한 내용이었다. 전쟁이 끝났으니 정산을 마무리하자는 것이 가웨인의 모친이

전 남편에게 보낸 마지막 편지였다.

이튿날, 아서는 정원의 쓰레기를 옮기는 미아에게 다가갔다.

[난 이혼했어.]

[그런데요?]

[…….]

[하실 말씀은 그것뿐?]

[……그래.]

[그럼 비켜 주실래요. 하녀는 바빠서.]

어쩐지 하루 종일 일에 집중할 수 없었다. 왜인지 모르게 미아가
차갑게 느껴졌고, 그건 그를 조급하게 만들었다. 그날 저녁 다시 한
번 미아를 찾았다.

[결혼은 했지만 사랑은 하지 않았다.]

[술은 마셨지만 음주 승마는 아니었다 ─ 와 뭐가 다른 거지요?]

[나는……!]

그때 하녀가 헐레벌떡 그를 찾았다.

[주인님, 플로헤타 메리아덴 양이 오셨습니다.]

그게 누군데. 미아는 [이혼했지만 애인은 있구나.] 하며 그를 지
나쳤고 아서는 눈가를 손으로 덮었다. 하녀가 [주인님……?] 하고
그를 불렀다.

[보내.]

[예? 하지만 그분은 어르신께서 후작 부인으로 점찍으신……!]

'그 사람이었나.'

아서가 인상을 찌푸리곤 짓씹듯이 말했다.

[이 밤에 예고도 없이 찾아온 불청객을 받아 줄 만큼 자비로운 사람이 아니라는 말도 함께 전해라.]

아서는 또다시 눈치를 보며 며칠을 미아만 지켜보았다.

[아하하! 말도 안 돼. 돌고래가 어떻게 '나라고' 하면서 울어?]

[진짜라니까! 아, 안 되겠네. 실제로 보여 줘야지. 주말에 뭐 해? 나와 같이 —]

젊은 마부가 그녀에게 수작을 부리기 전까진.

미아가 킥킥 웃다가 말했다.

[주말? 음…… 돌고래가 황도에 있어?]

있긴 뭐가 있어. 황도에 있는 건 돌고래가 아니라 돌멩이 같은 변태 수작남뿐이다. 고민하던 미아가 고개를 끄덕였다.

[그래. 주말, 좋아.]

[오오오! 잊지 마라? 데리러 올 테니까.]

[알았어.]

그날 아서는 집사를 불렀다.

[마차 수리를 해야겠더군. 마구간도 재정비를 해야겠고.]

[예?]

[부서졌다.]

[그럴 리가요. 일주일 전에 마차와 마구간을 모두 수리했습니다.]

[확인해 보던가.]

집사는 의아한 표정으로 마구간과 마차를 살피러 갔다. 아서의 말이 맞았다. 일주일 전 수리한 마구간이 일부 부서져 있고, 마차의 바퀴가 모조리 망가졌다. 이상한 건 누군가 도끼질을 한 것처럼 아주 깔끔하게 손상되었다는 것이다. 주말, 미아는 현관 앞에 쪼그려 앉아 양손으로 턱을 괴었다.

[심심해~!]

돌고래를 보여 준다기에 휴가까지 냈는데!

'돌고래…… 보고 싶었는데…….'

언제 아서의 마음이 바뀌어 사형대에 오를지 모른다. 그 전에 돌고래를 꼭 보고 싶었다. 무료하게 바닥에 그림이나 그리고 있는데 머리 위로 그림자가 드리웠다. 고개를 들자 아서가 보였다.

[시키실 일이라도 있으세요?]

[그 녀석은 그만둬. 유명한 바람둥이니까.]

[주인님처럼요?]

아서가 한숨을 푹 내쉬었다.

[오해야.]

[글쎄요……. 그보다 저, 언제 황궁으로 보내실 생각이세요? 언질이라도 주셔야 그동안 마음 편하게 있지요.]

[…….]

[네?]

[……안 보내.]

[무슨…….]

[보내기 싫어졌어.]

아서를 빤히 보던 미아가 자리에서 일어나 흙 묻은 손을 탁탁 털어 냈다.

[대체 무슨 말씀을……. 저는 아탈란의 악마예요. 죽는 게 당연하

다고요.]

　[알아.]

　[아는데 왜.]

　[네가 웃는 게 보기 나쁘지 않아서.]

　[…….]

　[계속 시선이 가서.]

　[…….]

　[처형대에 오르는 너를 보기 싫어졌으니까.]

　[아니…….]

　[대답이 되나?]

　안 돼!

　미아가 기가 막힌 얼굴로 아서를 쳐다봤다. 이내 젊은 아서가 뒤돌아 걷기 시작하자 미아가 그의 뒤를 따랐다.

　[잠깐만요.]

　[…….]

　[서 보라니까요.]

　[…….]

　[여봐요!]


　아서는 젊었을 때의 광경이 빠르게 스쳐 지나가는 것을 지켜보다 픽 실소를 흘렸다. 왜 그녀가 좋아졌는지 이유를 대라면 지금도 쉬이 입을 열 수 없었다. 그저 꽃물이 들 듯 스며들었을 뿐.

　'너는 언제 내가 좋아졌나.'

"차를 탔을 때부터?"

등 뒤에서 들린 목소리에 아서가 고개를 돌렸다.

"……미아."

기억 속의 모습과 조금도 다르지 않은 그녀가 빙그레 미소지었다.

"당신이 하녀장에게 일러바칠까 봐 두려워서 방문 앞을 지키고 있었거든요. 그러다 들었지요. 두고 가라던 목소리."

"그것뿐?"

"그러니까 말이에요. 고작 그것뿐이었는데 왜 바람둥이를 사랑하게 되었을까."

"아니래도."

"몇 명이나 저택을 찾아왔는지 알아요?"

미아가 손가락을 하나하나 꼽으며 말했다.

"리즈 영애, 에실라벨 가의 고명딸, 타국의 공주님……. 우와, 엄청 많네. 생각해 보니까 화나잖아!"

미아가 인상을 찌푸렸다. 아서가 실소를 흘리자 그녀는 골이 난 얼굴로 물었다.

"왜 웃어요!"

"이렇게 보니 세니아나와 판에 박았군."

"그건…… 기쁜 말이네요."

두 사람은 한동안 가만히 서로를 바라보았다. 오랜 시간이 흐른 후, 아서는 물었다.

"이제 가야 하나."

"네."

잠깐 고개를 떨군 그녀가 이내 다시 얼굴을 들며 마치 젊은 날처럼 장난스럽게 웃었다.

"당신이 잘생겨서 좋았어요."

"……그래."

"다음 생에 만난다면 꼭 그 얼굴, 그 몸매 그대로 나타나 줘요. 그땐 내가 마음 고생시킬 테니까."

"그래."

사랑했어요. 사랑했다. 차마 말할 수 없어 말을 삼키고 두 사람은 가볍게 손을 잡았다.

'언젠가 후의 생에서.'

'그때는 아주 오래 마주 보자.'

맹세하며.


아빠보다 먼저 잠에서 깬 나는 소파에서 살금살금 내려와 그를 쳐다봤다. 굳게 닫혀 가지런하던 입술이 드물게 호선을 그리고 있었다. 좋은 꿈이라도 꾸는가 보다.

나는 아빠가 깰세라 조심스럽게 방을 나섰다. 계단을 올라 내 방으로 들어가자 문 앞에 저택의 사용인들이며 기사들이 서성이고 있었다.

"아가씨!"

"시트론."

우리는 서로를 꼭 끌어안았다. 나보다 한 뼘은 큰 몸이 가늘게 떨리었다.

"이렇게 걱정하게 만드시고……."

"미안. 미안해."

마릴린이 울먹이며 다가와서 우리 셋은 서로를 안은 채 울먹였다. 방 안엔 편지가 가득 쌓여 있었다. 통신석으로 연락해 온 사람들도 잔뜩 있다며 마릴린은 명단을 만들어 가져왔다.

샤르파크 후작 부부. 오뵈르 백작 부부. 로웨나 황비와 헬리오스 황태자. 스위트피, 그리고 아카데미의 친구들.

'아.'

명단을 확인하던 내가 눈을 흡뜨고 예상치 못했던 이름을 지그시 응시했다.

"조슈아도 있네."

"사비에르 공이 몇 번이나 사람을 보내 아가씨의 행방에 관해 여쭈셨어요."

"고마워라."

생각해 보면 조슈아, 아니, 아소는 내가 아카데미에 들어가서 처음 사귄 친구였다.

'이 세계에서의 첫 친구는 남자친구가 되었지요.'

속으로 쿡쿡 웃고 계속 명단을 확인했다. 조슈아 아래로도 의아한 이름들이 있었다. 생전 들어 본 적 없는 이름도. 내가 "으으웅?" 하며 갸웃거리자 마릴린이 어깨를 으쓱으쓱 올리며 말했다.

"아가씨는 제국의 영웅이시니까요."

나는 어색하게 웃었다.

'부담스러워.'

제일 당황스러운 이름은 트리스탄과 엘트라의 사신들이었다.

"참, 일이 연이어 터져서 돌려보내 주는 걸 잊었다."

한 번 콧대 높은 엘트라의 대신관과 신경전을 벌인 적이 있었는데, 그때 겁을 먹었는지 돌려보내 달라고 청하지 못한 모양이었다. 역시 황궁에 가야겠다.

'이모랑 외삼촌, 황제 폐하도 만나고 또…….'

로열 키친! 엄청 오래 자리를 비웠는데 잘린 게 아닐까.

'아냐, 그래도 나름 제국의 영웅인데 봐줄 수도 있어. 또 아곤이 로열 셰프로 있으니까…… 하지만 아곤은 그런 데선 딱 부러진 사람이라……'

내가 끙끙거리며 고민하는 사이, 할아버지가 황도에 도착했다. 난 방에서 내려가 할아버지를 마중했다.

"영지 일이 벌써 끝나셨어요?"

"그래."

─가 아닌 것 같은데. 할아버지의 뒤를 쫓아 들어온 가신들의 얼굴이 희게 질려 있었다. 그들이 "어, 어르신, 이러시면 곤란합니다. 아직 산더미같이……!" 하고 말했다. 저 뒤에서 샛노란 얼굴의 젊은 행정관이 발을 동동 구르는 것이 보였다.

"어, 어르신, 이 서류라도 검토해 주십시오."

누군가 결의에 찬 얼굴로 흡사 죽기 살기라는 듯 할아버지에게 매달렸다.

"제발, 상점가 건이라도 마무리해야……!"

"이 사람이! 내 관할지가 더 급하네. 산적 떼가 내려왔단 말일세!"

"내 쪽은 비축해 둔 보그가 건물 더미에 깔리고 수해까지 입어 전혀 쓸 수가 없습니다. 전력석을 돌려서 겨우 숨통을 트이게 하고 있어요!"

"숨통은 트였지 않나! 우리는 지역에 하나 있는 병원이 무너지면서 의사들이 죄 운신하지 못하고 있어!"

엄청 바쁜데 억지를 부려서 올라오셨구나. 나는 가신들의 눈치를 보았지만, 할아버지는 들은 체도 하지 않고 내게 다가왔다.

"식사는?"

"아직 배가 안 고파서요."

"그러냐."

인자하게 웃는 모습이 가신들을 볼 때와는 전혀 딴판이라 민망할 지경이었다. 가신들 입장에서 기분이 좋은 할아버지는 신경이 날카로운 할아버지보다 무서운지 어찌할 바를 모르고 입만 꾹 다물었다. 듣지 않아도 저들이 무슨 생각 중인지 알 수 있었다.

이번엔 기필코 퇴임할 것이다. 이놈의 일, 때려치워야지. 퇴직. 퇴직. 퇴직! 얼굴에 대문짝만하게 퇴직이 쓰여 있다.

"할아버지."

"오냐, 오랜만에 황도에 왔으니 다들 모여서 카드 게임이라도 할까. 아니지, 아니지. 상점 지구에서 쇼핑을 하는 것도 좋겠구나."

"……."

"장미가 흐드러지게 필 시기로구만. 꽃놀이가 괜찮을지도."

할아버지가 고민하는 사이 오빠들이 나왔다. 어느새 세 남자가 머리를 맞대고 '오늘은 세니아나와 무엇을 하며 놀까' 고민했다. 오빠들도 일이 무척이나 바쁜 건지 그들 뒤에 붙은 행정관이나 부관들은 거의 울 것 같은 얼굴이었다. 나는 한숨을 푹 내쉬고서 그들을 바라보았다.

"할아버지랑 오빠들은……."

내가 쳐다보자 그들이 "역시 꽃놀이가 좋으냐?" 하고 물어서 난 고개를 저으며 말했다.

"성실하진 않으신가요?"

"……뭐?"

"일을 뒤로 미뤄 놓고 놀 궁리를 하는 건 게으르다는 것일까요?"

"아니, 그건 아니고……."

"저는 성실한 사람이 좋은데."

내가 중얼거리자 할아버지와 가웨인이 움찔했다. 난 "아냐, 난 성실해!" 하고 소리치는 두 사람을 지그시 보며 말했다.

"게으른 사람은 싫어요."

*　　*　　*

게으른 사람은 싫다. 할아버지와 오빠들은 게으르다. 할아버지와 오빠들은 사람이다. 머릿속의 주판알이 두두두 움직이더니 종국엔 끔찍한 문장이 완성되었다.

할아버지와 오빠들이 싫어요. 싫어요. 싫어요. 싫어! 멀리서 들려온 메아리가 낙뢰처럼 쿵! 떨어졌다. 세상이 무너진 것 같은 표정의 나베리우스가 주춤, 물러나다가 이윽고 소리쳤다.

"난 게으르지 않아!"

가웨인도 재빨리 고개를 끄덕였다.

"그래! 우린 성실해!"

그러자 세니아나가 빙그레 미소지었다.

"역시 그렇지요~?"

"그래!"

"그렇다고!"

"그럼 이제 방으로 돌아가셔서 일을 하실 건가요?"

"그래!"

"쓰러질 때까지 할 거야!"

"우와, 멋있어라."

세니아나가 히히 웃으며 말하자 나베리우스와 가웨인의 얼굴이 밝아졌다. 그들은 가신들과 행정관들이 들고 있던 서류를 휙! 빼앗아 들고 서로에게 질세라 집무실로 달려갔다. 세니아나는 뿌듯한 얼굴로 두 사람의 뒷모습을 바라보았다. 가신들의 눈엔 마치 그녀의 등에 후광이 비추는 것만 같았다.

'아가씨……'

'아아, 마이 선샤인!'

"최고……."

"요정……."

"멋집니다……."

"사랑스러워……."

세니아나가 부끄러운 듯 웃고는 "자, 여러분도 가세요." 하고 말하자 가신들의 얼굴이 환히 빛났다. 그들이 두두두두! 각자의 상관을 향해 달려가자 란슬롯이 픽 실소를 흘렸다.

"우리 아가씨가 두 사람을 아주 잘 다루시는데."

"2년 차니까요. 이제 신입이 아니라 익숙해졌답니다."

"호오, 그래?"

란슬롯이 장난스럽게 묻자 세니아나가 허리춤에 손을 착 올리고 "오빠에게도 할 수 있는걸요!" 하고 기세등등하게 말했다.

'귀여워.'

란슬롯은 쿡쿡 웃고 그녀와 시선을 맞추기 위해 허리를 조금 굽혔다.

"어디 볼까. 얼마나 잘 다루시는지."

"거래예요."

"잘 아네. 무슨 거래를 하시려고?"

"가서 일을 하시면 오빠에게 맛있는 요리를 해드리겠어요."

"흐음, 동하긴 하는데……."

"함께 식사를 한 후엔 피아노를 같이 쳐요."

자, 어때? 세니아나가 자신만만한 얼굴로 란슬롯을 쳐다봤다. 그는 "이런." 하고 말하며 곤란한 듯 중얼거렸다.

"정말로 잘 다루잖아."

"일하실 거예요?"

"쉽게 넘어갈 순 없지. 하나 더 얹어 봐."

그러던 찰나, 아서가 남매에게 다가왔다. 나베리우스와 가웨인이 집무실로 달려갈 때부터 지켜보던 그는 희미하게 웃으며 딸을 쳐다봤다. 세니아나는 끙……, 소리를 내며 고민했다.

'큰오빠가 좋아할 만한 게 뭐가 있지.'

한참을 고민하던 세니아나가 눈치를 보며 물었다.

"일을 빨리 끝내시면…… 으음, 나들이 갈까요?"

"단둘이?"

"좋아요!"

란슬롯이 제 부관에게 손을 뻗어 서류를 받았다.

"빨리 끝내야겠는걸."

그가 계단을 오르자 세니아나는 성공했다는 얼굴로 뿌듯하게 웃었다. 그때, 아서가 물었다.

"난?"

"네?"

"내겐 뭘 해 줄 거지?"

"아빠는 성실하시잖아요?"

아서의 눈이 가늘어지자 세니아나가 킥킥 웃고 그의 허리를 꼭 끌어안았다.

"큰오빠보다 일을 빨리 끝내시면 꽃 보러 가요. 그러니까…… 아빠랑 저랑 데이트!"

나들이보다 듣기 좋은 말이었다. 아서가 고개를 끄덕였다.


일을 빨리 끝내면 세니아나와 데이트. 영리한 가신들이 다른 프렌시프의 사내들에게 전하자 모두의 눈이 불타올랐다.

끝낸다, 일. 한다, 세니아나와 데이트! 내가. 아니, 내가!

저택이 조용히 불타올랐다.

$$* \quad * \quad *$$

이렇게 효과가 좋을 줄은 몰랐는데. 일 중독 행정관들이 기쁜 얼굴로 서류를 든 채 뛰어다니는 것을 본 나는 조금 곤란해졌다.

'나가는 게 그렇게 좋은가.'

사실 나는 밖에서 노는 것보다 집에서 얌전히 요리를 하거나, 책을 읽거나, 정원을 산책하는 게 더 좋다. 그래서 그런지 그들의 나들이 열광이 조금은 의아했다.

"왜 그러실까……."

중얼거리자 마릴린과 시트론은 내게 찻잔을 내밀며 키득거렸다.

"데이트, 라는 단어 때문이지요."

"데이트?"

"데이트는 사랑하는 사람과 함께 시간을 보내는 일이잖아요?"

"그렇지……?"

마릴린이 우훗, 웃고 "사랑하는 사람 말이에요." 하고 중얼거렸다. 나는 고개를 갸웃 기울였다.

"잘 모르겠지만, 능률이 올라가면 좋지. 가족들이 일을 끝내기 전에 황궁에 들러야겠다."

"외출용 드레스를 가져올까요?"

"응."

서둘러 준비를 마치고 황궁으로 출발했다. 출입관리소 앞에 서자

근위병들이 신분패도 확인하지 않고 냉큼 문을 열어 주었다. 그래도 되냐고 묻자 "제국의 영웅에게 신분을 묻는 자가 있다면 천치죠!" 하며 눈을 반짝였다. 걷는 곳마다 호의로 가득한 시선이 쏟아졌다.

'엄청 곤란한데요.'

'프렌시프 영애'를 동료로 환영하지 않던 궁인들조차 날 보면 달려와 쿠키나 리본, 고급 찻잎 등의 선물을 잔뜩 안겨 주었다. 아발론에 다다랐을 땐, 하녀 둘에 나까지 짐을 잔뜩 끌어안고 있었다.

"프렌시프 영애를 뵙습니다."

새롭게 임명된 시종장이 인자하게 미소지었다.

"괜찮으시면 짐을 보관해 드릴까요."

황제를 모시는 아발론의 궁인들은 행동 하나, 말투 하나 조심했다. 귀족들에게 무례를 범하진 않지만, 그들에게 넘치는 호의도 베풀지 않는다.

"그래도 되나요?"

"제국의 영웅께 이쯤이야."

"그 별명 언제쯤 잊힐까요……."

내가 한숨을 내쉬자 새로운 시종장은 "글쎄요, 한 오백 년쯤 뒤엔 잊히지 않을까 싶습니다." 하고 상냥하게 대답했다. 시종장에게 선물을 맡기고서 나는 주방을 향했다.

'일단 인사. 그리고 오래 자리를 비워서 죄송하다고 말해야지.'

긴장된 얼굴로 문고리를 잡으려는데 복도 끝에서 고성이 들려왔다.

"너!"

"아, 스승님."

"너, 이놈의 새끼!"

샹뤼크가 쿵, 쿵, 쿵! 발을 구르며 달려왔다.

'퇴직하시고서 구호소에서 요리사들을 지도하고 계신다고 했는데!'

쓸데없는 짓으로 사람 간 졸이게 했다고 혼이 잔뜩 날 것이다. 그게 무서워서 마음의 준비를 한 뒤 구호소로 그를 만나러 갈 생각이었다.

"스, 스승님!"

"이리 와, 이리 와!"

"자, 잠깐만요 — !"

으아아아! 나는 그를 피해 쏜살같이 도망쳤다.

"개 놈의 자식! 이리 안 와!"

"자, 잘못했어요! 그리고 저는 개 놈의 자식이 아니라 우리 아빠랑 할아버지 자식인데."

그가 움찔, 하더니 멈춰 섰다.

"……어르신께 이를 거냐?"

"안 이르면 혼내지 않으실 거예요?"

"그거랑 이건 다르지!"

"그, 그럼 이를 거예요!"

"이리 와! 이 자식! 잔뜩 걱정이나 시키고 말이야!"

반대편에서 걸어오는 아곤이 보여서 나는 그의 뒤에 덥석 매달렸다.

"아니, 아가씨!"

"스승님이 나 죽인다……."

내가 울먹이며 아곤을 보자 그가 껄껄 웃음을 터뜨렸다. 나는 결국 쟝뤼크에게 잡혀서 혼쭐이 났다. 사람 지나는 복도에 서서 팔을 번쩍 든 채 "다시는 걱정시키지 않겠습니다. 위험한 일은 하지 않겠습니다!" 하고 소리칠 수밖에 없었다.

"목소리가 작다!"

"겁 모르고 괴물에게 달려들지 않겠습니다!"

"요리사가 말이야. 몸 귀한 줄 모르고……!"

"잘못했 ― 그런데 스승님, 손은 괜찮으세요?"

쟝뤼크가 다친 손을 쥐었다 폈다. 나는 기뻐서 펄쩍 뛰었다.

"움직인다!"

"어어, 손 내려간다!"

"잘못했다니까요……. 이제 안 그럴 거예요."

우리를 지켜보던 아곤이 웃음기 어린 목소리로 말했다.

"루크, 이제 그만 해라."

"제레미가 이렇게 가슴을 졸이게 해도 적당히 하실 겁니까?!"

아곤이 직접 키운 제자이자, 프렌시프 성의 수셰프 제레미가 언급되자 아곤은 "그건 아니지……." 하고 중얼거렸다.

"폐하를 뵈러 가는 길일 텐데 더 막을 것이냐."

그 말에 쟝뤼크가 쯧, 혀를 찼다. 손을 내려도 된다는 표정이라 스르륵 팔을 내리고 욱신거리는 부분을 주물렀다.

"아곤은 왜 조리복을 안 입고 있어? 아니, 있어요?"

로열 셰프가 되기 전엔 프렌시프의 사용인이었던 터라 공대가 입에 잘 익지 않는다. 아곤이 빙그레 웃으며 말했다.

"이제 말을 낮추십시오."

"네?"

"어제가 로열 셰프로 근무한 마지막 날이었습니다. 오늘은 짐을 챙기러 왔지요."

"어?! 왜?"

"제 자리가 아니니까요."

"……."

"경합을 승리로 이끈 건 아가씨였지요. 제 자리가 아닌 곳을 오래 지켜서야 되나요."

"그럼 스승님이 로열 셰프가 되시는 거야?"

그러자 쟝뤼크가 흥, 콧방귀를 뀌며 말했다.

"나도 네가 아니었으면 황궁은 쳐다도 보지 않았을 거다."

"안 하실 거예요?"

"그래."

"어째서……. 지금 제국에서 가장 실력 좋은 요리사는 스승님이신걸요."

"궁에 갇혀 요리 하는 것을 바라지 않는다."

그는 시무룩 해하는 날 쓰다듬고서 말했다.

"후배를 키우는 것이 적성에 맞더구나. 싹이 보이는 족족 황궁에 보내 주지."

쟝뤼크와 아곤이 나를 다정한 눈으로 보며 물었다.

"그렇게 됐으니 묻겠는데 네 꿈은 뭐냐."

"네?"

"아탈란이 사라졌으니 로열 키친엔 더 미련이 없는 것이야?"

사실 그 문제는 계속 생각해 오던 것이었다. 그리고 아직 결론을 내리지 못했다. 나는 잠시 침묵하다가 그들을 바라보았다.

"답은 잠깐 미뤄 놓을게요. 그 전에 할 일이 있거든요."

"할 일?"

남은 악당을 처리해야지! 대사제가 아직 죽지 않았잖아. 난 히죽 웃었다.

*　　*　　*

두 사람과 헤어진 나는 아발론을 찾았다. 황제의 집무실에 들어가자 그가 돋보기 대용으로 쓰는 듯한 외알 안경을 내려놓고 손짓했다.

"앉아라."

소파에 앉아서 집무실을 둘러보고 있으니 그가 반대편에 착석했다.

"허름한가."

농담조로 건넨 듯한 말에 나는 눈만 데굴데굴 굴렸다. 이전에 보았던 제1 집무실보다는 확실히 허름하다. 황도 저택의 서재나 집무실보다도.

황제가 등받이에 몸을 기대며 가볍게 중얼거렸다.

"웬 녀석이 삿된 자들을 이동시키며 감히 성터까지 함께 이동시켜서 말이지. 마법사들이 떼거리로 달려들어도 이것밖에는 복구하지 못했느니라."

'우리 집은 복구하고서 마무리 작업 중인데……'

하기는 황도의 저택 중엔 프렌시프 저가 제일 큰 저택이긴 해도, 황궁의 크기와는 비할 수 없다. 이만큼 복구한 것도 제국의 마법 수준이 월등히 뛰어났기 때문이리라.

"짐이 어찌나 고생했는지."

"……"

"두 달 전엔 짐이 무려 천장이 날아간 개집에서 잠을 취했단다."

"……"

"모두 성터를 없애 버린 자의 덕이다."

내용과 달리 말투는 여전히 가벼웠다.

"제가 폐하의 생명의 은인이라는 말씀이시지요?"

성터와 함께이긴 해도 삿된 자들을 이동시켜 주었잖아?

뻔뻔한 말투에 황제가 껄껄 웃음을 터뜨렸다.

"하여간에 져 주는 법이 없구나. 어찌 그리 프렌시프 부자를 빼다 박았는지."

"프렌시프 영애니까요."

"그래."

한동안 미소 짓고서 날 보던 황제가 물었다.

"해서, 제국의 영웅이신 프렌시프 영애님이 짐을 찾아온 연유는?"

"폐하께서는 상벌이 확실한 현명한 군주이시지요."

빙글빙글 웃으며 나를 보던 황제가 눈썹을 까딱 들어 올렸다.

"제국을 구했으니 상을 내놓아라?"

"그렇습니다, 폐하."

"내용이나 들어 보지."

황제가 자세를 고치며 고개를 끄덕였다.

"청이 두 가지 있습니다."

내가 검지와 중지를 펴며 말하자 그의 표정이 기묘하게 일그러졌다.

"두 가지나?"

"예. 첫 번째는 아탈란의 처분을 모두 제게 맡겨 주셨으면 합니다."

"대사제만을 이르는 건 아니겠군."

평소엔 느물느물한 아저씨 같아도 이럴 때 보면 칼날보다도 날카로웠다. 황제가 팔짱을 끼며 말했다.

"가브리엘라와 그 동생은 사면하겠다?"

"예."

고민하던 황제가 고개를 끄덕였다.

"좋아. 두 번째는?"

"두 번째는……."

나는 마른침을 꼴깍 삼키고서 입을 열었다.

＊　　＊　　＊

옥사 안, 궁인 두엇이 배식을 외치며 철창에 난 납작한 틈에 식판을 걸쳐 놓았다. 대사제는 음식 냄새를 맡자마자 엉금엉금 기어 식판에 다가갔다.

나흘. 장장 나흘을 굶었다. 새벽까지 고문이 이어지는 바람에 음식은 구경조차 하지 못했다. 고문으로 죽기 전에 아사할 지경이었다. 죽음은 차라리 달갑다. 버려지 취급을 당하며 살길 바라지 않으니.

하지만 허기가 가져오는 고통만은 참을 수가 없었다. 신전에서 온갖 호화로운 음식들만 입에 밀어 넣던 그는 옥수수 몇 알이 든 희멀건 죽을 향해 허겁지겁 손을 뻗었다.

그때, 픽! 옥사의 경비병이 식판을 걷어찼다.

"이, 이런…… 이런 몹쓸……!"

고문의 여파로 실핏줄이 자글자글 터져 온통 검붉어진 눈에 불똥이 튀었다. 대사제가 식판을 걷어찬 경비병을 바라보았다.

"이, 이……!"

"우리 할매는 네놈들 때문에 눈도 제대로 못 감고 죽었어."

"그게 내 잘못이냐. 네 핏줄의 명이 그뿐이었던 게지!"

병사가 창살 밖으로 삐져나온 대사제의 옷깃을 우악스레 쥐며 말했다.

"자식새끼들 죄 먼저 보내고 필사적으로 손주를 키운 분이시다. 없는 살림에도 배곯는 아이들을 발견하면 제 입에 있던 것도 꺼내서 주었어!"

병사의 눈이 새빨갛게 충혈되었다.

왜 이런 작자를 살려 두는 거야. 왜ㅡ!

조모가 돌아가신 날은 마을에서 잔치가 한창이었다. 저는 고작 황궁에 출퇴근하는 경비병이 되었을 뿐인데, 산골짜기에서 제일 출세했다며 마을 사람들이 잔치를 마련해 준 것이다.

팔십 나이에 하루도 쉬지 못하고 곡괭이를 들던 조모가 평생 처음으로 기쁨의 눈물을 흘렸다.

　　*[아이고, 할매. 좋은 날 왜 울고 그래.]*

　조모의 친구들은 훌쩍훌쩍 우는 할머니를 놀리는 주제에 자신들도 눈가를 적셨더랬다.

　　*[아, 아녀. 나 우는 거 아녀.]*

　선량한 신혼부부가 허둥지둥 할머니를 달랬다.

　가진 게 먼지뿐인 촌장 아저씨는 산을 몇 개나 넘어 대장장이를 찾아가 마을 사람들이 모은 돈으로 그에게 선물할 투구를 사 왔다. 마을에서 가장 어린 네 살, 다섯 살 오누이가 양쪽에서 투구를 들고서 비틀비틀 걸어왔다.

　순박한 마을 사람들과 함께였다. 그런 날이었다. 그렇게 행복한 날, 삿된 자들이 마을을 습격했다. 피범벅이 되어 쓰러진 할머니가 뒤늦게 마을에 도착한 막스를 보고 손을 내저었다.

　가라고. 할미는 되었으니, 너는 어서 도망치라고.

　　*[장하다, 내 새끼. 장혀.]*

　할머니의 목소리가, 산 채로 뜯어 먹히던 마을 사람들이, 불바다가 된 곳에서 부모를 잃고 엉엉 울던 어린애들의 모습이 잊히지 않았다.

　"이, 이거 놔!"

　대사제가 경비병의 손을 붙들고 벌레처럼 꿈틀거렸다.

　'왜 이런 작자는 편하게 죽어야 하는 거지.'

　사형은 안 돼. 쉽게 보내 줄 수 없었다. 이놈의 욕심 때문에 사람들이 몇이나 죽어갔던가!

　경비병이 손에 힘을 주었을 때였다. 그의 어깨에 조그마한 손이 닿았다. 상관인가 싶어 황급히 고개를 돌린 경비병은 우뚝 굳어졌다.

"프, 프렌시프 영애님."

"놓으세요."

"……저는, ……저는 도저히 이놈을……!"

"이런 작자 때문에 미래를 망치지 말아요."

경비병의 손이 가늘게 떨렸다. 이내 결심하듯 천천히 손을 놓은 그가 "실례했습니다." 말하곤 몇 걸음 어렵게 떨어졌다. 세니아나는 나뒹구는 죽그릇을 보다가 대사제에게 시선을 고정했다.

"빌어먹을 년, 기어이 돌아왔군. 기어이!"

"……."

"어서 죽여라! 죽여!"

"……죽이면? 그 대단하신 아탈란의 품에서 안식을 찾으려고?"

세니아나가 무미건조한 목소리로 중얼거렸다.

"나는 알지. 너 같은 종자들은 죽음의 공포를 느끼지 않잖아."

"뭐?"

"끝끝내 반성하지 않고, 오직 제가 옳다고 믿으며."

"……."

"그런 너를 뭐 하러 죽여?"

"뭐?"

나를 살려 두겠다고?

대사제가 오만상을 찌푸리며 그녀를 쳐다보았다. 세니아나는 철창 밖으로 삐져나온 그의 손을 콱! 짓밟았다.

"크악!"

고문을 당하며 손톱 밑에 죄 철심이 박힌 터라 고통이 배가 되었다.

"치, 치워, 치우라고!"

"우리 엄마도 그렇게 애원했니?"

"……!"

"네가 죽인 사람들도 차라리 죽여 달라고 애원했을까?"

세니아나가 경비병을 향해 소리쳤다.

"열어요."

놀란 눈으로 그녀를 보던 경비병은 서둘러 철창을 열었다. 세니아나가 그 안으로 들어가자 대사제가 손바닥으로 뒷걸음질하며 소리쳤다.

"오, 오지 마, 오지 마!"

하지만 기어코 그의 앞까지 걸어간 그녀는 고문의 여파로 진물이 줄줄 새어 나오는 복부를 다시 한 번 짓밟았다.

"으아아악!"

"너는 절대로 편하게 죽을 수 없을 거야. 평생 모진 고문에 시달리게 되고 차라리 죽여 달라고 애원해도 그렇지 못할 것이다."

세니아나의 눈이 검게 일렁였다.

진심이다. 저 계집애는 정말로 자신을 편히 죽게 놔둘 생각이 없는 것이다. 지금이 아니면 죽을 기회가 없다.

대사제가 혀를 씹은 순간 세니아나는 그의 턱을 단단히 붙들었다.

"어디 계속해 봐."

"크흐흑……."

"숨이 끊어질 것 같으면 네가 잔뜩 만들어 둔 성식을 먹여 줄게."

"……!"

대사제의 두 눈이 공포로 물들였다. 세니아나는 빙그레 웃었다.

"누아제도 고통은 느낄 수 있다지. 네 덕분에 우리 군사들이 몸소 겪었으니까 잘 알고 있어."

"지, 지독한, 지독한 년!"

"그리고 삿된 자가 될 것 같으면 내 힘으로 정화해 줄 테니 걱정하지 마."

"……."

"오래오래 살아야지. 죽은 사람들이 받은 고통을 곱절로 받으려면."

성식이 든 통을 꺼내자 대사제가 부르르 떨며 완강히 반항했다. 경비병이 그를 제압하고 입을 벌렸다. 세니아나는 망설임 없이 성식을 털어 넣었고, 익히 알고 있던 것과 같이 상처가 금세 아물었다.

"오늘은 물고문을 받을 거야."

"크흐흐…… 흐으……."

"내일은 철관을 머리에 쓸 테고. 녹슨 쇠가 뇌까지 파고들겠지. 그럼 내가 다시 성식을 가져올게."

"흐윽……."

공포에 잠식된 대사제가 가늘게 떨며 고개를 저었다.

'제발, 제발……!'

"모레엔 더 지독한 고문을, 글피는 더더욱 지독한 것을."

"아, 아아아!"

"너는 평생을 고통받게 될 거야. 기대해."

세니아나가 그를 떠밀었다. 바닥에 널브러진 그는 검붉은 피가 잔뜩 뒤섞인 콧물을 질질 흘리며 오열했다. 그를 가만히 지켜보던 그녀는 미련 없이 철창을 나섰고, 그 후 지독한 외형의 사내들이 그를 끌어냈다.

"자, 어르신, 즐거운 고문 시간이 돌아왔습니다."

"네 덕분에 샷된 자에게 씹혀 얼굴이 이렇게 일그러졌거든. 똑같이 경험하게 해줄게."

"벌써부터 겁먹으시면 곤란하지. 죽어가던 내 새끼 울음소리가 아직 선하다고."

"으아아악!"

그의 비명이 옥사에 메아리쳤다.

*     *     *

마차를 타고 황궁을 벗어난 나는 덜덜 떨리는 손을 꽉 말아 쥐었다.

'엄마.'

잘했다고 칭찬하시진 않겠지. 마음이 불편할 거라고 다그치실 수도 있겠다. 엄마는 선한 사람이니까.

하지만 나는 엄마와 다르다. 양심의 가책을 느끼지 않을 것이다. 그를 고문하는 것은 그에게서 가족을 잃은 사람들이다.

악의엔 악의, 폭력엔 폭력. 눈에는 눈, 이에는 이가 프렌시프의 가훈이고, 나는 프렌시프 영애니까.

어느새 마차가 저택으로 들어갔다. 마부의 손을 잡고 마차에서 내린 난 익숙한 말을 보고 고개를 갸웃 기울였다.

"너, 저하의 말이잖아?"

도미니크가 왔나 봐.

윤기가 흐르는 흑마가 히이잉ㅡ! 울다가 내 쪽으로 얼굴을 쭉 내밀었다. 순한 눈망울의 말이 내게 얼굴을 비볐다.

"간지러워~!"

나는 말의 얼굴을 가볍게 두드리며 "옳지, 옳지. 착하다." 하고 웃었다.

"마릴린."

"네, 아가씨."

"이 아이에게 건초를 챙겨 줘."

"네."

그렇게 말하고 난 저택으로 들어갔다. 예상대로 도미니크가 온 모양인지 대응접실 앞에 알베르가 서 있었다. 나는 그에게 묵례하고서 노크하기 위해 손을 올렸다.

"말도 안 되는 소리!"

문 틈새로 할아버지의 고성이 흘러나왔다.

'어어엉?'

무슨 일로 이렇게 화가 나셨을까.

난 문을 빼꼼 열고서 "들어가도 돼요?" 하고 말했다. 일제히 도미니크를 노려보고 있던 가족들이 나를 쳐다봤다. 침묵하고 있지만, 들어오지 말라는 얘기는 없어서 나는 살짝 방으로 들어왔다.

"무슨 일이 있나요?"

내 물음에 도미니크가 퍽 산뜻한 목소리로 말했다.

"프렌시프 어르신께 약속한 것을 받으러 왔습니다."

"약속한 것?"

도미니크에게 무얼 주기로 했다고? 우리 할아버지가?

도미니크 얘기만 나와도 인상부터 쓰기에 사이가 좋아지긴 힘들겠다고 생각했는데 나 모르는 새에 선물 같은 것도 주고받았는가 보다. 나는 생긋 웃고 남은 의자에 앉았다.

"두 분이 친해지셨나 봐요. 신난다!"

도미니크가 "그렇죠." 하고 가볍게 대답해서 난 고개를 주억거리며 말을 이었다.

"저희 할아버지가 무뚝뚝해 보이시는데 사실은 아주 정이 깊으세요."

"압니다."

"할아버지 최고!"

나는 헤헤 웃고서 할아버지를 쳐다보니 그는 어쩐지 당황한 듯했다.

"으응?"

"……."

"무슨 일 있으세요?"

"……아니다."

나는 의아한 표정으로 할아버지를 보다가 다시 도미니크에게 고개를 돌렸다.

'이 기회에 도미니크와 할아버지가 서로에게 호감을 가지면 좋겠다!'

"저희 할아버지가 얼마나 멋진 분인지 모르시지요? 영지민들이 얼마나 존경하는데요."

"그렇습니까."

"네. 약속을 칼같이 지키시거든요!"

"……그, 그렇게 약속을 잘 지키는 편은 아니다."

할아버지가 중얼거려서 난 단호히 고개를 저었다.

"엄청 잘 지키시잖아요. 그리고 저하, 저희 할아버지는 적 외엔 정의로운 분이세요."

"예."

"제게 한 번도 거짓말을 한 적이 없다니까요!"

"그렇군요. 약속을 잘 지키는 정의로운 분."

"존경스럽죠?"

"예, 아주."

아탈란 사건으로 도미니크의 위상이 엄청나게 올랐다. 황제는 그를 요직에 앉힐 생각인 모양이었다.

'그런 도미니크와 할아버지를 믿고 힘을 실어 주면 가문엔 좋은 일이야.'

나는 '잘했지요?' 하는 눈으로 할아버지를 쳐다봤다.

"……."

그런데 할아버지는 시무룩하게 고개를 떨구었다.

'일을 많이 하셔서 피곤하신가?'

하기는 영지에서 오신 후 바로 일에 집중하셨으니까 피곤하실 만도 하다.

"저하."

"예."

"얘기가 끝나셨으면 저희는 이만 가 보는 게 어떨까요? 할아버지는 쉬셔야 하거든요."

"그러죠."

도미니크가 일어나며 할아버지를 향해 빙그레 웃었다.

"그럼 약속한 것을 기다리고 있겠습니다."

뭐길래 표정 없는 사람이 이렇게 기분이 좋을까. 나는 고개를 갸웃 기울이고 도미니크와 함께 방을 나섰다.

문 안에서 "이제 어쩌실 겁니까! 예?!" 하는 가웨인의 목소리가 들려왔다. 오늘은 정말로 이상한 날이었다. 할아버지 앞에선 언제나 긴장하는 가웨인까지 저렇게 편한 태도로 말하다니.

'사이가 좋아진 걸까.'

그렇다면 기쁜 일이지!

도미니크가 "갈까요?" 하며 손을 내밀어서 나는 그를 덥석 잡고서 정원으로 향했다.

"정원은 아직 황량하군요."

"건물만큼 수리가 급한 건 아니라 천천히 하고 있어요. 무엇보다 식물은 마법의 힘을 빌려서가 아니라 자연스럽게 피어나는 게 가장 예쁘잖아요."

"예."

나는 걷다 말고 그를 돌아보았다. 도미니크가 무슨 일이냐는 얼굴로 내 눈을 빤히 응시했다.

"대답 말고 다른 얘기 해 보세요."

"예?"

"그러니까 '예', '그렇습니까' 그런 거 말고요."

나는 눈을 가늘게 뜨고 그를 올려다봤다.

"자꾸 대답만 하시니까."

"그렇군요."

"또 그런다."

"그렇네요."

나는 뾰로통해져서 "나빴어……."라고 하자, 도미니크는 가늘게 실소를 흘리고서 중얼거렸다.

"대륙의 정세…… 같은 것을 얘기해 볼까요."

"나 이제 그거 지겨운데."

"앞으로 정책의 방향?"

"말고요."

"삼백 가지 독의 활용법."

"책 이름이에요?"

"쉽고 빠른 암살의 기술은 어떻습니까."

"그런 거 궁금하지 않아요~!"

자꾸 놀리기만 하고. 나는 토라져서 먼저 걷기 시작했다. 도미니크가 내 뒤를 따라오는 것이 느껴졌다. 앞서 걸으며 정원을 둘러보았다.

'하지만 확실히 황량하긴 해.'

이 시기면 유리관 앞엔 꽃이 잔뜩 핀다는데. 그건 내년에나 볼 수 있겠다. 아쉬움에 한숨을 내쉬자 무언가 옆으로 쑥 다가왔다.

꽃이었다.

연분홍색의 라넌큘러스.

나는 깜짝 놀라 꽃다발을 쥔 도미니크를 바라봤다. 그는 천천히 입을 열었다.

"내가 말재주가 부족한 건 아실 테죠."

"네⋯⋯."

"사실은 질투도 꽤 많습니다."

"그것도 익히 알고 있어요."

아카데미 복도에서 아소와 떠들었을 때, 나만 벌준 건 질투 때문이었다는 걸 이제는 알지요.

도미니크는 픽 웃으며 말을 이었다.

"해산물을 싫어합니다."

"알지요."

"평범한 사람의 감정에 공감하지 못할 때가 종종 있습니다."

"⋯⋯."

"승부욕도 강한 편이죠."

"⋯⋯."

"이런 나라도 괜찮다면 결혼해 주세요."

나는 눈을 홉뜨고서 천천히 무릎을 꿇는 도미니크를 지켜보았다. 그는 꽃다발을 내게 바치며 말했다.

"말재주는 없어도 이야기를 듣는 것은 잘합니다. 저는 질투가 많아도, 평생 다시는 당신을 질투하게 하지 않겠습니다."

"……."

"해산물을 먹는 건 싫어도 손질은 잘합니다. 승부욕이 강한 대신에 성실합니다."

"……."

"일이 하고 싶다면 온 힘을 다해 지원하죠. 당신이 일을 하면 난 살림을 하겠습니다. 가정을 돌보고 아이를 키울 겁니다."

"……."

"언젠가 당신이 식당을 차렸을 때 그곳의 청소와 빨래, 정리는 평생 제게 맡겨 주지 않으시겠습니까."

나는 조심스럽게 그의 꽃다발을 받았다.

"좋아요."

나는 그의 목을 끌어안았다.

"결혼해요!"

도미니크가 나를 번쩍 안아 들었다.

*　　*　　*

─라고 하긴 했지만, 바로 결혼하진 못했다. 끌어안은 우리를 본 가족들이 득달같이 달려와 사이에 파고 들었기 때문이었다.

안 돼!

차라리 날 죽여라!

난 사실 약속도 안 지키는 비열한 노인네다!

가족들이 와와 소리를 질러대는 통에 실행에 옮기지 못한 것이다. 하지만 도미니크는 정말로 끈질겼다. 하루도 빠짐없이 프렌시프 저에 출석 도장을 찍기 시작한 것이다.


서류를 들고서 복도를 걷던 난 기묘한 광경을 보고서 우뚝, 멈추었다.

"……저하, 여기서 뭐 하세요?"

"어르신과 각하, 경들을 뵈러 왔습니다."

"아니, 그건 알겠는데……."

왜 걸레를 들고 계시나요.

나는 한 손엔 걸레와 한 손엔 붓을 든 채 올빼미 상 앞에 서 있는 도미니크를 빤히 쳐다보았다.

"그게 뭐지요?"

도미니크는 다시 손을 움직이며 말했다.

"걸레입니다."

"아니, 그거 말고."

"붓이죠."

"그것도 알아요. 그러니까 왜 그런 걸 들고 계시느냐고 묻는 거예요."

"올빼미 상을 닦고 있습니다. 붓은 틈새에 쌓인 먼지를 빼내기 위해서 가져왔죠."

"그걸 저하께서 왜 하는 거냐고요!"

내가 빽 소리치자 도미니크는 아무렇지 않은 얼굴로 올빼미 상을 닦으며 말했다.

"처가의 환심을 사려면 노력해야 한다더군요."

"청소가 노력이라고?"

"예."

"잘못 짚었어요!"

나는 씩씩거리면서 도미니크의 손에 들린 걸레와 붓을 빼앗았다. 지나가는 하인에게 그것들을 건네준 후, 도미니크를 끌고서 쿵! 쿵! 계단을 내려갔다. 가족들이 모인 서재 앞에서 도미니크가 물었다.

"어쩌시려고요."

"다시는 저하를 구박하지 말라고 못 박을 거예요."

"당신 가족들이 들어줄 리가."

도미니크가 픽 웃었다. 난 서재의 문을 벌컥 열었다. 모여서 이야기를 나누던 가족들이 날 돌아보았다.

"세니아나?"

"저하에게 청소시키셨어요?"

내가 노려보자 눈을 도르륵 굴리던 가웨인이 펄쩍 뛰며 말했다.

"난 아냐!"

"……."

도미니크에게 마구간 청소를 시켰을 적에 단단히 화가 났던 것을 기억하는 모양이었다. 란슬롯도 냉큼 고개를 저었다.

"나도 아니야."

"그럼 아빠?"

아빠가 슥, 고개를 돌렸다. 시선 끝에 할아버지가 있었다.

"할아버지."

"널 위해 뭐든 다 할 수 있다기에 하인 노릇이라도 하겠다는 거냐고 물었을 뿐이다."

"……."

"직접 시킨 것은 아니다."

나는 뻔뻔한 표정의 할아버지를 빤히 보다가 음산하게 말했다.

"계속 저하를 구박하실 건가요?"

"내가 언제 저하를 구박했단 말이냐."

"좋아요. 그럼 저도 제 마음대로 할 거예요."

그러자 흥, 콧방귀를 뀌었다.

"뭘 어찌하려고."

"불량해질 거예요."

"뭐?"

"공공장소에서 바닥에 침을 뱉을 거고요. 그리고, 그리고…… 머리도 막 무지개색으로 물들여 버릴 테야."

"……."

"또, 돈도 잔뜩 쓸 거예요. 식칼을 열 개씩 사 버려야지."

"……."

나는 고개를 휙, 치켜들며 쐐기를 박았다.

"종류별로."

내가 의기양양한 표정을 짓자 도미니크가 고개를 숙인 채 가늘게 떨었다.

'이, 이건 아닌가.'

나는 쿡쿡 웃는 가족들을 보고 인상을 찌푸리다가 소리쳤다.

"가출도 할 거예요!"

"뭐 — ?!"

"엘트라 사람들을 데려다주는 김에 아예 거기서 눌러 살아 버릴 테야~!"

어제 엘트라의 사신들과 트리스탄이 날 찾아왔다. 이제 제발 돌려보내 달라며 애걸하기 위해서. 하지만 난 성수가 없었고, 그들을 데려다주기 위해선 단거리로 계속해서 이동해야 했다.

물론 가족들은 '우리 애가 데려온 것도 아닌데 왜 데려다줘야 한다는 거냐. 갈 거면 배라도 타고 가든지!' 하고 펄펄 뛰었다. 황제가 나서 중재하지 않았더라면 엘트라 사신들은 꼼짝없이 배를 타고 갈 뻔했다.

"안 돼!"

가출엔 타격을 받았는지 가족들이 모두 인상을 썼다. 나는 눈을 가늘게 뜨고서 말했다.

"다시는 저하를 구박하지 않겠다고 약속하세요."

"그건……."

"트리스탄을 부를까요?"

"아니, 사람 말은 끝까지 들어야지! 누가 싫다더냐. 안 할 거다. 구박하지 않을게야."

할아버지에게 굳게 약속을 받았다. 물론 오빠들에게도.

아빠를 쳐다보자 "난 구박하지 않았어." 하고 말하기에 흐음, 신음하고서 고개를 끄덕였다. 그러고 나서 도미니크와 함께 계단을 올라갔다.

나는 그의 손을 잡고 방으로 올라가면서 말했다.

"그런 거 하지 말아요. 나를 좋아한다는 이유로 저하가 부당한 일을 참는 건 싫어요."

"부당한 일을 참은 게 아닙니다."

난 걸음을 멈추고 그를 돌아보았다.

"그럼요?"

"영애를 향한 애정에 경의를 표한 거죠."

"걸레질이 경의예요?"

도미니크가 희미하게 웃으며 내 머리칼을 넘겨 주었다.

"가족들에게 당신이 어떤 존재인지 알고 있습니까?"

"네?"

"뺨이 시릴까 바람조차 저어하고, 보는 것이 아까워 눈을 거두며, 당신 눈물 한 방울에 가슴이 저미는 사람."

"……."

"그렇게 귀한 당신을 맞이하는 겁니다. 걸레질쯤은 수천, 수만 번이라 해야죠."

나는 한숨을 내쉬고 도미니크의 옷깃을 잡았다.

"할아버지에게 사과할게요. 못된 말 해서 미안하다고……."

그가 나를 끌어안고서 다정하게 미소 지었다.

"아."

계단 아래에서 우리를 지켜보고 있는 사람이 보였다.

"할아버지."

내가 중얼거리자 할아버지가 도미니크를 힐긋 쳐다보았다.

"함께 내 방으로 와라."

그렇게 말한 그가 먼저 뒤돌아 갔고, 나와 도미니크는 서로를 쳐다봤다. 할아버지를 따라서 방에 들어갔다.

먼저 소파에 앉아 있던 그가 우리에게 의자를 권했다.

"……."

"……."

우리가 착석하자 할아버지가 천천히 입을 열었다.

"저하께선 앞으로 어찌할 생각이십니까."

"황위를 이르십니까."

"예."

할아버지의 눈빛은 무겁고도 날카로웠다. 그는 의자 등받이에 깊게 몸을 기대며 이어 말했다.

"저하께서 황제가 되시면 세니아나는 황후가 된다는 점을 짚어 줘야 할 만큼 미숙한 분은 아니시겠죠."

"알고 있습니다."

"식칼을 든 황후가 있습니까?"

"……."

"황후가 식칼을 들어도 되는 나라가 세상에 존재합니까?"

할아버지는 도미니크를 지그시 응시하고서 다시 말했다.

"우리는 오직 막내를 곁에서 떼어 놓아야 한다는 이유만으로 결혼을 반대하는 것이 아닙니다. 두 사람의 결혼은 저하껜 사랑의 완성이나, 세니아나에겐 꿈과의 이별이 될 테지요."

"저는……."

그는 할아버지를 똑바로 보며 대답했다.

"황위를 잇지 않을 겁니다."

"꿈꾸지 않는 자는 시체와 다름없지요. 세니아나를 위해 황위를 포기하고, 훗날 이 아이를 원망하지 않을 자신이 있으십니까."

"황제가 꿈이라 말씀드린 적 없습니다. 또한, 꿈꾸지 않는 시체가 아닙니다, 저는."

"……."

"영애가 제 꿈이 될 겁니다. 저는 가장 가까이에서 그녀를 지지하는 것을 욕망합니다."

도미니크가 내 손을 잡았고, 그 모습을 본 할아버지는 한숨을 내쉬었다.

"그것을 황제 폐하께서 받아들이실지는—"

나는 냉큼 주머니에 넣어 둔 서류를 내밀었다.

"폐하와는 이미 이야기가 끝났어요!"

"뭐?"

"저하를 프렌시프에 주신다고 하셨어요."

그게 황제에게 청한 두 번째 상이었다.

할아버지는 황제가 휘갈겨 쓴 양피지를 눈으로 훑었다.


*[4황자 도미니크 로젠카로튼은 짐에겐 쓸모가 없으니 프렌시프에서 주워 가도 좋다.]*

할아버지는 어처구니없다는 듯이 인상을 찌푸렸다. 내가 보기에도 기가 막힌 글이었으니 당연한 일이었다.

할아버지는 찝찝한 표정으로 양피지를 다시 내게 내밀었다.

"폐하께서 곧 공작위를 하사하시겠군."

"네! 그렇게 하겠다고 말씀하셨어요."

"저하만이 문제가 아니다. 미래를 정하지 못한 애송이에게 결혼은 무리야. 너는 앞으로의 일을 구상해 두었느냐."

나는 손을 꼼지락거렸다. 할아버지는 그런 날 보며 말했다.

"황후가 아니라도 공작부인이 되는 거다. 바닷가의 하얀 식당을 하는 건 무리야."

"지금은 그렇겠지요."

"……."

"알아요. 저하께서 새로운 가문을 꾸리셔도 황족으로서 제국의 기둥이 되어야 한다는 걸요. 그게 황족의 소임이니까요. 소임마저 빼앗을 순 없어요."

"하면 네가 꿈을 포기할 테냐."

"제가 바라는 종착점 앞에 한 가지 꿈을 더 추가할 거예요."

"뭐?"

"로열 키친의 총주방장이 되겠어요. 새로운 가문에 후계를 세우고, 안정이 되면 그 후에 마지막 꿈을 이룰 거예요."

그게 내가 내린 결론이었다.

도미니크는 놀란 얼굴로 날 쳐다봤고, 난 히죽 웃었다.

"공작부인이라도 로열 셰프는 될 수 있겠지요?"

그가 빙그레 미소 지었다.

"물론."

우리는 간절한 표정으로 할아버지를 바라보았다.

"허락해 주세요……."

내 말에 할아버지가 한숨을 푹 내쉬었다. 눈살을 찌푸린 채 관자놀이를 꾹, 꾹 누르던 그가 말했다.

"내가 널 어떻게 이겨."

"그럼……! 할아버지!"

"조건이 있어."

조건?

할아버지는 도미니크에게 말했다.

"도미니크가 공작 위를 받는 건 5년 뒤. 세니아나는 그전까지 로열 셰프가 되어야 한다."

"말도 안 돼! 그렇게 젊은 나이에 어떻게……!"

"시끄러워. 저 녀석이 공작위를 받으면 넌 꼼짝없이 새로운 가문에 매여 있어야 해. 그때까지 로열 셰프가 되지 못하면 물 건너간 게야!"

나는 울상을 지었고, 할아버지는 도미니크에게 말했다.

"그리고 세니아나의 약혼자로서 프렌시프에 들어와서 일을 배워라."

"예?"

"황자의 일과 귀족의 일이 비슷해 보여도 전혀 달라. 막내가 능력 없는 놈에게 시집가서 고생하는 꼴은 못 보지."

"……알겠습니다."

"내 기준에 맞지 않으면 사윗감 후보에서 영영 탈락이다."

그렇게 말한 할아버지가 "나가 봐!" 하고 버럭 소리쳤다. 쫓겨난 나는 문밖에서 푹푹 한숨을 내쉬었다.

"어려운 조건을 내밀어서 결혼을 시키지 않을 생각이실까요……."

내가 우울하게 중얼거리자 찻잔과 포트가 든 쟁반을 가지고 이야기가 끝나길 기다리고 있던 총집사가 말했다.

"그건 아닌 듯싶습니다."

"네?"

"저하께 하대를 하시잖습니까."

맞다, 그랬어!

'손주사위로 인정하실 생각이 아예 없지 않으시구나.'

집사는 가볍게 묵례한 뒤, 방으로 들어갔다. 문틈에서 "어르신, 우십니까?!" 하며 집사가 기함하는 소리가 들려왔다.

난 빙그레 웃고 도미니크의 손을 잡았다.

"5년 뒤에 결혼해요, 우리."

"로열 셰프가 되실 자신 있으십니까?"

"이제부터 노력해야지요. 우와, 바빠지겠다."

나는 손가락을 하나하나 꼽으며 말했다.

"누아제가 된 사람들도 정화해야 하고, 엘트라의 사신들도 돌려보내 줘야 하고, 또 로열 셰프도 되어야 하고."

제일 문제는 로열 셰프 경합을 하기 위한 조건인데…….

"몇십 년 이상 근무하지 않은 사람은 경합도 치를 수 없는데 그건 어쩌죠?"

"프렌시프에서 제일 잘하는 게 있지 않습니까."

나는 "잘하는 거?" 하고 고민하다가 "아하!" 소리쳤다.

"뒷공작이요? 관례를 바꾸려면 어려울 텐데."

"죽을힘을 다하는 건 영애의 특기잖습니까."

"맞아요."

우리는 서로를 마주 보고서 빙그레 미소 지었다.


물론, 할아버지가 허락했다고 해서 가족들까지 쉽게 인정한 것은 아니었다.

오빠들은 눈을 부릅뜨고 도미니크를 주목했다. 하지만 내 남자친구는 생각보다 더 뛰어난 인재라 실수를 하는 일은 없었다.

아빠는 이상하게 조용했다. 왜냐고 물으니 말씀하셨다.

*[꿈에서 미아가 자꾸만 도미니크를 사위로 인정하라고 괴롭히는데 혹시 포털 안에서 무슨 일이 있었나.]*

왜인지 아빠 피곤한 표정이었다.

세계는 평화로웠지만, 일상은 바쁘게 돌아갔다. 이상한 건 그게 싫지 않다는 것이다.

그게 바로 내가 바라고, 택한 삶이었으니까.


\* \* \*


5년 후.

저택이 정신없이 분주했다.

작년부터 황도에 완전히 자리를 잡은 조부 대신 영지 관리를 맡게 된 가웨인은 마담 버지니아와 파르뎅 자작에게 붙들려 있었다.

"오늘 같은 날까지 사람을 들들 볶아야겠나."

"재해가 날을 골라서 오는 건 아니지요. 루벨의 관할지에 해충 떼가 나타났습니다."

"백작님, 이쪽도 확인해 주셔야 합니다."

"아, 빌어먹을……!"

가웨인의 절규가 저택 곳곳에 퍼져 나갔다.

영지 사람들을 지나 코너를 돌면 대응접실. 다리를 꼰 채 소파에 앉은 란슬롯이 빙그레 웃으며 귀족들을 쳐다보았다.

중년의 여성과 영애, 혹은 중년의 남성과 영애.

영애, 영애, 영애.

아서의 뒤를 이어 프렌시프 후작이 된 란슬롯에겐 혼처가 밀려 들었다. 그는 수줍은 얼굴로 얼굴을 붉히는 숙녀들을 둘러보다가 빙그레 미소 지었다.

"아시겠지만, 제 혼사는 막내의 의견에 달려 있어서."

소파에 앉아 있던 영애가 번쩍 손을 들었다. 카트린 르마르였다.

"저, 저는 프렌시프 영애의 발닦개가 될 자신이……!"

"기각."

이번만 통상 열세 번째 거절이었다.

구석에 앉아 있던 오렌지색 머리칼의 여성이 제 아버지를 보며 인상을 찌푸렸다.

"가야 한다고요, 나. 오늘 중요한 행사가 있다니까? 4수 만에 거우 로열 키친에 들어갔는데 이대로 찍혔으면 좋겠어?"

으르렁거리듯 말하자 란슬롯의 시선이 그녀에게 향했다.

"아는 얼굴인데."

"저도 각하의 얼굴은 압니다. 아카데미의 기숙사를 부숴 주셔서 호텔에서 잘 묵었어요."

"세니아나의 친구? 짜다, 뭐 그런 이름이었던 것 같은데."

"스위트피요. '짠 것'과는 거리가 멀죠. 인사도 했으니 가 봐도 될까요?"

"뜻하시는 대로."

스위트피가 드레스를 벗어 던지며 달려나가자 부친의 안색이 샛노래졌다.

응접실 밖에 대기하고 있던 마릴린은 시트론을 힐끔 쳐다보았다.

"밑져야 본 전 아니에요? 고백이라도 해 보시든가요."

"큰일 날 소리를 하시네요."

"소설에는 꽤 있던데요. 하녀와 공작님. 이쪽은 하녀와 후작님이지만."

"칼립스와 잘 되고 있나요?"

시트론이 말을 돌리자 마릴린은 이를 갈았다.

"세상엔 눈길도 주지 말아야 할 부류가 셋 있다는 걸 알았죠."

"무슨—?"

"갑주 찬 사람, 검을 배운 사람, 군인인 사람. 아무튼, 고백이라도 해 보시라니까요. 언제까지 애타하시려고요."

"제 꿈은 아가씨 결혼하실 적에 따라가서 아가씨의 자식, 손주,

중손주까지 키우는 겁니다. 남자는 됐어요."

그들에게 누군가 비척비척 다가왔다.

"좋은 아침……."

마릴린과 시트론이 빙그레 미소지었다.

"아가씨."

"아가씨!"

그녀들의 소리 높여 부르자 응접실 안에 있던 란슬롯과 가신들에게 붙들려 있던 가웨인이 고개를 내밀고 소리쳤다.

"잘 잤어?"

"잘 잤냐."

세니아나가 고개를 대충 끄덕이며 하녀들을 쳐다보았다.

"어른들은?"

"큰 주인님은 낚시터에 계십니다."

"왕 큰 주인님은?"

"후후, 어르신은 보지 못했어요."

마릴린이 "아마 울러 가시지 않았을까요?" 중얼거리자 세니아나가 눈을 비비며 말했다.

"또?"

나베리우스는 며칠 전부터 세니아나와 마주치기만 하면 "크흑." 신음하며 눈시울을 붉혔다.

*[오 년 전의 나를 쳐 죽이고 싶구나…….]*

시름시름 앓으면서 중얼거리기까지 했다.

"모시러 가야겠다."

세니아나가 졸린 눈을 끔뻑이며 나베리우스의 서재를 찾았다. 하지만 커다란 방은 주인 없이 고요하기만 했다.

"여기가 아니면 어디 계시지."

중얼거리며 방을 둘러보던 세니아나가 책상 위에서 있는 액자를 발견하고 빙그레 미소지었다.

유리에 물기가 어린 것을 보니 나베리우스가 사진을 보다가 울러 간 것이 분명해졌다. 소매로 유리를 깨끗이 닦은 세니아나가 사진을 바라보며 빙그레 웃었다.

나베리우스를 찾아서 다시 문을 나서려던 그녀가 창밖 정원에서 커다란 인영을 발견했다.

"할아버지!"

창밖으로 몸을 쭉 내밀며 소리치자 나베리우스는 서둘러 눈가를 문지르며 소리쳤다.

"이 녀석, 위험해!"

"거기 계세요. 갈게요!"

세니아나는 재빨리 문을 박차고 나섰다.

아무도 없는 방 안에 햇살이 쏟아졌다. 일렁이는 빛무리가 액자 틀에 닿고, 봄바람에 커튼이 휘날렸다.

창문 안으로 나베리우스의 목소리가 넘어왔다.

"난 안 간다. 뭐가 예쁘다고 그 녀석을 보러 황궁까지 가."

"저하를 뵈러 가는 게 아니라 제 로열 셰프 임명식을 보러 가시는 거지요. 가세요, 칠면조 찜을 해 드릴게요."

"……칠면조 찜?"

"에이, 기분이다. 호떡도 구워 드릴게요. 세 개!"

나베리우스가 순순히 저택으로 발길을 돌리자 세니아나가 키득키득 웃었다. 멀리서 낚싯대를 든 아서가 걸어왔다.

제 할아버지와 아버지의 팔을 끌어안은 세니아나가 힘차게 저택을 향해 발을 내디뎠다.

그녀의 뒤로 반딧불 같은 빛이 모여들었다. 곧 뭉쳐져 세 개의 덩어리가 되었다. 두 개의 덩어리가 세니아나의 주머니 안에서 툭, 고개를 내민 마원을 향해 내달렸다.

남은 하나가 만개한 올포러브 꽃송이 위에서 퉁, 퉁, 튀어 오르자 마원을 향해 달려가던 하나의 빛이 회전하며 꽃송이 위의 빛을 이끌었다.

[빨리 와요, 바보 곰!]

[바보 아니다, 뭐.]

[시끄럽다.]

바람 속에 흩어져 버린 목소리를 그녀가 듣게 되는 것은 아직 먼 훗날의 일.

세니아나는 하늘을 올려다보았다.

"날씨 좋다."

― 하고 말하면서.

〈로열 셰프 영애님 본편 완결〉

# 외전

포털에서 돌아온 지 두 달이 더 지났다. 서재에 있던 나는 만년필의 끝을 문 채로 앉아 테이블을 툭, 툭, 두드렸다.

"망했다……."

조그만 목소리로 중얼거리자 책장 앞에서 책을 고르던 란슬롯이 실소를 흘렸다.

"무엇이 우리 막내의 속을 그렇게 태울까."

다정한 중얼거림에 이어 소파에 걸터앉아 있던 가웨인의 가벼운 이죽거림이 들려왔다.

"똥강아지 속을 태우는 게 뭐가 더 있겠어. '도미니크 황자님'이시지."

나는 턱을 괸 채로 입술을 삐죽였다.

"아니에요. 최근에 두 분이 얼마나 사이가 좋으신데요."

그렇게 말한 나는 시선을 돌렸다. 서재 테이블에서 마주 보고 앉은 할아버지와 도미니크를 보며 흐뭇한 미소를 지었다.

도미니크를 향해 팔짱을 끼고서 "황실에서 이런 것은 배우지 못한 모양입니다. 아쉽군요. 상식의 문제인데." 하며 중얼거리던 할아버지가 흠칫했다.

나는 갸웃하며 다시 물었다.

"그렇지요?"

"……그럼."

할아버지는 "허, 허허…… 허." 하고 웃으며 도미니크에게 말했다.

"차차 배우시면 됩니다."

도미니크는 표정 없는 얼굴로 날 보며 "그렇습니다." 하고 답했다. 왜인지 그의 목소리에 피로감이 역력했다. 오빠들이 비죽비죽 입꼬리를 올리더니 날 쳐다봤다.

"그럼 뭐가 걱정인데."

"엘트라의 사신들이요. 이제 슬슬 보내 줘야 하는데 성수 없이 그들을 옮기려면 적어도 반년이 걸리더라고요."

로열 키친에도 복귀해야 하는 데다가 영지와 가문 재건으로 정신이 없는데 육 개월이나 자리를 비울 수 있을까.

란슬롯이 내 등 뒤에서 얼굴을 내밀어 양피지를 확인했다.

"포털을 오십 회가량 열어야 하는군."

나는 펜 끝을 잘근 씹으며 우울한 표정으로 고개를 끄덕였다.

"이것도 최소한으로 잡은 거예요."

이제는 황도까지 이동할 때조차 '함께 이동할 사람이나 짐의 합이 5톤을 넘는 경우'엔 두 번에 나누어 이동했다. 거기다 영지에서 황도까지가 한계. 더 멀리 이동하려면 여지없이 몇 번에 나누어 이동해야 한다. 그렇게 이동한 후에는 과로로 하루를 꼬박 앓았다.

그런데 지금은 서른 명이 넘는 사신들과 그들의 짐, 프렌시프의 호위 기사들, 황군이며 제국의 사신까지 이동시켜야 했다.

'난 죽었다.'

성수가 없어지니 거대 여객선에서 조그만 헬리콥터로 격하된 기분이었다. 주변에서 내가 대단하고 특별하다고 할 땐 그런가 싶었는데, 성수가 없어지고 나니 알겠다.

"나 옛날엔 엄청 대단했던 거구나……."

내가 한숨을 내쉬듯 중얼거리자 서재에 함께 있던 가족들과 도미니크가 헛웃음을 터뜨렸다.

"당연한 것을. 너만 한 성녀는 역사상 처음이라니까?"

가웨인의 말에 란슬롯과 할아버지가 차례로 말했다.

"이동할 수 있는 무게와 거리에 제한이 없다고 봐도 무방했으니."

"그렇게 옮기고도 너는 몇 시간 앓는 것에 지나지 않았지만, 사비에르의 성녀는 최대로 포털을 열고 나면 일주일은 아예 포털 개방도 불가하다고 했지."

새삼 대단하게 느껴져서 내가 눈을 크게 뜨자 도미니크가 말했다.

"그 힘의 가치를 모르는 건 영애뿐이었죠."

"이럴 땐 과거의 능력이 더 아쉬워져요. 성수들도 너무너무 보고 싶고."

나는 포털 안에서 엄마와 함께 고르고 골라 온 원석 세 개를 보며 한숨을 내쉬었다.

'어서 다시 만나고 싶어.'

금방이라도 테디가 '누나!' 하면서 튀어나올 것 같고. 쵸가 테디의 뒤에서 '주인님을 귀찮게 하지 마체요, 바보곰!' 핀잔을 주고. 멀린이 그런 둘을 보며 한숨을 내쉴 것 같은데.

기분이 가라앉을 것 같아서 억지로 고개를 붕붕 돌렸다. 그러자 턱을 괴고 있던 가웨인이 쿡쿡 웃으며 내 뺨을 가볍게 쓰다듬었다.

"씩씩하네."

"제 장점이죠."

내가 으스대듯 말하자 가족들이 웃음을 터뜨렸다. 얼마쯤 한담을 나누고 있는데, 시계를 확인한 도미니크가 몸을 일으켰다.

"이만 가 보겠습니다."

할아버지와 오빠들이 테이블에서 일어나는 것으로 도미니크를 배웅했고, 나는 그를 따라 서재를 나섰다. 그와 나란히 걸어가던 난 눈을 끔뻑였다.

어째 분위기가 이상한걸.

'어쩐지 어색한 이 기분은……..'

나는 도미니크의 옷깃을 조금 끌어당기며 말했다.

"자기, 화났어요?"

"아닙니다."

도미니크의 대답을 들은 난 걸음을 우뚝 멈추고 그를 빤히 쳐다보았다. 두 달간 우리는 평범한 연인들처럼 꽁냥꽁냥하기도 하고 대판 싸우기도 했다. 그러며 몇 가지 약속이 생겼다.

1. 서로 기분이 저조할 땐 미운 말이 나올 수 있으니 다정한 호칭으로 불러 주기.
2. 아무리 화가 나도 연락을 무시하지 말기.
―등등.

2번은 내게만 해당하는 것이긴 하지만.

도미니크는 아무리 화가 나도 연락을 무시하는 법이 없었다. 내 시선을 느낀 그가 "……자기."하고 덧붙였다.

"왜요, 뭔데요? 응?"

"……."

더 잘 들으려고 발돋움해 그의 입가에 내 귀를 바짝 대자 그는 졌다는 듯 한숨을 내쉬었다.

"정말 화가 난 건 아닙니다."

"그럼 왜 기분이 안 좋지요?"

"……환멸을 느껴서."

그의 대답을 들은 난 눈을 끔뻑이다가 헉, 하고 굳어졌다.

그냥 화가 난 게 아니라, 그렇게까지 분노한 거야?

알베르는 환궁 후 내내 기분이 저조한 도미니크를 보고 소리 없이 투덜거렸다.

'또 뭐. 왜.'

물으려니 귀찮고, 묻지 않으려니 하루 종일 그의 눈치를 보게 될 제 신세가 가련했다. 산더미처럼 쌓인 서류에 집중하려고 해도 도무지 집중이 되지 않았다.

"무슨 일이십니까."

커다란 창가에 앉아 손안에서 주사위를 굴리던 도미니크의 시선이 느릿하게 알베르에게 향했다.

순간 시중을 들던 시녀들 중 하나가 숨을 삼켰다. 날렵한 몸 선을 따라 부서지는 햇빛, 해 그늘에 짙게 가려진 얼굴은 빚은 듯이 단정했다. 다른 시중인들의 눈총을 받은 시녀는 아차 싶어 손끝으로 입술을 꾹 눌렀다.

알베르가 가볍게 혀를 차며 눈짓하자 시중인들이 우르르 빠져나갔다. 테이블 끄트머리를 엄지로 훑던 도미니크는 낮은 목소리로 물었다.

"내가…… 속이 좁은 편이던가."

"예?"

"남매가 원래 그렇게 들러붙나. 내가 누이가 없어서 모르는 것이냐?"

"……또 들러붙었습니까?"

"한 놈은 등 뒤에서 끌어안다시피 하고, 한 놈은 빵 반죽이라도 되는 양 레이디의 얼굴을 주물럭거리더군. 보란 듯이."

작은놈 쪽은 몰라도 큰놈 쪽은 확신범이다. 교활한 프렌시프의 장자. 도미니크의 잇새에서 으득, 마찰음이 새어 나왔다.

"프렌시프 남매들이 유난히 우애 깊은 편이긴 하죠."

"왜."

"그야 피가 섞인 —"

"반밖에 섞이지 않았잖아."

"확실히 속이 좁으신 편인 것 같 —"

도미니크의 얼굴이 구겨지자 알베르가 황급히 덧붙였다.

"— 지는 않습니다. 예. 그렇습니다."

"속에 없는 아부는 신뢰를 깎아 먹지."

도미니크의 말에 알베르는 속으로 울부짖었다.

'그럼 뭐 어쩌라고!'

붉으락푸르락한 부관의 얼굴을 건조한 눈으로 바라보던 도미니크가 창밖으로 시선을 돌렸다. 속이 좁은 것은 스스로가 제일 잘 알았다. 그런 스스로에게 환멸이 느껴질 만큼.

세니아나와 관련되면 자신을 다잡기 힘들었다. 곁에 있는 게 그녀의 피붙이든, 제 피붙이든 꼴 보기 싫었다. 그중에서 제일 거슬리는 건…….

마침 함께 입궁한 세니아나가 제 이모인 가브리엘라 황비와 대화를 마쳤는지 걸어오고 있는 것이 보였다. 그때 그녀의 뒤에서 사내 하나가 달려와 무어라 말하기 시작했다.

"셴!"

"아, 왕자님. 강녕하셨어요?"

"아 ─ 니. 네가 없는 황궁은 지겨운 곳이야."

입 모양으로 대화를 추측한 도미니크가 몸을 일으켰다.

엘트라의 왕자. 허구한 날 질리지도 않고 추파를 던지는 저 새끼. 저 새끼가 제일 꼴 보기 싫었다.

*     *     *

나는 트리스탄을 보며 킥킥 웃었다. 어쩜 이렇게 붙임성이 좋을까.

'부러워라.'

"황궁에 또래가 있잖아요. 황태자 전하도 계시고, 도미니크 황자님이랑 또 미카엘 황…… 아니, 카렌듈라 경이요."

"하지만 난 네가 제일 좋은걸. 그리고 그들은 ─"

그가 내 귓가에 속삭였다.

"재수 없어."

"아이고!"

나는 누가 들었을까 봐 깜짝 놀라서 주위를 살폈다.

"그런 말 하시면 못써요. 여기는 길라게온 황궁이라고요?"

그러자 트리스탄이 시무룩한 표정으로 말했다.

"셴은 내가 어려 보이나 봐."

"어리지요. 아직 성인이 아니신데."

길라게온 기준이긴 하지만.

내 말에 트리스탄은 "흐음." 신음하며 눈을 가늘게 좁혔다.

"그러고 보니 키가 또 자라셨네요. 성장기라 그런가."

볼 때마다 자라서 놀랍다. 처음엔 나보다 약간 큰, 아름다운 공주님 같았는데 이젠 꽤 많이 큰 데다가 다부져져서 누가 봐도 청년의 모습이었다.

"더 잘생겨졌고."

트리스탄이 씩 웃으며 덧붙였다.

'우와, 신기해.'

충분히 능글맞아 보일 수 있는 대답인데 상큼해 보이다니. 나는 졌다는 듯 웃으며 고개를 끄덕였다.

"왕자님은 항상 잘생기셨지요."

"그렇지? 나 잘생겼어. 그러니까……."

트리스탄이 무어라 말하려고 하던 찰나였다.

"짐의 꿀단지가 여기에 있었구나."

익숙한 목소리에 뒤를 돌아보자 귀족들과 함께 정원을 가로질러 오던 황제가 보였다.

"황가에 광영을. 프렌시프의 딸이 폐하를 뵙습니다."

치마 끝을 잡고 무릎을 가볍게 굽히자 황제는 빙그레 웃었다. 그리고 주변을 둘러보더니 다시 입을 연다.

"보기 힘든 얼굴들이 여기 다 모여 있었군."

여기?

나는 황제의 눈길이 향하는 곳을 따라 시선을 움직였다. 언뜻 화단 뒤로 삐죽 솟은 정수리 몇이 보인다. 흰머리, 그리고 흰머리, 또 흰머리.

엘트라 사람들의 특징인 백발을 보며 나는 눈을 끔뻑였다. 왜 여기에 다 숨어 있담.

숨어 있던 사람들이 부스스 몸을 일으켰다. 트리스탄의 시종들과 부관, 그들 중엔 나이 지긋한 엘트라의 사신도 있었다.

"노공(老公)들이 고생이 많ㅡ으십니다."

황제와 함께 온 샤르파크 후작이 사람 좋게 웃으며 말했다.

'말투는 좀 빈정거리는 것 같은데.'

내가 인사를 받은 엘트라의 사신들을 쳐다보자 그들 또한 인자하게 대꾸했다.

"산책이 고생 축에야 들겠습니까. 정말 고생은 '홀로' 나라를 지킨 여신의 권속이 하셨죠."

다행이다. 기분이 상하지 않았나 봐.

사신의 말에 제국의 귀족 중 하나가 한 걸음 앞으로 나왔다.

"하늘이 굽어살피시어 영애를 '이 땅'에 내려 주셨으니 제국의 홍복입니다."

"어찌 '이 땅'만을 위해 하늘이 권속을 내렸겠습니까. 여신의 권속은 앞으로도 인계를 위해 할 일이 많습니다. '제대로 된 곳'에서 모실 수 있다면 하늘과 권속에게 얼마나마 보답할 수 있을 텐데요."

"예. '이 땅'에서 말이죠."

"글쎄요. 있을 곳을 택하는 건 권속이 아닐까요."

눈썹이 꿈틀거리던 제국의 귀족 중 하나가 더 환히 웃으며 엘트라 사람들의 뒤편을 바라보았다.

"저하!"

어느새 정원으로 온 도미니크가 나를 흘깃 보다가 황제에게 머리를 숙였다.

"부황을 뵙습니다."

황제가 고개를 끄덕였고, 제국의 귀족들은 왜인지 기세등등해져서 말했다.

"이리 두 분을 함께 뵈니 장관이 따로 없습니다."

"사이가 다정하시니!"

"예, 생사고락을 함께한! 신화 속 괴물들도 갈라놓지 못한 정!"

"영애를 '황자비'라 칭하게 될 날도 머지않겠군요!"

왠지 여기 좀 불편해…….

나는 눈치를 보다가 슬금슬금 뒷걸음질 쳤다.

"폐하, 저는, 으음, 그러니까 일이…… 아! 로열 키친에 볼 일이 있어서!"

내가 다급히 변명을 생각하니 황제는 엄청나게 다정한 표정으로 나를 보았다.

"짐의 꿀단지는 성실하기도 하지."

"꿀단…… 예…….."

내가 어색하게 고개를 수그리자 황제가 "오냐, 가 봐라." 하며 흐뭇하게 웃었다. 난 도미니크의 옷깃을 남모르게 끌어당기는 것으로 인사하고 후다닥 자리를 피했다.

'부, 부담스러워.'

샷된 자들을 포털에 가두고 돌아온 뒤, 이렇듯 부담스러운 일이 많아졌다. 황제의 행동은 물론이고, 나를 대하는 한 명 한 명의 제국민도 모두 마찬가지였다.

정원을 빠르게 빠져나가고 있는데 나를 향해 풍채 좋은 사내가 뒤뚱뒤뚱 뛰어왔다.

"여, 여, 영애!"

멀리서부터 뛰어왔는지 숨이 무척이나 거칠었다.

"아, 카델트랑 백작님."

새로 금좌 11석이 된 사내라 기억에 있었다. 내가 고개를 약간 수그리자 그는 무언가를 찾듯 상의를 마구 더듬더니 함께 뛰어온 시중인에게 말했다.

"조, 조, 종이를⋯⋯!"

시중인이 양피지와 펜을 건네자 백작은 얼른 그것을 채서 내게 내밀었다.

"패, 패, 팬입니다!"

"예?"

내가 당황해서 "백⋯⋯ 작님이요?" 하고 조그맣게 물으니 그는 허둥지둥거리며 말했다.

"제, 제가 아니라, 저는 아니고, 그러니까⋯⋯ 아, 자식이!"

"백작님은 아직 미취하셨다고 들었는데⋯⋯."

"형제가⋯⋯!"

"외동이라고 하시지 않았나요?"

"그게…… 그게…… 아! 배다른 형제가!"

배다른 형제가 있었어? 귀족들의 사생활은 참 문란하구나.

나는 속으로 한숨을 내쉬며 종이를 잡았다. 큼직하게 이름을 써서 주자 얼굴이 환해진 그가 몇 번이나 고개를 숙이고 떠났다.

이런 일이 비일비재했다. 황궁뿐 아니라 상점가를 걸을 때, 하다 못해 우리 집에서 산책을 할 때조차 물건을 내밀고 서명을 해달라며 얼굴을 붉혔다.

삿된 자를 물리친 것으로 영웅이 되었다더니 이들은 나를 '아X언맨'이나 '엑X맨'쯤으로 보는 듯했다. 나는 한숨을 푹 내쉬며 걷다가 마차 대기소 부근에서 익숙한 뒷모습을 발견하곤 단숨에 표정이 밝아졌다.

"아빠!"

내가 마구 뛰어가자 아빠는 픽 웃곤 팔을 벌렸다. 품에 뛰어들어 가슴팍에 얼굴을 비비니 아빠가 내 머리를 쓰다듬었다.

"회의는 잘하셨어요?"

"그래. 우리 딸은 무슨 일로 황궁에 왔지?"

"엘트라 사신들을 돌려보내야 하잖아요. 일정을 가늠했더니 무려 반년이나 걸려서 폐하와 상의하러 왔어요."

"그건 더 신경 쓰지 않아도 된다."

아빠의 말에 나는 고개를 갸웃했다.

"왜요?"

아빠가 마부를 대신해 마차의 문을 열며 다시 입을 열었다.

"너를 대신해 엘트라 사신들을 돌려보낼 사람이 올 거니까."

"제국에 포털을 열 수 있는 사람은 저뿐이잖아요?"

"멀리 타 대륙엔 있지."

아, 그러고 보니 이 대륙엔 나 혼자뿐이고 대륙 너머엔 다른 성녀가 두 명 더 있다고 했다. 한 사람은 90세가 넘는 노인이라 병환 중이라고 들었으니 남은 사람은…….

"람시스 대륙의 성녀요? 제 또래라던!"

"그래."

"언제요?"

"곧 일정을 조율해 입국한다더군."

벌써? 원래 얘기가 되어 있던 걸까.

"누굴까……. 기대되네요."

나는 빙그레 웃으며 말했다.

＊　　＊　　＊

범선이 항구에 다다랐다. 얼마쯤 소란스럽던 배 위에서 목재 계단이 내려지고, 가장 먼저 내린 사람은 중년의 귀부인이었다. 뒤이어 항구에 발을 디딘 숙녀가 귀부인에게 팔짱을 끼며 말했다.

"여기가 길라게온이군요, 어머니."

"그래."

길라게온. 입안에서 단어를 굴리던 귀부인이 느른히 항구를 둘러보았다. 다시 왔다. 지긋지긋하기만 했던 이곳에 또다시.

제 어머니를 따라 항구를 둘러보던 숙녀가 빙그레 웃었다.

"이곳이 '오빠'의 나라⋯⋯."

— 하고 말하며.


　　　　*　　　*　　　*


마차는 빠르게 달려 저택에 다다랐다. 아빠의 손을 잡고 마차에서 풀썩 뛰어내린 나는 문득 위화감을 느끼고 주변을 둘러보았다.

'할아버지와 가신들이 없잖아?'

프렌시프의 사람들은 내가 황궁에 가는 것을 반기지 않았다. 도미니크와 공공연한 연인이 된 후, 황족들이 결혼을 종용하기 시작했기 때문이었다.

황비, 황자비, 부마 등 황족의 반려로서 로젠카로튼(길라게온 황가의 성)이 되는 사람은 친정 일에 관여할 수 없으며, 모든 일에 황가의 규율을 우선한다.

즉, 내가 도미니크와 결혼하면 프렌시프는 포털이 필요할 때마다 황제의 허가를 받아야 한다는 말이다. 사문화된 법규이고, 황후나 황비는 알음알음 친정 일에 관여하고는 있었다. 하지만 황실에서 물고 늘어지면 이만큼 골치 아픈 게 따로 없었다.

그 때문에 가신들은 내가 황궁에 다녀올 때마다 전전긍긍했는데 오늘은 웬일로 그들이 보이지 않았다. 내가 의아한 얼굴로 주변을 둘러볼 때, 란슬롯과 가웨인이 다가왔다.

"모두 대회의장에 모였습니다."

란슬롯이 굳은 얼굴로 말하자 아빠가 고개를 끄덕였다.

"가지."

확실히 이상하다. 나는 걱정스러운 표정으로 저택에 들어가는 란슬롯과 아빠를 바라보다가 가웨인에게 시선을 돌렸다.

"무슨 일이 있는 거지요?"

"아무래도?"

"무슨 일인데요."

"글쎄."

그가 어깨를 으쓱하며 이어 말했다.

"내가 아는 건 버지니아 공과 파르뎅 공까지 터미널을 통해 올라왔다는 것뿐이야."

터미널이라면 아탈란이 동부에 숨겨 놓았던 포털의 일종이었다. 전쟁 후 할아버지는 마탑에 투자해 민간인이 이용할 수 있도록 개발했다. 하지만 아직 불안정하여 사용자는 극히 드물었다.

'영지의 주축인 두 사람이 터미널까지 이용해서 올라올 정도의 일이라고?'

내가 고개를 갸웃하자 가웨인이 내 이마를 엄지로 꾹 눌렀다.

"걱정이 너무 많은 것도 병이다, 너."

입술을 삐죽하며 "알아요……." 중얼거렸다. 마침 영지군의 우두머리 고레일과 프렌시프 황도군의 대장인 빅터가 그를 찾았고, 가웨인은 고개를 끄덕이며 나를 힐끗 돌아보았다.

"네 방에 너 좋아하는 거 가져다 놨어."

그렇게 말한 그가 떠나고, 나는 방으로 올라갔다.

"진짜……."

나는 가웨인이 내 방 티 테이블 위에 올려놓은 인형 놀이 세트를 보고 헛웃음을 터뜨렸다.

몇 달 전만 해도 나를 꽃돼지라고 놀리던 가웨인은 할아버지와 마담 버지니아에게 혼쭐이 난 후, 장난의 방식을 바꾸었다. 어린애라고 놀리기 시작한 것이다!

'대체 이런 걸 어떻게 구했담.'

테이블 하나를 통째로 차지한 거대한 인형의 집. 무겁기는 또 얼마나 무거운지 마릴린과 시트론, 두 사람이 낑낑거리며 세트를 붙들었다.

"어머."

인형의 집을 정리하던 마릴린이 눈을 동그랗게 떴다. 뭔가 해서 그녀들과 함께 안을 들여다보니 내부에 예쁜 컵케이크와 수국 한 다발이 있었다.

"이게 진짜 선물인가 봐요, 아가씨."

시트론이 컵케이크와 꽃다발을 꺼내 내게 들려 주었다. 나는 웃으며 꽃다발을 매만졌다.

"이렇게 보면 작은 도련님도 큰 도련님만큼이나 로맨틱하시죠?"

그러고 보니 가웨인에겐 철마다 꽃을 받는 것 같았다. 게다가 어딜 다녀올 땐 그 지방에서 유명한 디저트를 사다 주고, 지나가는 말로 무엇이 예쁘다거나 가지고 싶다고 하면 다음 날 내 침대 맡에 꼭 그것을 놓아두었다.

"이런 것을 보면 가웨인 도련님께서 인기가 많은 것도 이해가 간다니까요."

마릴린이 팔짱을 끼며 주억거려서 나는 눈을 동그랗게 떴다.

"정말?"

"그럼요. 차가운 외모나 거친 성격 탓에 다가오는 사람이 적을 뿐이지 숨은 추종자가 얼마나 많다고요. 특히……."

마릴린은 웃음을 참지 못하고 킥킥거렸다.

"아가씨를 대하는 도련님의 태도를 보고 홀딱 빠진 분이 꽤 많으시답니다."

그녀는 가웨인의 추종자로 유명하다는 레이디들의 이름을 하나하나 열거했다.

"크로커스 영애, 티에거 양. 그리고 라지엥 영애도 은근히……."

라지엥 영애라고?

"크리스틴 말이야?!"

내가 깜짝 놀라서 소리치자 마릴린이 짐짓 진지하게 고개를 끄덕였다. 나는 허탈한 표정으로 소파에 앉으며 중얼거렸다.

"크리스틴이라면 나를 엄청나게 싫어하잖아?"

로웨나 황비의 말벗 사건으로 엮인 뒤로 쭉 나를 깎아내리고 싶어서 안달을 했는데.

"외모를 보고 빠진 건가?"

가웨인이 외모만큼은 발군이긴 하니까. 그러자 마릴린은 "음, 음." 하며 집게손가락을 흔들었다.

"세상 차갑고 거친 야생마가 내게만 다정하다 — 가 포인트라고요."

몽롱한 표정으로 중얼거리던 마릴린은 다시 날 보고서 흐뭇하게 웃었다.

"하기야 하나 있는 동생이니 얼마나 사랑스러울까요."

나는 어색하게 웃으며 가웨인이 사 온 컵케이크를 쥐었다.

컵케익은 예쁘기만 한 게 아니었다. 크림과 빵을 한꺼번에 맛볼
수 있도록 크게 입을 벌려 한입 베어 물자 그윽한 버터크림이 구름
처럼 둥실 혓바닥에 내려앉았다. 빵은 또 얼마나 촉촉하고 부드러
운지 중앙에 든 살구 잼과 너무너무 잘 어울렸다.

제도에 이렇게 맛있는 컵케이크를 만드는 곳이 있었나?

'직접 사 온 걸까.'

가웨인에게 고마워져서 나는 헤헤 웃으며 컵케이크를 하나 더
집었다.

그 시각 프렌시프의 대회의장. 초조한 기색으로 서류의 내용을
훑던 마담 버지니아가 인상을 찌푸렸다.

"아가씨를 대신해 엘트라의 사신들을 귀국시킨다는 게 말이 됩
니까? 흉계가 있지 않고서야 헨델에서 우리만 좋은 일을 할 리가
요."

그러자 반대편에 자리한 다른 가신이 대꾸했다.

"명분은 그럴듯하지 않습니까."

헨델이 제국에 보내온 친서엔 '저희의 성녀가 역사상 가장 강력
한 성녀인 세니아나에게 경험을 나누어 받기를 원하며, 아울러 프
렌시프에서 터미널 개발의 지식을 사사하고 싶다'는 요지가 더없이
정중하게 적혀 있었다.

대신에 헨델의 성녀는 수련을 겸해 엘트라의 사신들을 귀국시켜 주겠다는 제안을 해왔다. 제국으로선 나라에 하나뿐인 성녀 세니아나를 국외로 내보내고 싶지 않은 데다, 황실에선 손해 볼 것이 없는 제안이었으므로 수락한 것이다.

버지니아가 기가 막힌다는 듯이 대답했다.

"속내가 훤하지 않습니까. 아가씨가 아탈란 사건으로 성수를 잃은 것을 알고 저희들 성녀의 힘을 과시하려는 겁니다."

"……."

"무엇보다 성녀의 보호자로 동행한 사람이 '그분'이십니—"

마담 버지니아와는 상극인 푸아티에 자작이 입을 열었다.

"굳이 득실을 따지자면, 그분이라는 것이 우리에겐 좋은 일이죠. 헨델의 공주이자 성녀의 친모인 네메시스 님은—"

푸아티에 자작의 시선이 아서에게 향했다.

"가웨인 님의 모친이 아니십니까."

아서의 눈빛이 깊게 가라앉자 자작이 다시 말했다.

"네메시스 님이 성녀의 부친인 러스허 공과 사별하신 지 4년. 이 시기에 헨델의 왕이 그녀를 길라게온에 보낸 이유가 무엇이겠습니까."

"……."

"잘만 하면 프렌시프에 두 명의 성녀가 생기는 거예요. 우리로선 나쁘지 않은 일이지요."

마담 버지니아의 얼굴이 흉흉하게 일그러졌다.

"자작은 말을 가리시오."

"공이야말로 이성적으로 생각하십시오. 아가씨께서 성수를 부리며 막강한 힘을 자랑하던 당시, 우리의 위세가 어떠했습니까."

황실에서조차 프렌시프의 문장 앞엔 한 수 접어 줄 정도였다. 지금이야 온 백성의 영웅이 되어 그 시절의 위세를 유지해 오고 있으나, 시간이 지나면 흐려질 터였다. 하지만 가문에 성녀가 둘이라면…….

자작은 히죽 입꼬리를 올렸다.

"두 분 도련님과 아가씨께도 좋은 일이 아닙니까. 새로운 형제가 생기는 일이니."

"헨델 국에서 네메시스 님을 이용해 무슨 수작을 부릴지 훤하지 않소."

마담 버지니아의 말에 푸아티에 자작이 어깨를 으쓱 올렸다.

"좌우지간에 황명입니다. 이미 성녀와 네메시스 님은 입국하셨고, 우리로선 그들을 받아들이는 수밖에 도리가 없지 않습니까."

마담 버지니아가 끙, 신음하며 팔짱을 끼었다.


\*     \*     \*


"아가씨!"

영지에 있는 아곤에게 편지를 쓰고 있던 나는 마릴린의 목소리를 듣고 고개를 돌렸다.

"응?"

"저택에 손님이 오는데, 새로운 성녀, 헨델……!"

마릴린은 잔뜩 흥분해서 알아들을 수 없는 말을 쏟아 냈다.

"진정하고 천천히 말해 봐. 저택에 손님이 온다고?"

"네, 헨델의 성녀님이 프렌시프 저택에서 묵으실 거래요!"

왜 황궁이 아니라 우리 저택에?

내가 고개를 갸웃하자 그녀는 두 발을 동동 구르며 소리쳤다.

"성녀님의 친모가 네메시스 님이시래요. 가웨인 님의 친모 말이에요!"

"뭐?"

나는 놀라서 벌떡 일어났다.

"왜 갑자기…… 아니, 무슨 일로……."

"그야 다시 주인님과 잘해 볼 생각이겠지요. 어떻게 그럴 수 있나요? 작은 도련님을 그리 무정하게 버리고 가서 놓고서 필요에 따라다시……!"

'오빠…….'

나는 양손을 불끈 쥔 마릴린을 붙잡고 물었다.

"자세히 말해 봐. 언제 오신다는 건데!"

"지금이요."

"뭐?"

"현관에 계세요. 성녀와 함께."

그걸 먼저 말했어야지!

나는 후다닥 1층으로 내려갔다. 현관 앞엔 가신들과 고용인들이 빼곡히 모여 있었다. 나는 사람들을 헤집고 앞으로 나아갔다. 열린 문 앞에 호화로운 드레스를 입은 아름다운 중년의 부인이 보였다. 그리고 그 앞엔,

'가웨인……'

그가 굳은 얼굴로 제 모친을 바라보았다. 가웨인을 힐끔 쳐다본 네메시스 님은 할아버지와 아빠에게 말했다.

"신세를 지게 됐습니다."

외양만큼이나 아름다운 목소리다.

'우와……. 가웨인과 닮았어.'

가웨인은 할아버지를 쏙 뺐다고 생각했는데, 이렇게 보니 콧대며 입매가 엄청 닮았다. 아빠는 땅에 못 박힌 듯 움직이지 못하는 가웨인을 살짝 밀어내고서 네메시스 님에게 다가갔다.

"준비할 틈도 없이 오셨습니까."

"이 아이 덕이지요."

네메시스 님이 제 곁에 찰싹 달라붙은 숙녀를 힐끗 쳐다보았다. 그러자 작은 숙녀가 배시시 웃었다.

'아……'

네메시스 님과 달리 가웨인과 하나도 닮지 않았다고 생각했는데, 웃는 모습이 판에 찍어 낸 듯이 똑같다.

"길라게온에서 길을 열어 보고 싶어서요."

그녀가 발랄하게 말하자 네메시스 님이 다시 아빠에게 말했다.

"언질을 드릴 것을 그랬습니다."

"포털을 열기 전에 그리 생각하셨다면 이렇듯 당황스럽진 않았을 텐데요."

"송구합니다. 얼마나 당황스러우시면 타국의 사절단을 이처럼 현관에 세워 두기만 하실까요."

두 사람 사이에 스파크가 튀는 것 같았다. 내가 당황하고 있는 사이 푸아티에 자작이 허허 웃으며 아빠에게 말했다.

"안으로 들어가서 말씀 나누시는 게 어떠신지요. 성녀님께서도 '남매'간에 나눌 말씀이 있으실 테고……."

그가 은근한 눈빛으로 가웨인을 쳐다보았다. 아빠는 먼저 응접실을 향해 걸어갔고, 네메시스 님과 헨델의 사절단이 그 뒤를 따랐다. 현관엔 나와 란슬롯, 가웨인, 그리고 헨델의 성녀만이 남았다.

헨델의 성녀는 호기심 어린 얼굴로 저택을 둘러보더니 곧 가웨인 앞으로 바짝 다가가서 얼굴을 쑥 내밀었다. 그러자 가웨인이 흠칫 해서 한걸음 물러났다.

"안녕?"

"……."

"나는 발렌이야."

가웨인이 대답하지 않자 그녀는 부루퉁 입술을 내밀며 종알거렸다.

"같이 안녕, 해 줘야지."

"……."

"우와, 무뚝뚝해."

발렌은 팔짱을 끼더니 "흐으음." 신음하며 고개를 기울였다.

"이상하다. 프렌시프의 공자는 꿀처럼 달콤하고 상냥하댔는데."

그건 란슬롯일 텐데…….

내가 란슬롯을 힐끔 쳐다보자 그는 빙그레 웃으며 발렌에게 다가갔다.

"헨델의 보배를 뵙습니다. 란슬롯 프렌시프입니다."

란슬롯이 정중히 허리를 숙이자 발렌은 익숙한 듯 손을 내밀었다. 란슬롯이 손등에 가볍게 입을 맞추었다. 발렌은 씩 웃고 "달콤한 건 이쪽이었구나." 하며 중얼거렸다.

"프렌시프 백작이지?"

"예."

"백작에게 이름을 허락할게. 레니라고 불러도 좋아."

"영광입니다, 영애님."

그녀가 우후훗, 웃고는 가웨인과 란슬롯의 사이에서 두 남자의 팔짱을 끼었다.

"길라게온에는 '오빠'라는 말이 있다지? 나 불러 보고 싶었어. 그래도 되지? 가웨인 오빠의 방으로 가자. 구경시켜 줘. 그리고 저녁을 함께 먹고 또…… 아, 그렇지. 거기 너."

발렌이 나를 쳐다보며 말했다.

"내 짐은 가웨인 오빠의 옆방으로 옮겨."

하녀를 대하는 태도였다. 그러자 가웨인이 인상을 찌푸리며 발렌의 손에서 제 팔을 뺐냈다.

"이 아이는 하녀가 아닙니다."

가웨인의 말에 눈을 동그랗게 뜬 발렌이 나를 지그시 응시했다.

"설마 세니아나 프렌시프가 너야?"

나는 우물쭈물하다가 고개를 끄덕였다.

"그렇습니다."

"뭐야. 그 프렌시프의 딸이라기에 엄청 기대했는데 생각보다……."

나를 보고 볼을 부풀린 발렌이 피시식, 바람 빠지는 소리를 냈다. 가웨인이 서늘한 눈으로 그녀를 쏘아보았다.

"무례하십니다."

발렌은 깜짝 놀라서 검지로 스스로를 가리켰다.

"내가? 왜?"

"남의 외모를 품평하는 게 옳은 일입니까?"

눈을 도르륵 굴리던 발렌이 "아아." 하며 고개를 끄덕였다. 그러곤 날 쳐다봤다.

"네가 너무 프렌시프 사람들이랑 달라서 놀랐어. 발렌은 세상에서 제일 귀한 몸이라 왕궁에서만 지냈거든. 그래서 가끔 실수할 때가 있대. 내가 사과할게?"

사과라는데 하나도 미안해 보이지 않았다.

"이제 가자. 나, 배도 고프고 다리도 아프단 말이야."

그러곤 가웨인과 란슬롯을 재빨리 끌고 가 버렸다. 현관에 덩그러니 남은 내 뒤로 마릴린의 울컥한 목소리가 들려왔다.

"싸가지!"

시트론이 얼른 마릴린을 단속했다.

"누가 들으면 어쩌려고요."

"하지만……!"

분한 듯 바르르 떨던 마릴린은 내 눈치를 보고 목소리를 낮추었다.

"비겁해요. 작은 도련님의 혈육인 데다가 타국의 왕족이니 이쪽에선 대응하지 못한다는 걸 알고 멋대로 굴잖아요."

"잘 아시네요. 아가씨의 전속 하녀인 마릴린 님이 분란을 만들면 아가씨만 곤란해지실 거예요."

하지만 시트론도 기분이 상했는지 목소리가 좋지 않았다. 그녀가 다른 하인들에게 발렌의 짐을 챙기라 이르곤 내게 다가왔다.

"헨델의 성녀는 곧 돌아갈 테니 지금은……."

"……."

"아가씨?"

혼자서 생각에 잠긴 날 보고 시트론이 걱정스러운 듯 물었다.

"속상하신가요?"

"아니, 그게 아니라……."

나는 중얼거리며 헨델의 성녀가 지나간 자리를 바라보았다. 뭔가 위화감이 느껴졌다. 언젠가 겪어 본 것 같은 익숙한 위화감이.

＊　　＊　　＊

저택에 짐을 풀고 짧은 휴식을 가진 헨델 사절단은 우리 가족과 함께 황궁으로 향했다. 생각보다 빠른 사절단의 도착에 황궁에선 작은 소란이 있었다. 하지만 로웨나 황비의 세심한 지휘 덕에 곧 수습이 되었다.

해 질 무렵 만찬장에 불이 켜졌다. 그리고 로열 키친에서 마련한 음식이 거대한 테이블을 빼곡하게 채웠다. 황태자와 도미니크를 포함한 황족 전원의 환대를 받은 헨델의 사절단은 정중하게 감사의 뜻을 비쳤다. 순조로웠다. 여기까지는.

식사를 시작하고 가벼운 대화가 오갔다. 폐위된 황후를 대신해 내궁의 전권을 위임받은 로웨나 황비가 발렌에게 음식을 권했다.

"길라게온의 전통 음식이랍니다. 어떤가요?"

발렌은 순무와 비트를 넣어 진하게 끓인 수프를 맛보더니 곧 미간을 찌푸렸다.

"으……."

만찬 테이블에 자리한 사람들이 눈을 홉떴다. 발렌의 솔직한 소감에 길라게온 사람들이며 헨델의 사절단까지 모두 당황했다. 네메시스 님이 조용히 "발렌." 하고 부르며 다그쳤으나 발렌은 "하지만 정말로……." 하며 인상을 썼다.

로웨나 황비의 입꼬리가 잠시 떨렸다. 그렇지만 그녀는 내궁의 주인답게 침착한 태도로 입을 열었다.

"람시스 대륙인에겐 생소한 맛이겠지요. 귀인들께서 조금만 침착한 입국을 하셨더라면 더 좋은 맛을 선보였을 텐데 아쉽습니다."

조용히 로웨나 황비의 말을 듣던 나는 속으로 '아하' 하며 고개를 끄덕였다.

'나 알아. 저건 최근에 란슬롯에게 배운 거야.'

우아한 돌려 까기라는 것! 그러니까 황비의 말은 '너희가 너무 빨리 와서 준비할 시간도 없었잖아. 이쪽에서 엄청 당황스러운 거 알지?'라는 뜻일 터다.

발렌의 순진한 목소리가 다시 들려왔다.

"눈치 주시는 거예요?"

회장은 완전히 얼어붙고 말았다. 황후와 내궁 전쟁을 벌인 말싸

움 백 단의 고수 로웨나 황비가 미소를 잊을 만큼.

황비는 어색한 목소리로 말했다.

"그럴 리가요."

"하지만 방금 황비님께서 저희가 침착하게 오지 않았다고 하셨 잖아요?"

"시간을 주셨다면 성녀의 마음에 드는 대접을 하지 않았을까 싶 었을 뿐이랍니다."

"마음에 안 드는 건 아닌데요?"

발렌이 배시시 웃자 황비는 표정 관리를 잊고 입술을 꽉 깨물었 다.

'우와……'

황비의 면이 면전에서 구겨지자 벽가에 서 있던 황비의 말벗들 또한 표정을 수습하지 못했다. 다시 말하지만, 만찬은 순조로운 편 이었다. 발렌이 폭탄을 터뜨리기 전까지는 말이다.


로웨나 황비는 만찬이 끝나자마자 몸살이 났다는 핑계로 아발론 (황제의 궁)을 떠났다. 나는 발렌의 무리가 황제, 그리고 엘트라의 사 신들과 따로 이야기를 나누는 사이 로웨나 황비에게 붙들려 말 상 대를 해야 했다. 그것도 장장 두 시간이나.

나는 황태자가 도착한 후에야 겨우 그녀에게서 풀려날 수 있었 다. 도미니크에게 가기 위해 궁을 벗어나고 있는데 날카로운 목소 리가 들려왔다.

"기가 막혀!"

말벗들의 목소리였다. 아무래도 화가 단단히 난 건 로웨나 황비만이 아닌 듯했다. 말벗들은 복도 끝에서 동그랗게 모여 분을 터뜨렸다.

"아무리 머리가 꽃밭이라도 그렇지."

"꽃밭은요. 순진한 척 망신을 준 게 아니면 뭐겠어요."

"남부와 서부의 황비 후보들이 있는 앞에서 로웨나 황비님의 체면이 완전히 구겨졌어요."

"모욕이에요. 제국을 향한 모욕!"

어린 레이디들이 파르르 떨며 분통을 터뜨렸다. 말벗들의 리더 격인 엘리자베스와 크리스틴, 루나는 묘한 표정으로 팔짱을 끼고 있었다. 다만, 모두 기분이 좋아 보이지 않았다.

하도 험악한 분위기라 나는 그쪽으로 차마 가지 못하고 우물쭈물했다. 어쩌지. 돌아서 갈까.

'하지만 도미니크의 궁에 가려면 여기를 지나야⋯⋯.'

고민하고 있는데 말벗 중 하나가 나를 발견하고 손짓했다.

"프렌시프 양."

"어머나."

말벗들은 표정이 밝아져서 나를 향해 다가왔다.

"오랜만에 뵈어요. 잘 지내셨어요?"

"오늘도 날씨가 좋지요."

영애들의 표정에 미소가 피어났다. 나는 어색하게 웃으며 그녀들에게 인사했다. 황후가 폐위되고, 남부의 코트니 황비가 아탈란 사건에 엮여 축출되면서 말벗은 내게 호감이 있는 사람들만 남은 편이었는데, 근래엔 더욱더 호의적으로 대했다. 이들 역시 나를 아X언맨으로 여기는 듯했다.

"아직 저희가 어색하신가요?"

엘리자베스의 낮고 그윽한 목소리에 웃음기가 배어 있었다. 나는 볼을 발그레 물들이고 조그맣게 고개를 저었다.

"그렇지 않아요. 조, 좋아요……."

이 세계에 온 후 내게도 스위트피라는 좋은 친구와 친근한 아카데미 동기들이 생기긴 했다. 하지만, 아직 또래와의 만남이 익숙하진 않았다. 말벗들이 까르르 웃었다.

"평소엔 이러시니, 그토록 용감하게 삿된 자들을 몰아낸 분이 맞나 싶다니까요."

"사랑스러워라."

엘리자베스는 다정히 웃으며 내 손이며 어깨를 잡은 말벗들에게 말했다.

"여러분, 영애를 너무 곤란하게 하지 마세요. 누구에게나 자신만의 속도가 있답니다."

"네, 영애."

나는 손가락을 꼬물꼬물 얽으며 엘리자베스를 올려다보았다.

'멋져……'

엘리자베스는 부드러운 위엄까지 있는 좋은 사람이다. 그러자 엘리자베스는 제 뺨을 매만지며 "뭐가 묻었나요?" 하고 물었다.

"오늘도 멋지셔서……."

엘리자베스가 쿡쿡 웃자 다른 영애들이 짓궂게 말했다.

"프렌시프 양은 엘리자베스 님만 좋아한다니까요. 서운해요."

나는 얼른 손사래를 치며 말했다.

"아니에요! 모두 멋진 분들이신걸요. 반짝반짝하고, 좋은 냄새가 나고 또……."

내가 헤롱헤롱해서 말하니 말벗들이 웃음을 터뜨렸다.

"왜 폐하께서 영애에게 짓궂으신지 알 것 같죠?"

"맞아요."

우리는 화기애애하게 한담을 나누었다.

'멋지다. 즐거워!'

아카데미 때의 경험 외엔 또래 여자아이들과 어울릴 기회가 없던 나는 크게 들떴다. 그때 코너를 넘어 발소리가 들리더니 발렌이 빼꼼 얼굴을 내밀었다.

"아, 여기 있었네."

어린 레이디들이 표정을 숨기지 못하고 굳어지자 엘리자베스가 눈짓으로 눈치를 주곤 앞으로 나섰다.

"엘리자베스 루에브입니다. 성녀님을 뵙습니다."

"성녀님을 뵙습니다."

"성녀님을 뵙습니다."

영애들이 치맛자락을 쥐곤 무릎을 가볍게 굽혔다. 발렌은 그녀들을 흘깃 쳐다볼 뿐, 인사를 받지 않고 나를 붙잡았다.

"있지. 오빠는 어디에 있어? 찾아 줘."

"예?"

"가웨인 오빠 말이야. 또 사라졌어. 정말……."

발렌은 투덜거리며 머리칼을 넘겼다. 적보라 빛깔의 눈부신 머리카락이 가는 손가락에 걸렸다가 스르륵 빠져나갔다. 기다란 눈매가 좁아지며 콧잔등에 가느다랗게 잡히는 주름이 놀라울 만큼 가웨인과 비슷했다.

"가자니까."

"헨델의 예법은 정중하지는 않은 모양입니다."

대꾸한 것은 내가 아니었다. 엘리자베스가 고저 없는 목소리로 말했다. 발렌은 고개를 갸웃 기울이더니 "흐응." 하며 엘리자베스를 위아래로 훑었다.

"제국의 예법은 위아래를 따지지 않는 것 같고."

"예?"

"바보인 거야? 나는 헨델의 왕녀, 람시스의 성녀다. 본녀는 그대에게 질문을 허락한 적이 없어."

다소 날카로운 말에 엘리자베스의 얼굴이 굳어졌다.

"가자."

발렌이 내 손을 끌어당기다 말을 이었다.

"오빠한테 사라지지 말라고 해. 네 말은 강아지처럼 잘 듣는다면서. 오빠는 왜 자꾸만 나를 피하는 거야? 우리는 남매인……."

탁. 나는 발렌에게서 손을 빼냈다. 그러자 그 애는 눈살을 찌푸리며 나를 바라보았다.

"뭐 하는 거야?"

"……."

"대답 안 해?"

"제게 대답을 허락하신 줄 몰랐어요. 대답해도 되나요?"

묘한 얼굴로 나를 쳐다보던 발렌은 이내 헛웃음을 터뜨렸다.

"그래."

"오빠가 계속해서 자리를 피하는 이유는 영애가 무례하기 때문이에요."

"말했잖아. 나는……."

"귀한 몸이라 왕궁에서만 지내 예법을 모른다고 해서 사람들이 영애를 모두 이해할 순 없지요. 또, 오빠는 강아지처럼 제 말을 잘 듣는 게 아니라 존중해 주는 거예요."

"……."

"오빠의 존중을 목줄로 쓸 생각 없습니다. 그리고……."

발렌은 나를 지그시 쳐다보았고, 나는 그 눈을 피하지 않았다.

"엘리자베스 양은 바보가 아니에요."

내가 울컥한 표정으로 말하자 엘리자베스의 눈이 동그래졌다. 발렌의 표정은 붉으락푸르락했다.

"그래, 영애의 뜻은 알겠어."

휙, 되돌아가는 발렌을 보고 말벗들이 술렁였다. 그녀들은 걱정스럽게 물었다.

"괜찮으시겠어요, 영애?"

엘리자베스도 염려 어린 눈으로 내 얼굴을 응시했다.

"사절단으로 온 성녀예요. 분란을 만들어서 좋을 게 없을 텐데 괜찮으시겠어요?"

"네."

"프렌시프의 생각은 영애와는 다를 수도 있을 텐데요."

"괜찮아요. 어, 저기 그보다⋯⋯."

자존심 강한 엘리자베스가 말벗들 앞에서 깔아뭉개지다시피 했는데 마음이 괜찮을까. 내가 눈썹을 축 늘어뜨리며 묻자 그녀는 후후 웃으며 내 머리카락을 부드럽게 감싸 쥐었다.

"오늘을 떠올리면 무례한 성녀로 인한 불쾌감보다 좋은 친구를 얻었다는 기쁨이 먼저 생각날 거예요."

그러곤 머리카락 끝에 가볍게 입 맞췄다.

'역시 멋져⋯⋯.'

내가 몽롱하게 엘리자베스를 보자 그녀는 나붓이 눈을 휘었다. 다른 영애들도 "사실은 저도 속이 시원했어요." 하고 말해 줬고, 몇몇은 나중에 함께 나들이나 티 파티에 가자고 청했다.


영애들과 헤어진 후, 나는 도미니크의 궁으로 향했다. 오늘 있었던 일을 떠들고 있는데 하인들이 식후 차를 가져다주었다. 찻잔을 든 채로 캐모마일 티의 향을 맡고 있던 내게 알베르가 말했다.

"헨델의 성녀는 어디에서나 사람을 난처하게 만드는군요."

그의 말에 난 고개를 갸웃하며 물었다.

"만찬에서의 일 말씀하시는 거예요?"

"만찬 후, 폐하 앞에서의 태도도 결코 옳지는 않았습니다."

"왜요?"

"당황스러울 정도로 관심을 보이셔서⋯⋯."

알베르는 도미니크를 흘끔 쳐다보았다.

"저하에게요?"

내가 인상을 쓰며 묻자 알베르는 도미니크의 눈치를 보며 말했다.

"정확히는 저하의 검과 검술 실력에 흥미를 느끼셨습니다."

그런 내색은 조금도 하지 않았던 도미니크를 슬쩍 흘기는 눈으로 바라보았다. 그는 알베르를 향해 험악하게 인상을 썼다.

"어떻게 관심을 보이던가요? 막 만지고?"

"설마."

도미니크가 어깨를 으쓱하며 말을 이었다.

"몇 마디 질문을 받았을 뿐입니다."

"무슨 질문?"

"검은 언제부터 배웠나. 상당한 실력이라고 하던데 나와 검을 맞춰 볼 생각은 없나. 나도 꽤 잘하는데. 뭐 그런?"

"좋아하는 화제라 즐거우셨겠어요, 자기."

별생각 없이 얘기했는데 왠지 도미니크는 움찔했다.

"지루했죠."

그러더니 얼른 화제를 돌렸다.

"내일 함께 가브리엘라 황비님께 갈까요. 뵙지 못한 지 오래된 듯합니다."

이번엔 내가 움찔했다.

"내일은 곤란해요. 선약이 있어서. 트리스탄과 보그 건을 논의해야 하거든요."

그렇게 말하자 도미니크가 주먹을 꽉 쥐었다.

"자주 만나시는 걸 보면 편한 모양입니다. 그 백발 새…… 왕자가."

으응? 급하게 단어를 바꾼 느낌인데? 내가 눈을 깜빡이자 도미니크가 다시 말했다.

"그 새…… 왕자는 성녀들에게 흥미를 끌게 하는 매력이 있는 모양이죠. 헨델의 성녀도 관심을 보이던데요."

"그래요?"

내 물음에 알베르가 대답했다.

"엘트라 사신들이 헨델의 성녀에게서 왕자의 어린 시절을 보는 것 같다고 했습니다. 엘트라에선 그 말이 가장 훌륭한 칭찬인 모양입니다."

"그래서요?"

"어릴 땐 여자인 줄 알 정도로 아름다우셨다는 말에 헨델의 성녀가 흥미를 보였습니다."

내가 고개를 주억거리니 알베르가 다시 입을 열었다.

"엘트라의 대신관이 초상화를 보여 주었습니다. 초상화를 본 성녀가 말했죠. 내가 더 여자 같은데?"

"아이고……."

"엘트라 사신들의 표정이 만찬장에서의 황비님과 같았습니다."

알베르가 킬킬 웃었다.

'아이고.'

외양은 나보다 나이 있어 보이는 데도 속은 완전히 어린애인 걸까. 그렇게 적을 만들어서 좋을 게 없을 텐데. 나는 한숨을 내쉬었다.

"걱정되네요."

턱을 괴고 있던 도미니크가 실소를 흘렸다.

"그런 사람이 걱정되십니까."

"가웨인의 동생이니까요."

란슬롯이나 내가 처음에 그 애의 무례함을 참아 넘겼던 건 비단 왕족이자 성녀이기 때문만은 아니었다. 가웨인의 동생이니까.

정 깊은 가웨인이 억지로 제 어머니를 외면하고 있다는 게 보여서 피붙이인 발렌에게만은 마음을 열길 바랐던 것이다.

"발렌 님은 왜인지 이상한 위화감이 느껴져요."

"위화감이라니요?"

"뭐랄까, 말로 하기는 어려운데……."

알베르가 눈을 홉뜨더니 테이블에 바싹 다가와 물었다.

"혹시 삿된 자의 기운이 느껴지십니까?"

"네?"

"영애를 제외한 성녀들은 모두 아탈란의 실험체이지 않았습니까!"

얼마나 질렸는지 알베르는 부르르 떨었다.

"전혀요. 눈도 회색이 아니고, 삿된 자의 기운이 조금도 안 느껴져요. 그리고 아탈란의 성녀들보다는 차라리 다른 사람과 비슷한 느낌을…… 아!"

버럭 소리치자 알베르와 도미니크가 무슨 일이냐는 듯 나를 쳐다봤다.

"설마……."

내가 막 입을 떼려던 찰나, 황궁의 시중인이 말을 전하러 왔다.

"영애, 마차가 준비되었습니다."

돌아갈 시간이 되었나 보다. 나는 다른 이야기는 다음에 나누자고 말한 뒤에 몸을 일으켰다. 그는 나를 살짝 끌어안으며 속삭였다.

"언제쯤 헤어지지 않을 수 있을까요."

귓가에 낮고도 달콤한 속삭임이 밀려들었다.

마차 대기소에 도착한 뒤에도 얼굴이 홧홧했다.

'도미니크는 날이 갈수록 야해지는 것 같아……'

뺨을 감싸 쥐고 있는데 뒤에서 발소리가 들려왔다. 발렌과 헨델의 사절단, 그리고 우리 가족이었다. 발렌은 우울한 얼굴로 중얼거렸다.

"돌아가고 싶어."

"예?"

사절단이 당황해서 묻자 발렌이 입술을 삐죽였다.

"여기 사람들은 전부 날 싫어해. 오빠도, 영애들도, 그리고 저 애도."

그녀가 나를 가리키자 이번에 당황한 것은 프렌시프의 사람들이었다.

"그럴 리가 있겠습니까."

"하지만 저 애가 영애들과 함께 내 험담을 했어. 내가 무례하고 이상하댔단 말이야."

정말이냐는 듯 모두의 시선이 나를 향했다.

"아니에요."

"아니긴. 내가 봤는걸."

"아니라니까?"

발렌이 인상을 썼다.

"말을 높여. 난 헨델 왕의 손주로 준왕족—"

나는 빙그레 웃었다.

"여긴 길라게온. 나도 황자비 후보로 준황족이야. 그리고 제국의 공신이며 너와 같은 성녀지. 네게 하대를 들을 이유가 없어. 지금까지 널 참아 준 건 네가 내 오빠의 동생이기 때문이고."

블러핑이었다. 도미니크와 내가 황제에게 공인된 연인이긴 하지만, 난 아직 황자비 후보가 아니었다. 할아버지와 아빠, 오빠들이 필사적으로 약혼을 저지하고 있으니까.

하지만 사정을 모르는 발렌은 꿀 먹은 벙어리가 되어 어버버거렸다. 나는 그 애에게 바짝 다가가며 말했다.

"왜 순진한 체 타인을 상처 입히는 거야? 너는 정말로 상식을 모르는 사람이 아니잖아."

"나, 난 거짓말 안 해."

"아니, 넌 거짓말이야. 처음부터 끝까지 전부 거짓말을 했잖아."

그 애에게 바짝 다가간 나는 속삭였다.

"너, ……지?"

내 말을 들은 발렌의 눈이 커졌다. 무심코 "어, 어떻게……." 하고 중얼거리던 그 애는 곧 아차 싶었는지 나를 쳐다봤다.

"사과해. 나와 황비님, 엘리자베스 양, 그리고 네 무례한 태도 때문에 난처했던 모두에게."

"시, 싫―"

"확! 다 불어 버린다."

발렌의 얼굴이 흙빛이 되었다. 나는 고개를 모로 꼰 채 발렌을 지그시 쳐다보았다. 이를 악물고 있던 그 애가 조그맣게 웅얼거렸다.

"……해."

"뭐라고?"

"……미안하다잖아!"

나는 "흐음." 신음을 내쉬며 그녀를 쳐다보았다. 발렌은 내가 언짢았다고 생각했는지 우물쭈물하다가 고개를 푹 숙였다.

"죄송합니다……."

웅얼거리는 목소리에서 당혹과 두려움이 느껴졌다. 나는 빙그레 웃었다.

"좋아."

나는 가족들과 프렌시프의 사람들, 그리고 사절단을 둘러보며 "갈까요?" 하고 물었다. 길라게온의 사람들은 당황스러워 보였고, 헨델의 사절단은 완전히 경악하고 있었다. 이윽고 사람들 틈에서 웃음소리가 들려왔다. 란슬롯이었다.

"그래, 가자."

내 손을 다정히 잡으며 "저택으로 돌아가 자세한 이야기를 들어야지." 하고 발렌을 흘끔 쳐다봤다.

여러 대의 마차에 사람들이 나뉘어 착석했다. 나는 아빠를 따라 우리 가족의 마차에 오르려 했다. 발렌이 내 손목을 꽉 잡지 않았다면.

"넌 나와 같이 가."

"으음, 싫은데."

"네가 약속을 어기고 '그 얘기'를 퍼뜨리면 어떻게 해!"

"약속?"

내가 마차의 문을 잡은 채로 눈을 동그랗게 뜨자 발렌이 씩씩거리며 말했다.

"약속했잖아. 내가 사과하면 입 다물어 주기로."

"내가 언제?"

"뭐?"

"사과하지 않으면 불어 버린다고 한 거지 사과한다고 해서 입 다물어 주겠다고는 안 했는걸."

내가 고개를 갸웃하며 말하자 발렌은 새빨개져서 나를 노려보았다.

"저택에서 보자."

그러고 마차에 올라탔다.

\*　　　\*　　　\*

어떡하지. 어떻게 해야 하지. 발렌은 식은땀이 배어나는 손을 드레스 자락에 문지르며 달리기 시작한 세니아나의 마차를 쳐다보았다.

'대체 어떻게 안 거야.'

다른 사람은 제 입으로 밝히지 않으면 누구도 '그것'을 알지 못했다. 밝혀지면 본국으로 돌아가지 못할지도 모른다. 네메시스의 곁에 있을 수도 없었다.

'차, 착하게 굴 걸 그랬나.'

하지만, 하지만…… 얄미웠는걸. 자신과 같은 입장임에도 모두에게 사랑받는 저 애가, 늘 궁금했던 네메시스의 아들로부터 지극한 애정을 받는 저 애가 미웠다. 나는 가질 수 없는 것을 손안에 움켜쥔 세니아나에게 질투가 나 참을 수 없었다.

"발렌."

등 뒤에서 네메시스의 목소리가 들려왔다. 흠칫 놀란 발렌이 고개를 돌리자 여느 때처럼 표정 없이 저를 바라보는 모친이 보였다.

"무슨 일이니."

"……."

"두 번 묻지 않아."

"그런……!"

다급히 네메시스의 치맛자락을 붙들던 발렌은 이내 시무룩하게 고개를 숙였다. 세니아나가 '그 일'을 안다고 하면 네메시스는 곤란해할 뿐 자신을 위해 나서지 않을 것이다. 그뿐이었으니까. 그들의 '모녀 관계'란.

"아니에요……."

발렌을 지그시 응시하던 네메시스는 곧 다른 마차에 올랐다. 이것 보라지. 엄마는 '성녀인 딸'이 필요한 것이지 내가 필요한 게 아니야.

시무룩한 얼굴로 네메시스를 따라 마차에 오른 발렌은 프렌시프 저택으로 향하는 내내 표정이 어두웠다. 세니아나가 벌써 다른 사람들에게 그 얘기를 했으면 어떻게 하지?

네메시스의 말에 따르면 프렌시프 사람들은 상종 못 할 악당들이었다. 악당들이 제 일을 무기 삼아 헨델을 흔들려 들면, 그러면…….

다정한 헨델 왕의 얼굴에서 미소가 사라지고, 네메시스의 자랑스러운 딸이던 자신은 금세 천덕꾸러기로 추락하게 될지도 모른다. 두려워서 참을 수 없었다.

초조하게 손톱을 물어뜯던 발렌은 마차가 저택에 도착하자마자 세니아나를 찾았다. 발렌은 제 방으로 들어가려는 세니아나를 돌려세우고 다그쳤다.

"말했어?"

"뭘?"

"그거 말이야."

제발. 제발……!

간절한 얼굴로 쳐다보자 세니아나는 눈을 몇 번 깜빡이곤 "아니." 하고 대답했다.

"……앞으로도 말하지 마."

"생각해 보고."

"너 정말 나쁜 애구나! 못됐어."

발렌이 울먹이며 말을 이었다.

"그 일이 밝혀지면 모두가 곤란해진단 말이야. 너, 사람들을 힘들게 하고 싶어?"

세니아나는 고민하듯 눈을 도르륵 굴리더니 걱정스러운 듯이 눈썹을 늘어뜨렸다.

'그렇지!'

마음 약해 보이더니만, 역시. 세니아나가 천천히 입을 열었다.

"그런 걸 사람들은 가스라이팅이라고 해."

"……어?"

"사람을 불안하게 만드는 교묘한 말 말이야. 만약에 헨델 사람들이 곤란해진다고 해도 내 잘못이 아니잖아. 속인 네 탓이지."

"그, 그런……."

"발렌, 내가 너라면 말이야. 협박이 아니라 자비를 구했을 거야."

그녀는 곧 세상에서 가장 불쌍한 표정을 지으며 양손으로 세니아나를 잡았다.

"그러면 말하지 않을 거야?"

"지금은 늦었지."

방금 한 말과 다르잖아! 연이어 터지는 예상과 다른 말에 발렌은 정신이 혼미했다.

"사람들이 너더러 순둥이라고 했던 건 다 거짓말이었어!"

악에 받친 발렌이 소리치자 세니아나는 어깨를 으쓱했다.

"그게 내 별명이긴 해. 그런데 앞에 한마디 더 붙는단다."

"뭐?"

"건들지만 않으면 순둥이, 라고 해."

그 말을 마지막으로 세니아나는 방에 쏙 들어갔다.

그 뒤로 사흘 내내 발렌은 나를 감시하는 것처럼 딱 붙어 떨어지지 않았다. 타국의 사절단이자 성녀로서의 일정으로 빼곡한데도 내가 곁에 있지 않으면 어디에도 가지 않겠노라 어깃장을 놓았다.

나로서도 차라리 잘된 일이었다. 발렌이 프렌시프 저택에 머물고 있으니 그녀가 사고를 친다면 수습은 모두 우리의 몫이었다. 이렇게 매일 매시간 곁에 붙어 있으면 사고를 미연에 방지하기 좋았다. 내 쪽에서 목줄을 쥐고 있기도 했고.

"두 분 성녀님께서 남부의 가난하고 병든 아이들을 위해 힘을 보태 주시길 간청 드립니다."

남부의 거두이자 명망 깊은 사회사업가인 에돌턴 백작이 허리를 굽혔다. 나이 지긋한 노인의 간청에 나는 마음이 아팠다.

"죄송해요. 각지의 복지 기관으로부터 선약이 있어요. 남부의 차례가 되려면 적어도 보름은 기다리셔야……."

지난주, 난데없이 불어 닥친 폭풍이 제국 전역을 쓸고 지나갔다. 삿된 자들로 인해 재건 중이던 건물들이 모래성처럼 와르르 무너졌다. 보육원이나 노인요양소 등 가난하고 병든 자들에게 자연은 자비를 베풀지 않았다. 지금 내 힘으론 남부의 아이들까지 중앙으로 올려오기란 쉽지 않았다.

에돌턴 백작이 발렌을 바라보았다.

"타국의 성녀께 염치 불고하고 부탁드립니다. 성녀님의 힘으로 터전을 잃은 아이들을 중앙에 데려와 주실 순 없으신지요."

"내가 왜."

"집을 잃은 데다 보호소에 역병까지 돌고 있는 터라……."

"그런 건 너희 황제에게 말하라고. 나는 헨델의 성녀란 말이—"

"발렌."

내가 부르자 그녀는 흠칫하며 와구와구 먹던 쿠키를 내려놓았다.

"왜……."

발렌이 불안한 표정으로 내 눈치를 폈다.

"들어주면 안 될까."

"시, 싫어. 이건 너희 나라 문제잖아."

"들어줬으면 좋겠어."

발렌은 거절하려는 듯 숨을 크게 들이켜다가 내가 흐린 눈으로 바라보니 입술을 쭉 내밀며 웅얼거렸다.

"하, 하면 되잖아."

에돌턴 백작의 표정이 밝아졌다.

"감사합니다. 감사합니다, 성녀님!"

"잘됐네요. 백작님."

"프렌시프 영애의 덕입니다. 아아, 이제야 마음이 놓이겠군요."

그러더니 백작이 발렌의 눈치를 보며 내게 속삭였다.

"말씀하신 건은 제 선에서 도와드릴 수 있도록 하겠습니다."

"네, 꼭 하얀 집이었으면 좋겠어요."

"식당으로 쓸 만한 바닷가의 하얀 오두막……. 예, 알아보지요."

그가 주먹을 불끈 쥐고 고개를 끄덕였다. 에돌턴 백작은 인망 있는 만큼 제국 곳곳에 아는 사람이 많으니 내 마음에 쏙 드는 물건을 가져오겠지. 손 안 대고 코 푼 나는 머릿속의 노후 계획 중 한 문항에 동그라미를 쳤다.

**　　　퇴직하면 할 식당 마련.**

'신난다!'

또 발렌이 주는 이득엔 이런 것들이 있었다. 현재 내 힘으로 할 수 없는 것들을 무보수 노동으로 도와주거든.

에돌턴 백작이 돌아간 후, 로웨나 황비가 우리를 찾아왔다. 그녀는 만찬에서의 사건이 아직 속에 남아 있는지 몹시 언짢은 표정이었다.

"헨델의 성녀가 제국에 큰 도움을 주고 있다지요. 폐하께서 감사의 뜻을 전하셨습니다."

"네."

발렌이 소파에 삐뚜름하게 앉아 머리카락 끝을 매만졌다. 성의 없는 대답에 황비의 얼굴이 왈칵 구겨졌다.

"발렌."

내가 부르자 그녀는 또다시 흠칫했다.

"또 뭐가……."

"공손하게 인사드려야지. 황비님은 제국의 국모셔. 아주 소중한 분이시라고. 너만큼이나."

"……."

난 발렌을 빤히 쳐다보았다. 그 애는 무어라 조그맣게 구시렁거리다가 일어나 치맛자락을 쥐었다.

"황비님을 뵙습니다."

"또?"

난 앉아서 발렌을 올려다보며 말했고, 발렌은 고개를 조금 숙였다.

"일전의 무례를 사과드립니다. 생각이 짧았어요. 부디 용서해 주세요."

그러자 황비의 눈이 동그래졌다. 얼떨떨한 얼굴로 나와 발렌을 쳐다보던 황비는 이내 우후후, 웃음을 터뜨렸다.

"생각도 못 한 사과라 얼떨떨하네요. 예, 받지요. 어린 왕녀가 뭣 모르고 한 행동을 나무랄 생각은 없답니다."

발렌은 치, 혀를 차다가 날 보고 움찔하더니 "예……." 웅얼웅얼 대답했다.

*　　*　　*

그날 점심. 성녀들을 만나고 온 로웨나 황비는 이전과 달리 기분이 좋았다. 길라게온의 귀족들과 함께 오찬 중이던 황제가 의아한 듯 물었다.

"황궁에 나 모르는 경사가 있었소?"

로웨나 황비는 냅킨으로 입가를 톡톡, 닦으며 빙그레 미소지었다.

"제가 기분 좋을 일이 따로 있겠습니까. 늘 그렇듯 폐하의 꿀단지 덕이지요."

"오, 내 꿀단지가 이번에도 사랑스러운 일을 하였나 보오."

"얼마나 영특한지 상대가 2황자만 아니라면 우리 전하의 짝으로 빼앗아 오고 싶답니다."

함께 식사를 들던 프렌시프의 사람들이 미간을 좁혔다. 묵묵히 연한 고기에 칼질을 하던 가웨인은 고개를 들고 화기애애한 황제와 황비를 바라보았다. 로웨나 황비는 웃음을 참지 못하고 손등으로 입가를 숨겼다.

"헨델의 성녀가 제국의 영웅 앞에서는 기를 못 펴더군요. 국모 앞에서도 방자하던 태도가 프렌시프 영애 앞에선 공손하기 그지없었습니다."

황제는 흐음, 신음하며 나이프 끝을 매만졌다.

'꿀단지가 귀여운 수작을 부린 모양이군.'

황제로서야 반가운 일이었다. 제국의 유일무이한 성녀를 호시탐탐 노리는 엘트라인들과 동행시키는 것은 불안한 일이었다. 세니아나는 다시 없을 노다지였다. 세계에 단 셋뿐인 성녀. 삿된 자를 물리친 평화의 수호자이자 강력한 힘의 상징이었다.

엘트라에 빼앗기게 되면 되찾아올 방도가 따로 없다. 헨델의 속을 알 수 없는 제안을 덜컥 받아들인 이유도 그것이다. 세니아나를 빼앗기느니, 헨델의 수작에 놀아나 주는 쪽이 이득이니.

하지만 헨델의 성녀의 오만은 지나쳤다. 황가의 위엄과 관계될 만큼. 그런데 세니아나가 알아서 쥐고 흔들어 준다면 이보다 기쁜 일이 어디에 있겠는가.

'하여간 꿀단지는 귀여운 짓만 한다니까.'

그가 음흉하게 으흐흐, 웃자 황태자는 못 볼 꼴을 봤다는 듯 미간을 좁혔다. 황제는 식사에만 집중하는 프렌시프의 사내들을 흘끔 쳐다보았다.

"나베리우스 공은 이제 슬슬 증손주가 간절하겠군."

"생각 없습니다."

"손녀를 쏙 빼닮은 증손주 하나ㅡ"

"손자 녀석들도 아직 미취한 몸입니다."

"요새 누가 위아래 따져 혼인을 하던가."

"따집니다, 저희는."

나베리우스의 단호한 대답에 황제는 소리 없이 혀를 찼다.

'팔불출 영감탱이.'

'능구렁이 같은 놈.'

황제와 나베리우스의 시선이 허공에서 맹렬하게 부딪쳤다.


나베리우스는 황궁에서 돌아오고 나서도 내내 씨근덕거렸다.

"부자가 쌍으로 정이 안 가. 염치도 싹수도 없는 놈들이다."

증손주는 무슨! 손녀도 제대로 끼고 살지 못했는데.

날강도 같은 황가의 부자를 떠올린 나베리우스의 얼굴이 험악하게 구겨졌다. 그런데 이상했다. 평소라면 맞장구를 치며 함께 분통을 터뜨렸을 가웨인이 조용하다.

"가웨인."

"……."

"가웨인!"

"아……, 예."

그제야 정신이 돌아온 가웨인이 조부를 향해 고개를 돌렸다.

"무슨 생각을 그리하는 것이냐."

"……아닙니다."

"네메시스의 일로 심사가 복잡한 게야?"

"그게 아니라……."

가웨인은 눈을 가늘게 뜨며 본저를 바라보았다.

"이상하지 않습니까."

"무엇이."

"발렌…… 성녀 말입니다. 처음엔 세니아나와 그렇게 부딪치더니 난데없이……."

아무래도 사절단 접대로 모두 함께 황궁에 갔던 날, 세니아나가 한 말이 마음에 걸렸다.

*[확! 다 불어 버린다.]*

세니아나가 또 가족들을 걱정해 감당하지 못할 비밀을 끌어안고 있는 게 아닐까.

헨델의 사람들이 사실은 굉장히 음흉하다는 것을 저는 알고 있었다. 반은 헨델인의 피가 흐르는 자신이기에 더더욱 잘 알고 있다. 난데없이 제국에만 이득인 엘트라 행을 제안한 것도, 다른 사람도 아니고 프렌시프라면 학을 떼는 네메시스가 보호자로 동행한 것도 이상하다.

'안 되겠어.'

세니아나에게 직접 연유를 물어야겠다. 그는 빠르게 저택을 향해 걸었다. 대체 왜. 무엇 때문에.

잊고 살려고 노력했다. 영지에서의 삶에 지쳤던 어린 제가 용기를 긁어모아 '저를 보러 오세요' 하고 편지를 썼던 날이 눈에 선했다. 그의 편지에 대한 모친의 답은 간결했다.

*[나를 없는 사람 취급하고 살아가라.]*

그런 사람이 왜. 그렇게 지독한 사람이 어째서. 왜 그가 아닌 발렌은 자식으로 여겨질 수 있었던 것일까. 성녀라서? 내가 부족해서?

세니아나의 방 앞에 다다른 가웨인이 문고리를 쥔 채, 이를 악물었다. 그때였다.

"너, 정말로 죽고 싶어?!"

잔뜩 흥분해서 내지른 고함은 발렌의 것이었다. 딱딱하게 굳은 가웨인이 "세니아나!" 하고 소리치자 문 안에서 허둥지둥하는 소리가 들렸다.

"자, 잠깐만요. 잠깐만! 들어오지 마세요."

왜 이렇게 당황한단 말인가. 발렌에게 무슨 짓이라도 당한 걸까. 가웨인이 다급히 문을 열었다.

"자, 잠…… 오빠!"

왕! 개소리였다. 그리고 세니아나가 끌어안고 있는 것도…….

"개?"

새하얀 코카스파니엘이 겁에 질려 꼬리를 몸쪽으로 동그랗게 말았다. 세니아나도 겁에 질린 건 마찬가지였다.

"이게 무슨……."

발렌은 어디에 있는지 보이지 않고 있는 것은 오직 개 한 마리뿐.
와들와들 떨던 개는 곧 와앙―! 울음을 터뜨렸다.

"이게 다 너 때문이야. 못된 계집애야!"

개가 사람 소리를……. 개소리……. 그런데 왜 저 개소리가 발렌
의 목소리와 똑같을까.

*    *    *

황궁에서 돌아온 뒤 발렌은 기분이 저조했다. 내 소파를 차지하
고서 쿠션을 끌어안고 있던 그 애는 아무렇지 않게 머리를 묶는 날
노려보았다.

"그런데 너, 어떻게 알았어?"

"뭘?"

"내가 성……!"

무심코 소리치다가 문을 쳐다보곤 목소리를 바짝 죽였다.

"……수라는 거 말이야."

"이상하잖아. 아무리 왕궁에서만 지냈다고 해도 상식을 전혀 모
른다는 건."

"……."

"그거 꼭 나의 테디가 세상을 잘 모르는 것과 같았거든. 애초에
성수들은 인간의 상식 따위에 물들지 않는 거지?"

"……."

"인간의 상식은 시대에 따라서, 아니, 몇 년 만에도 바뀌는 거니

까. 수백, 수천 년을 살아가는 너희에겐 찰나의 시간일 뿐이라 물들

필요도, 이유도 없는 거야."

나는 턱을 가볍게 쥐고 "으음." 신음하며 말을 이었다.

"그리고 프렌시프 사람들은 가족을 알아볼 수 있거든? 내 육체를

빼앗고 있던 샤를리나조차 알아본 사람들이니까."

잘은 모르지만 아마 오랜 시간, 멀린의 마원을 깔고 앉은 터에서

지내며 자연히 익히게 된 능력이 아닐까 싶다.

'멀린도 그 능력에 대해 알고 있었고.'

"그런데 우리 가족 중에서 제일 정이 깊은 가웨인이 너를 진심으

로 피했잖아."

진짜 가족이 아닌 것을 무의식적으로 느낀 걸 테지.

"……."

"또 '여자 같다'는 말도 이상했고. 쿄가 그랬어. 성수들은 남성체

로 태어난다고."

그건 육체의 강도나 힘이 여성체보다는 남성체 쪽이 강하기 때

문이라고 했다. 강력한 정신체인 성수를 담아 놓기 위해서 필연적

으로 강한 육체를 소유하게 되는 것이다.

"우리 쿄는 여성이 되고 싶어서 마력으로 본래의 육신을 변화시

켜 사용하거든. 너도 그런 거지? 뭐, 그래도 제일 큰 이유는 아무래

도……."

나는 발렌에게 얼굴을 불쑥 내밀었다.

"내가 성녀이고 네가 성수이기 때문이야."

움찔 뒤로 물러난 발렌이 우물쭈물 물었다.

"그게 왜……."

나는 발렌의 머리를 다정하게 쓰다듬으며 속삭였다.

"느낄 수 있어."

"……."

"성수와 성녀라는 건 혼으로 이어져 있으니까."

겁 많은 내가 성수들이 언젠가 내 곁으로 돌아올 거라는 막연한 믿음만으로도 충분한 것도 그러한 이유였다. 멍한 얼굴로 나를 쳐다보던 발렌이 입을 열었다.

"네 손은 따뜻…… 아냐! 난 네가 싫어, 싫다구!"

발렌이 고개를 팩 돌리더니 후다닥 소파에서 일어났다.

"하지만 발렌, 넌 내가 필요하잖아?"

"아, 아니야……."

"그래서 온 거지? 바깥세상에서 인간체를 유지하려면 성력이 필요한데, 넌 귀속된 성녀가 없으니까 내 힘을 빌리려고."

"……."

"헨델 왕이 성녀라고 알려진 널 국외로 보낼 수밖에 없던 이유도 그거고."

발렌은 더 이상 인간의 모습을 유지하기 힘든 게 분명하다. 본래의 육체로도 힘이 소모되는 일일 텐데, 여성체로 둔갑까지 하고 있으니까. 내가 정곡을 찌른 모양인지 발렌은 입술을 우물우물 깨물었다.

"어떻게 인간의 모습을 유지할 수 있었어?"

"……플리스의 성녀인 미미와랑 계약했어."

아아, 노환으로 오늘내일한다던 성녀 말이구나.

"플리스는 가난한 나라라 헨델이 물자를 지원해 주고, 내가 플리스의 성녀를 대신해 포털을 열어 주는 거야. 그 대가로 나를 인간의 모습으로 살아갈 수 있게 했어. 그런데 미미와는……."

발렌의 목소리가 시무룩해졌다. 이제 더는 인간의 모습으로 유지시켜 줄 수도 없을 지경인 모양이었다.

'플리스의 성녀가 세상을 떠날 날이 머지않았구나.'

헨델은 왕권이 강한 나라가 아니었다. 공주인 네메시스 님이 멀고 먼 제국의 후작가로 시집을 왔던 것만 봐도 그랬다. 네메시스 님은 헨델 왕의 외동딸이었는데, 왕의 조카인 락시온 공이 귀족들을 등에 업고 반강제로 왕세자가 되었다고 들었다.

[네메시스가 성녀를 낳지 않았더라면 헨델 왕은 일찌감치 독살되었을 거다.]

할아버지의 말씀이었다. 발렌이 내 눈치를 보기 시작했다.

"저기……."

그때, 발렌의 몸이 마치 신호 장애가 온 듯한 홀로그램처럼 지지직, 거리더니 투명해지기 시작했다. 그리고 이내.

"깽!"

비명과 함께 발렌이 사라졌다.

"……!"

나는 깜짝 놀라서 사라진 발렌을 대신해 바닥에 떨어진 드레스로 향했다.

"발렌! 발ㅡ"

"끄으응……."

드레스가 꿈틀거리더니 옷 아래서 귀가 축 늘어진 하얀 코카스 파니엘 한 마리가 툭 튀어나왔다. 목엔 발렌이 매고 있던 리본이 매달려 있었다. 내가 손을 뻗자 코카스파니엘은 네 발로 펄쩍 뛰더니 후다닥 구석으로 달려갔다. 나는 조심스럽게 강아지에게 다가갔다.

"……발렌?"

"아, 아니야."

그럼 대답을 하면 안 되지. 발렌은 눈이 커다래진 나를 보고 두 앞발로 머리를 푹 눌렀다.

"나, 나는 괴물이 아니야. 나는, 나는……."

"……워."

"나는…… 나는……."

"귀여워!"

나는 주저앉아서 발렌을 향해 손을 뻗다가 움찔, 하고 물었다.

"만져도 돼?"

"……내가 무섭지 않아?"

"왜?"

"하지만 나는 개가 되고, 또……."

"나는 성수가 세 마리나 있었는걸. 무서울 리가 없지."

발렌이 슬그머니 나를 올려다보았다.

"정말?"

"정말."

"……."

"귀엽구나, 발렌. 아주 예뻐."

"……."

발렌의 까만 코가 느리게 실룩였다. 허둥지둥하던 그 애는 곧 나를 휙 노려보았다.

"바보! 내가 작아졌다고 날 무시하는 거지. 그렇지?"

나를 위협하려는 것처럼 으르렁거렸지만, 하나도 무섭지 않았다. 강아지 최고! 고양이인 멀린도, 작은 반달곰인 테디도, 사막여우인 쵸도 귀엽지만, 발렌은 또 다른 류의 귀여움이 있었다.

나는 파들파들 떠는 강아지의 귀여움에 취해 "귀여워, 귀여워." 하고 중얼거렸다. 그러자 발렌은 약이 바짝 올랐는지 소리쳤다.

"너, 정말로 죽고 싶어?!"

그러한 찰나, 덜컹! 문이 부딪히는 소리와 함께 익숙한 목소리가 들렸다.

"세니아나!"

가웨인이다! 나와 발렌은 문을 쳐다보다가, 강아지가 된 발렌을 보다가 하며 허둥지둥했다.

"자, 잠깐만요. 잠깐만! 들어오지 마세요."

발렌이 숨으려는 듯 협탁 아래로 머리를 들이밀었다.

'그런다고 안 보일 리 없잖아!'

머리만 겨우 들어가서 파들파들 떨리는 몸이 다 보인다. 나는 얼른 발렌을 끌어안았다.

이불을 덮어 놓을까? 숨이 막히면 어떡하지. 창문 아래로 숨겨 놓는 게…… 아냐, 그게 더 위험하잖아! 오, 옷장? 그래, 옷장에 숨겨 놓으면……!

허둥지둥하는 사이 문고리가 돌아갔다.

"자, 잠…… 오빠!"

"왕!"

벌컥 문이 열리고 굳은 얼굴의 가웨인이 보였다. 그의 시선이 천천히 내가 끌어안고 있는 발렌에게로 내려갔다.

"이게 무슨……."

복슬복슬한 털 뭉치가 와들와들 떨리더니 곧 "와앙-!" 하는 울음소리가 들려왔다.

"이게 다 너 때문이야. 못된 계집애야!"

"……."

"……."

"와아아앙! 나빠, 나빠!"

망했다.

*　　*　　*

빠르게 복도를 걸어온 네메시스는 응접실의 문을 벌컥 열었다. 소파에 앉아 있던 프렌시프 사람들의 시선이 그녀에게 향했다. 그리고 그들이 둘러싸고 앉은 원형의 티 테이블 위에는,

"네, 네메시스……."

두 귀와 꼬리가 축 늘어진 발렌이 겁에 질려 그녀를 바라보았다.

'결국.'

치맛자락을 꾹 쥐고 있던 네메시스는 굳어진 표정을 금세 수습하곤 남은 자리에 착석했다. 아서가 물었다.

"언제까지 숨길 수 있으리라 여기셨습니까."

평소와 똑같은 고저 없는 목소리였다.

"가능한 한 오래. 되도록 평생을."

"내 딸의 힘을 필요로 하면서 숨길 수 있으리라 여기신 겁니까."

"피와 머리카락, 그리고 성녀의 곁에서 지내는 며칠이면 본인도 모르는 새에 성력을 나눠 줄 수 있지요."

그 말을 들은 가웨인이 소리쳤다.

"세니아나의 성력을 훔쳐 가는 것이 목적이었습니까!"

"……그래."

"그렇다면 당신이 약탈자를 내세웠던 아탈란과 뭐가 달라."

가웨인의 목소리가 낮아졌다. 세니아나가 "오빠……." 하며 조심스럽게 그의 소매를 끌어당겼지만 흉흉한 기세가 누그러지지 않았다.

"그렇게까지 권력이 욕심나시더이까. 자식을 버리고, 버린 자식 대신 성수를 제 자식으로 둔갑시켜 키울 만큼?"

기가 죽은 발렌은 차마 네메시스를 쳐다보지 못했고, 네메시스의 표정엔 변화가 없었다.

"그래. 욕심나더구나. 버려 두고 온 자식은 생각도 안 날 만큼."

네메시스는 아서와 나베리우스를 보았다.

"시간 낭비할 필요가 있나요. 원하는 것을 말씀하세요."

"당신……."

가웨인이 짓씹듯 말하자 네메시스는 등받이에 몸을 깊게 기댔다.

"악당이든, 아탈란과 다를 바 없는 쓰레기든 내가 전부 하마. 틀린 말 아냐. 난 지독하게 나쁜 년이고 모정 같은 건 없어."

"……."

"그러니 너도 내게 바보 같은 기대는 그만하지그래? 내게서 어머니의 모습을 바라지 마라. 세니아나가 네 동생이라고 마음 약해질 거라 여기지 마."

팔걸이를 가볍게 말아쥔 네메시스가 미간을 좁혔다.

"어릴 때보다 조금은 나아졌을 줄 알았더니 여전히 젖내 나는 애송이로군. 지긋지긋해."

"가세요."

대답을 한 건 가웨인이 아니었다. 세니아나는 차분한 표정으로 네메시스와 시선을 똑바로 마주했다.

"뭐?"

"어떤 것도 필요하지 않으니 돌아가시라 말씀드렸습니다."

"이봐요, 성녀. 이건 두 나라의 미래를 건 일대의 거래예요. 천문학적인 돈과 현시점에서는 가치를 환산할 수 없는 어마어마한 자원을 움직일 수 있는."

네메시스가 주름진 미간을 검지 끝으로 꾹 누르며 말했다.

"최소한 대화가 통하는 상대이길 바랐는데 아쉽군요."

"맞습니다, 네메시스 님. 저는 대화가 통하지 않아요."

세니아나는 여상하게 웃으며 고개를 끄덕였다. 태연자약한 태도에 네메시스는 기가 차다는 듯 헛웃음을 흘렸고, 세니아나가 다시 입을 열었다.

"그 어떤 돈과 자원, 미래도 가웨인보다 소중하지 않아요."

"……피가 반밖에 섞이지 않은 혈육을 대신해 내게 복수라도 할 생각입니까."

"예."

"성—"

"그러니까 두고두고 후회하세요."

네메시스가 인상을 찌푸렸다.

"뭐라고?"

"가웨인은요. 세상에 다시 없을 천재 검사예요. 그렇게 멋진 재능을 가지고도 노력을 게을리한 적이 없어요."

"……"

"지켜야 할 것이 너무 크고 소중해서 남들 앞에선 냉정한 체하지만, 사실은 아주 다정하고 상냥한 사람이에요."

"……"

"부모 형제 중 누구라도 잔기침을 하면 가장 먼저 알아차리는 섬세한 사람이고요, 다 나을 때까지 잠을 이루지 못하는 바보예요."

"……"

세니아나를 보는 가웨인의 시선이 가늘게 흔들렸다. 란슬롯이 웃음을 삼켰고, 아서와 나베리우스의 표정이 부드러워졌다. 세니아나는 다시 말했다.

"그러니까 이런 멋진 아들에게 상처를 준 걸 두고두고 후회해."

"이봐요, 성녀!"

"필요 없으면 저 주세요. 더는 상처받지 않게 내가 평생 지킬 테니까."

주먹을 꽉 쥐고 있던 네메시스가 벌떡 몸을 일으켰다. 그녀가 빠르게 방을 나서자 허둥지둥하던 발렌도 뒤따라 나섰다.

응접실에 침묵이 감돌았다. 세니아나는 네메시스가 방을 나선 후로 고개를 푹 수그린 채 훌쩍였다. 가웨인은 조심스럽게 일어나 그녀 앞에 쪼그려 앉았다.

"봐."

"……."

"세니아나."

다정한 목소리에 고개를 조금 들자 가웨인은 어쩔 수 없다는 듯 픽 실소를 흘렸다.

"또 우네. 울보."

"그치만……, 그치만……."

제 얼굴을 들여다보는 동생의 눈이 조금씩 일그러졌다. 가족들은 쉬이 입을 열지 못했고, 이 바보는 펑펑 울어 버릴 것 같은 한심한 표정을 짓고 있었다. 가웨인이 쓰게 웃자 엉망으로 얼굴이 일그러진 세니아나가 그의 목을 끌어안았다.

'우리 가족들은 왜 다들 바보인 걸까.'

슬퍼도 내색하지 못하고, 속 시원하게 눈물조차 쉬이 흘리지 않는 바보 같은 사람들. 가웨인이 씩 웃으며 말했다.

"웃겨서 그래. 웃겨서."

"네?"

"조그만 게 나를 어떻게 지켜 주려고? 어?"

그는 킥킥 웃더니 동생의 등을 부드럽게 두드렸다.

"난 괜찮아."

"……."

"네가 지켜 주면 난 무슨 일이 있어도 괜찮아."

낮은 목소리로 중얼거리던 그가 작은 몸을 꽉 끌어안았다. 진심이었다. 놀라우리만큼 모친의 서리 문 말에 아무렇지 않았다. 제가지켜야 한다고 믿었던 작은 동생이 사실은 가족 모두를 지키고 있었다는 것 또한 다시 한 번 깨달았다.

어머니가 없어도 괜찮았다. 헨델의 공주가 자신을 외면해도, 원하지 않았음을 노골적으로 드러내도. 가웨인이 장난스러운 표정으로 다시 입을 열었다.

"시집은 못 가겠는데? 날 지켜야 하잖아."

세니아나가 고개를 슬쩍 들고 코를 훌쩍 들이켰다.

"저 혼자서 지켜야 돼요?"

"뭐?"

"아니, 나는 할아버지랑 아빠랑 큰오빠랑 같이 지키려고 했지. 나만 지켜야 하는 줄은 몰랐지……."

가웨인은 "뭐?" 하고 멍하게 묻더니만 곧 다시 험악하게 인상을 찌푸렸다. 그러자 문밖에서 낄낄거리는 웃음소리가 들려왔다. 걱정스러운 마음에 가웨인을 살피려던 기사들이었다. 바커스가 배를

잡고 낄낄거리자 가웨인이 눈을 희번덕 빛내며 문을 향해 으르릉거
렸다.

*　　*　　*

그날 밤. 복도 앞에서 쟁반을 들고 있던 시트론이 염려 어린 목소
리로 내게 물었다.

"정말 가시게요?"

"응."

시트론은 푹 한숨을 내쉬더니 어쩔 수 없다는 듯이 쟁반을 내밀
곤 몇 발자국 물러났다. 난 숨을 크게 들이켜는 것으로 각오를 마치
고 손님방으로 내어 준 호화로운 방에 노크했다.

"누구냐."

문틈 사이로 네메시스의 목소리가 들려왔다.

"세니아나입니다."

"……."

얼마쯤 뒤 침묵하던 네메시스가 대답했다.

"무슨 일입니까."

"들어가면 안 될까요?"

"용건만 말씀하시죠."

나는 쟁반을 흘깃 쳐다보며 말했다.

"야식을 좀 가져왔는데요."

내가 직접 만든 야식을 말이다. 잠시 후, 문이 열렸다. 수면용의

얇은 로브를 입은 네메시스 님은 미간을 좁힌 얼굴로 문고리를 붙잡고 있었다. 그 뒤 문틈으로 소파 위에 앉은 코카스파니엘 모습의 발렌이 보였다.

"야식 같은 것을 부탁한 적 없습니다."

붉은 입술에서 건조한 목소리가 새어 나왔다.

"아는데요. 밤에 혼자서 적적하실 것 같아서……."

"……."

"들어가면 안 될까요?"

"어째서?"

"발렌에겐 저와 함께 있을 시간이 필요하다고 했지요? 피와 머리카락은 가족들과 상의를 해야겠지만, 시간만큼은 낼 수 있어요."

그렇게 말하자 네메시스 님은 눈살을 찌푸린 채 팔짱을 끼곤 나를 쳐다봤다. 과연 가웨인의 친모라서 그런지 그와 비슷한 부분이 많았다. 외모라든가, 묘한 위압감이라든가, 또…….

'무, 무서워.'

무표정하면 무서운 점까지도 모두. 살짝 의기소침해져 있는데 짙은 한숨 소리가 들려왔다.

"들어와요."

나는 얼굴이 금세 환해져서 "네!" 하고 소리치곤 먼저 들어간 네메시스 님을 뒤따랐다. 곧바로 탁, 작은 소음과 함께 문이 닫혔다. 나는 테이블 위에 쟁반을 올려 두고 슬쩍 방을 둘러보았다.

'와…….'

손님방이 이런 느낌이었던가. 시트와 이불을 바꾼 것만으로도

'우리 집의 손님방'이 '네메시스 님의 공간'이 된 것 같았다. 네메시스 님은 침대 앞에 마련된 소파에 앉아 맞은편을 가리켰다.

"음식은 거절하죠. 지정된 식사 외에 다른 음식은 섭취하고 싶지 않아요. 속이 불편해서."

"아, 이건 위에 좋은―"

"차나 한잔하죠."

네메시스 님은 백색 티팟 옆에 포개진 작은 잔을 내게 내밀었다. 곧 티팟에서 맑은 녹색의 찻물이 꼴꼴 소리를 내며 작은 잔에 차올랐다.

"아, 쑥 냄새……."

직접 차를 따라 주던 네메시스가 나를 힐끔 쳐다보더니 티팟을 내려놓았다.

"압니까? 길라게온에선 흔히 아는 차가 아닌데요."

길라게온에선 몰라도 한국에선 흔히 보던 것이었다. 엄마와 내가 운영하던 기사 식당 인근 공원에서도 쑥이 잔뜩 났다. 봄이면 쑥을 캐와서 떡도 만들고, 밀가루 반죽에 넣어 빵이나 면을 만들어 먹기도 했다.

"저는 좋아해요, 쑥."

"……."

"잘 말려서 가루로 내어 얼려 놨다가 철 가리지 않고 많이 먹었어요. 몸에 좋잖아요. 몸을 따뜻하게 해주고, 다이어트에도 좋고, 또 각종 부인병에도……."

"식겠군요. 드시죠."

네메시스 님이 내 말을 끊어 냈다. 나는 우물쭈물 눈치를 보며 찻잔을 들었다. 긴장으로 바싹 마른 목을 쑥차로 축이고 있자 그녀가 물었다.

"나를 회유하러 오신 겁니까."

"네?"

"오늘 내게 한 말이 가문에 영향을 미칠까 봐 두려운가요?"

"……"

"됐습니다. 감정에 치우쳐 이정표를 잃는 사람이 아니에요, 나는. 다만, 다시 묻지요. 영애가 나를 돕는다면 나 또한 —"

"그게 아니라 가웨인이요."

무감하게 말하던 네메시스가 날 쳐다봤다. 나는 찻잔을 내려놓고서 무척 조심스레 말했다.

"저는 제 말을 주워 담을 생각은 없어요. 가문이나 나라의 이익 같은 것은 따질 생각도 없고요. 그렇지만 못다 한 말이 있어서…… 저, 네메시스 님……."

그녀의 눈동자가 나를 지긋이 응시했다.

"가웨인 오빠는요, 겨울이 되면 꼭 꽃집 앞에 한참을 서 있는대요. 저는 이유를 몰랐거든요. 그런데 큰오빠에게 듣자 하니 헨델의 어버이날…… 뭐였더라. 부모님에게 낳아 주셔서 감사하다는 것을 표현하는 국경일인데……."

네메시스 님의 곁에서 내 얘기를 듣던 발렌이 귀를 쫑긋하고 소리쳤다.

"루피너스의 날!"

그러다가 네메시스 님의 시선이 닿자 발렌이 움찔하고 다시 낮게 엎드렸다. 나는 "맞다. 루피너스의 날!" 하고 고개를 끄덕이곤 이어 말했다.

"헨델에선 그날에 루피너스 꽃다발을 선물한다지요?"

한국에서 어버이날에 카네이션을 선물하는 것처럼.

"꽃집이 보이면 그 앞에서 한참을 서 있다가 겨우 지나쳐 온대요."

"……."

"중년의 여성에겐 답지 않게 정중한 편이고요. 또—"

"하고 싶은 말이 뭡니까."

네메시스 님의 목소리가 낮아졌다. 나는 입술을 꾹 깨물고서 그녀에게 시선을 맞추었다.

"어머니들이 아이를 낳을 때 자연스럽게 모정이 생긴다고 하지만, 모정이 없거나 부족하다고 해서 틀린 건 아니라고 생각해요."

'어머니'가 대단한 것은 자신보다 아이가 소중한 것을 당연하게 느낄 정도로 뜨겁게 사랑해 왔기 때문이라고 생각한다. 세상의 모든 아이는 사랑받아야 한다. 하지만, 그렇다고 해서 부모 자신보다 아이가 소중해지는 게 당연한 것은 아니었다.

"그러니까 네메시스 님, 아이보다 스스로를 소중하게 여긴다고 해도 틀린 것은 아니에요."

네메시스 님이 입술을 꽉 깨물고 고개를 돌렸다.

"그러니까 그 점은 사과드릴게요. 아까, 제 말에 스스로 틀렸다고 느끼셨다면요."

"……당신."

"하지만."

나는 그녀를 또렷하게 응시하며 힘 있는 어조로 말했다.

"네메시스 님께서도 사과해 주셨으면 좋겠어요."

"무엇을?"

"네메시스 님의 아이가 당신을 줄곧 사랑해 왔음을 외면하신 것을요."

그렇게 말한 나는 네메시스 님의 손을 꽉 잡았다.

"엄마만 아이를 지극하게 사랑하는 건 아니에요. 아이도 엄마를 아주 많이 사랑한다고요."

내가 우리 아빠를, 또 엄마를 엄청나게 사랑하는 것처럼.


다음 날, 오후. 나는 한숨을 푹 내쉬었다.

'어제 괜히 갔나?'

가만히 있을 걸 쓸데없이 나선 걸까.

오늘 네메시스 님의 표정은 언제나처럼 무미건조했다. 아니, 무심한 가운데 눈빛엔 무엇인지 모를 어두운 감정이 스며 있었다.

"……."

"……."

복도에서 마주친 모자는 서로를 힐끔 쳐다보더니 투명 인간 취급하며 지나쳤다. 나는 네메시스 님의 뒷모습을 힐끔힐끔 보면서 가웨인의 허리춤을 잡았다.

"저기, 오빠……."

"응?"

가웨인은 무슨 일이냐는 듯 날 쳐다봤다. 정말로 아무렇지 않은 표정이었다. 가웨인은 헨델의 사절단이 오기 전처럼 밝아지긴 했으나, 내가 걱정할까 봐 제 어머니의 일을 뒤로 물려 둔 게 여실히 티가 났다.

"아니에요……."

시무룩하게 말하자 가웨인은 "싱겁긴." 하며 내 머리를 벅벅 흐트러뜨리고 멀어졌다. 난 복도에 기대 한숨을 푹 내쉬었다.

'역시 오지랖이었나 봐.'

내가 더 모자 사이를 어긋나게 한 건 아닐까 싶어 걱정하고 있는데 어깨 위로 무언가 툭, 올라왔다.

"끄악!"

깜짝 놀라 펄쩍 뛰어오르자 뒤에서 쿡쿡 웃는 소리가 들렸다. 란슬롯이었다. 그의 뒤로 무슨 일이냐는 표정의 아빠도 보였다.

아빠를 보자 우울감이 바닥을 치는 것 같았다. 시무룩하게 어깨를 떨구니 아빠가 내게 다가왔다. 내 귓불을 쥐고 눈을 지그시 들여다보던 아빠가 말했다.

"얼굴이 붉구나. 열은 없는 듯한데."

다정한 목소리에 금방이라도 눈물이 터질 것 같았다.

"세니안?"

"실수했나 봐……."

울먹이며 중얼거리자 아빠와 란슬롯이 서로를 쳐다보며 눈을 끔뻑였다.

나는 아빠의 손에 이끌려 란슬롯과 함께 서재로 왔다. 의자에 앉아 훌쩍이는 내가 걱정스러운지 란슬롯은 내 앞에 무릎을 굽히고 앉아 날 올려다보았다.

"그래서 속상했던 거야?"

"아무래도 사고 쳤나 봐…… 어떡하지요……."

란슬롯이 어쩔 수 없다는 듯 웃더니 눈물이 덕지덕지 말라붙은 내 눈가를 매만졌다. 그러곤 장난스러운 목소리로 말했다.

"우리 막내가 사고를 한두 번 쳤던가?"

"네?"

"수없이 쳤잖아. 삿된 자들을 물리치겠다면서 포털 속에 몰고 가질 않나, 황제 폐하를 어린애 다루듯 하질 않나."

놀리는 것 같은 목소리라 나는 뾰루퉁해져서 그를 조금 흘겼다. 란슬롯은 그런 날 보고 눈매를 부드럽게 휘었다.

"수많은 사고에 하나 더 없는 게 뭐 어때서?"

"하지만, 하지만 가웨인이 상처 입으면……."

"안 그래."

이건 란슬롯의 대답이 아니었다. 물론 아빠의 대답도. 서재 문 앞에서 삐딱하게 선 가웨인이 어처구니없다는 듯 날 쳐다봤다. 성큼성큼 다가온 그가 내 이마를 꽝 쥐어박았다.

"아팟!"

"괜한 걱정이나 하고."

"그치만……."

"그딴 거에 상처 입었으면 난 벌써 골백번 자살했어야 했어."

"네?"

"난 세상 제일가는 이기주의자가 포진한 집안에서 살아왔다고. 조부님이야 말할 것도 없고, 란슬롯. 형은 그냥 뱀이냐? 독사지, 독사."

나는 슬쩍 란슬롯을 바라봤지만 은은하게 웃는 표정에는 금도 가지 않았다.

"아버지는…… 난 어릴 때 아버지가 마도구로 만든 기계인 줄 알았어."

마도구? 무슨 소리냐는 듯 쳐다봤다. 그는 쯧, 혀를 차곤 대답했다.

"표정, 감정, 뭐 하나도 보이지 않고 무섭기만 엄청 무서운데 사람 같았을까? 어?"

나는 눈을 데구르르 굴리다가 아빠를 한 번, 란슬롯을 다시 한 번 힐끔 쳐다보았다. 아빠는 정말로 기계처럼 표정이 없었고, 란슬롯은 오싹하리만큼 더 해사하게 웃고 있었다.

'더 말하면 안 될 것 같은데.'

그렇지만 가웨인의 입은 멈추지 않았다.

"이런 사람들과 평생 살았단 말야, 내가. 분노 조절 못 하는 괴팍한 조부와 맹독 가진 독사 형에 기계 아버지. 사소한 것에 상처받았으면 지금까지 못 살았지, 암."

계속 말하면 정말로 더 못살지도 몰라, 가웨인! 나는 안절부절못하며 냉기가 풀풀 날리는 아빠와 큰오빠를 쳐다봤다.

"할아버지는 말할 것도 없고, 아버지와 형은 얼굴도 희멀건 해서 말야. 완전히 귀신—"

─까지 말하고 나서야 아빠와 란슬롯의 시선을 느낀 가웨인이 흠칫했다. 란슬롯이 그런 그에게 화사한 미소를 머금고서 말했다.

"독사에 귀신이라. 내가 네게 잘못을 많이 했나 보군."

"자, 잠깐……."

"얼마나 서운했으면 막내 앞에서 이렇게 맹렬하게 흉을 볼까. 그렇지?"

가웨인이 마른침을 꿀꺽 삼켰다. 그리곤 도움을 구하려는 것처럼 아빠를 쳐다봤다. 하지만 아빠는 정말로 기계처럼 침묵했다. 가웨인은 사색이 되어 뒷걸음질 쳤다.

"내 말은 그게 아니라, 세니안이 걱정할 필요가 없다는 거지. 나는 조금도 상처 입지 않았으─ 아니, 잠깐, 형! 형님!"

"좋은 말 할 때 오는 게 좋을 텐데."

"끄악!"

맑은 미소로 가웨인의 뒷덜미를 잡아챈 란슬롯이 그를 문밖으로 질질 끌고 갔다. 저택엔 잠시 둔탁하게 터지는 소리가 메아리쳤다.


우와, 큰오빠 손 매운가 봐. 얻어터지고 온 가웨인의 얼굴엔 화려한 멍 자국이 가득했다. 가웨인은 붉어진 턱을 매만지며 씩씩거렸다. 나는 그에게 바싹 붙어 앉아 눈가에 달걀을 문질러 주었다.

"그러니까 왜 덤벼요. 큰오빠가 화나면 얼마나 무서운데."

나도 포털에서 몇 개월이나 지나 돌아왔을 때 눈물이 쏙 빠지게 혼이 났다. 가웨인이 아무렇지 않은 표정으로 차를 마시는 란슬롯을 보며 중얼거렸다.

"언젠가 고발하고 말 거야."

"기대하고 있으마."

란슬롯이 빙그레 웃으며 대답하자 가웨인은 약이 바싹 올라 파르르 떨었다. 두 사람을 번갈아 보던 나는 한숨을 폭 내쉬었다.

'그래도 소란 때문에 고민할 생각은 쏙 들어갔네.'

내가 으구, 하며 고개를 절레절레 저으니 그가 버럭 소리쳤다.

"이게 다 너 때문—"

순식간에 아빠와 란슬롯 쪽에서 펜이 각각 날아왔다. 퍽! 가웨인의 이마에 정확히 명중한 그것들이 곧 바닥으로 덜어져 데굴데굴 굴렀다.

"아기에게 소리치지 마라."

"막내에게 소리치지 마."

내가 헤헤 웃었다. 그러자 가웨인의 눈이 가늘어져서 난 얼른 아빠의 의자 뒤로 쏙 숨었다.

"맞아요. 소리치지 마세요."

"이게……."

"……그렇지만 오지랖 부린 건 잘못했어요."

아빠의 목을 끌어안고 웅얼대자 가웨인은 "됐어." 하며 어깨를 으쓱였다.

"네가 날 위해서 한 일인 걸 아니까."

"오빠……."

조금 감동하고 있으니 가웨인은 씩 웃으며 "반했어?" 하고 물었다. 그러곤 고개를 모로 꼰다.

"역시 나랑 결혼하고 싶지?"

그러자.

"아니지, 나지."

"나다."

란슬롯과 아빠가 나 대신 대꾸했다.

……아니, 나는 도미니크와 결혼하고 싶은데.

나는 아빠의 목에서 팔을 풀고 슬금슬금 뒷걸음질 쳤다. 진실을 말하면 뒤가 무섭고, 거짓말을 하자니 셋 중 누구를 골라야 할지 모르겠다.

"어? 세니아나."

"막내야."

"딸."

차마 대답하지 못하니까 세 남자의 시선이 더욱 집요해졌다. 나는 마른침을 꿀꺽 삼켰다.

"그게……."

입을 뗐지만 잇지 못하고 중얼거리다가 "아!" 소리쳤다.

"저, 저는 할아버지랑 하고 싶어요!"

그때였다. 문 앞에서 무언가 툭, 떨어지는 소리가 났다. 시선을 돌리자 서류를 떨어뜨린 할아버지가 엄청나게 감동한 표정으로 입가를 가리고 있었다.

아빠와 란슬롯, 가웨인은 흙이라도 씹은 것 같았지만 할아버지는 좋아서 함박웃음을 짓고 있었다. 그래서 나는 그냥 할아버지와 결혼하고 싶은 것으로 하자고 생각했다.


이튿날, 도미니크가 저택을 찾았다. 그는 어린 시절 황궁을 떠나 있었던 터라 황자로서의 교육을 받지 못했다. 그래서 나와 공개 연애를 시작한 뒤 날 보러오는 핑계 겸 할아버지에게 행정 전반에 대한 교육을 받고 있었다.

로웨나 황비는 할아버지가 도미니크의 교육을 맡게 된 것을 알고 슬쩍 투덜거렸다고 했다. 황태자 또한 어린 시절에 할아버지에게 교육을 청했지만, 거절당했기 때문이었다.

'할아버지의 교육이 되게 대단한 모양이야.'

그렇지만 초반엔 걱정이 컸다. 할아버지는 나를 제외한 모두에게 혹독하리만큼 냉정했으니까. 그런데 생각보다 둘은 쿵짝이 잘 맞았다. 도미니크의 과제를 훑어보던 할아버지가 대수롭지 않은 투로 말했다.

"주변머리가 아예 없는 편은 아니신 모양입니다."

"예."

도미니크 또한 별다른 내색 없이 대꾸했다. 서재의 책장 앞에서 책을 들고 두 사람을 흘끔흘끔 훔쳐보던 나는 흐뭇한 미소를 머금었다. 그러자 내 곁에서 빈둥대던 오빠들이 물었다.

"왜 그렇게 웃어?"

"저하가 칭찬받았잖아요."

맞아, 맞아. 우리 저하는 안 그래 보여도 주변머리가 있는 편이라고.

속닥이며 한 대답에 가웨인은 "저게? 칭찬?" 하며 헛웃음을 흘렸다. 그 옆에서 란슬롯은 쿡쿡 웃고 내 머리를 쓰다듬었다.

"오늘따라 조부님께서 기분이 좋아 보이시지."

다른 때 같으면 속닥거리는 우리 남매에게 할아버지의 불호령이 떨어졌겠지만, 오늘은 굉장히 점잖은 모습이고 고함 같은 건 한 번도 터지지 않았다. 뿐만 아니라 왜인지 —

'기분 좋은 것을 엄청 티 내고 계시네……'

어깨를 으쓱으쓱하며 도미니크에게 신호를 보내거나, 테이블 아래에서 발을 까딱까딱 흔든다거나. 도미니크는 열심히 모른 체를 했는데, 할아버지가 "흐으음, 흠!" 어색한 콧노래까지 일부러 부르기 시작하자 결국 입을 열었다.

"기분이…… 좋아 보이십니다."

한숨과 함께 '옛다' 하고 던져 준 말에 할아버지의 표정이 단숨에 밝아졌다.

"그래 보이십니까~?"

"……예, 뭐."

"별일은 아닙니다만 —"

"예. 별일 아니셨군요."

도미니크가 딱 잘라 대답하고 수업이나 하자는 듯 책을 펼쳤다. 그의 행동에 할아버지가 움찔했다.

"궁금하시다니 말씀드리죠."

"괜찮습니다. 어른의 사생활을 캐물을 수야 —"

"제자의 질문에 답하는 것이 스승의 참된 도리 —"

"괜찮습—"

"대답한다니—"

"됐습니다."

서로 말을 맺기도 전에 파바밧 대답하는 것이 마치 검을 챙, 챙, 챙— 하고 맞대는 것 같았다. 할아버지는 결국 "아니~ 글쎄~" 하며 저 홀로 이야기를 시작했다.

"곤란하게 됐지 뭡니까. 우리 손녀가 성인인데 아직도 할애비 품에서 빠져나오질 못해요~"

"……."

"할아버지가 세상에서 제일 좋다질 않나, 결혼하고 싶다질 않나 — 어허헛!"

그러고 껄껄껄껄 웃기 시작했다. 할아버지의 표정과는 반대로 도미니크의 표정이 썩어들어 가더니 곧 나를 흘깃 쳐다봤다. 나는 움찔하고 책으로 후다닥 얼굴을 가렸다.

"이런 어리광쟁이를 시집보낼 생각만 하면 걱정부터 듭니다. 이거 참. 제 할애비 없이 잠이나 자려는지, 껄껄껄껄."

"……."

"아직도 제 할애비가 없으면 안절부절못하고 말입니다~ 우리 손녀가~"

나는 정말로 안절부절못하며 발을 동동 굴렀다.

그만, 그만! 제발 그 입을 다무세요! 왜 그러시는 거람. 낯부끄러워 죽겠다…….

"매번 그렇게 할애비가 최고라고~ 어휴, 참! 껄껄껄껄."

할아버지는 끊임없이 나를 부끄럽게 했고, 도미니크의 시선은 얼마나 따가운지 얼굴이 다 홧홧했다.

수업 후, 도미니크는 역시나 기분이 저조했다. 나는 얼음장 같은 표정으로 빠르게 복도를 걷는 그의 뒤를 졸졸 따라갔다.

"자, 자기~"

내가 어색하게 그를 붙잡자 도미니크는 우뚝 걸음을 멈추더니 나를 향해 스르륵 시선을 돌렸다.

"할아버님께서 기다리고 계실 텐데요."

화가 많이 났나 봐…….

나는 마른침을 꿀꺽 삼키고 애써 헤헤 웃었다.

"자기가 있는데 왜 할아버지에게 가요."

"소중한 할아버님께서 서운해하실 텐데요."

진짜 많이 났나 보다. 평소엔 내가 화를 풀어 주려고 하기만 해도 어쩔 수 없다는 듯 안아 주던 그답지 않게 매우 무뚝뚝한 투였다.

"아니, 저하, 그건…….."

"……."

"그러니까, 그건 말이죠…….."

나는 눈을 데구루루 굴리며 웅얼거렸다.

"어, 그게…… 저희 가족이 조금 유별나기는 한데요."

"조금?"

"아니, 좀 많이…….."

도미니크 입장에선 이렇게 황당한 처가가 어디에 있을까 싶긴 할 거다. 데이트에 몰래 따라 나와 감시할 때도 있었고. 만날 틈을 안 주기 위해 과제를 산더미처럼 준 적도 있었고. 밤늦게 알콩달콩 통신하는 것이 싫었는지 제국의 온 통신 전파를 마비시킨 적도 있었…….

　가족들의 온갖 방해를 떠올리던 나는 혀라도 깨물고 싶어졌다. 도미니크가 지금까지 참아온 게 용하다 싶었다.

　나라도 남자친구의 가족들이 그와 내 사이를 눈을 까뒤집고 반대한다든가, 도미니크가 없을 때마다 구박하고, 아무리 잘 지내려고 해도 벽을 세우면 화가 날 테니까.

　도미니크의 흐린 눈을 본 나는 마른침을 꼴깍 삼켰다.

　'뭐라도 해야겠다.'

　나는 도미니크의 허리를 살짝 끌어안고 시무룩한 목소리로 말했다.

　"당연히 자기랑 결혼하고 싶지, 나는."

　"……."

　"그런데 할아버지 앞에서도 그렇게 말하면 방해가 더 심해질 테니까……."

　"……."

　"또 과제를 산더미처럼 주고, 사고를 쳐서 자기를 바쁘게 만들면 어떡해요?"

　"……."

　"나는 자기를 못 보며 막 눈에 가시가 돋고 그래서……."

그리고 눈을 붙들고 "아야, 아야." 하며 아픈 시늉을 했다. 도미니크는 그런 나를 어이없는 눈으로 쳐다봤다.

이, 이건 아닌가.

화를 돋운 걸까 싶어서 눈치를 보는데 도미니크는 한숨을 푹 내쉬며 내 코를 아프지 않게 쥐었다.

"말이나 못 하면."

"……화 풀렸어요?"

"예."

픽 웃은 그는 내 눈가에 입 맞췄다. 그의 목덜미에서 쌉싸름하고 달콤한 향기가 났다.

"우리 온실에서 차 마셔요. 그저께 네메시스 님께 드리려고 디저트를 만들었는데 오늘 먹으면 맛있을 거예요."

내가 그의 손목을 쥐고 말하자 도미니크의 입매가 부드러워졌다. 나는 지나가던 시트론에게 '그것'을 온실로 가져와 달라고 말했다. 그리고 도미니크의 팔짱을 낀 후 기분 좋게 위층으로 향했다. 온실 초입에 다다르자마자 도미니크는 주변을 살피더니 문을 슬쩍 밀었다.

"왜요, 저…… 으음."

입술에 부드러운 것이 달라붙었다.


시트론은 어험험, 헛기침을 하고 테이블에 앉는 나를 보며 고개를 갸웃했다.

"아가씨?"

"어?!"

"더우시면 냉방 장치를 가동시킬까요?"

"아, 아닉! 안 더운덱!"

내가 당황해서 외치자 시트론은 어리둥절한 표정이었다. 그러다가 얼마쯤 후, 내 맞은편에 앉은 도미니크를 보고는 "아⋯⋯." 신음하곤 볼을 조금 붉힌 채로 물러났다.

"그럼 '좋은 시간' 보내시길."

— 하더니 어쩐지 음흉하게 웃고 뒷걸음질 쳤다. 나는 당황해서 "아냐, 좋은 시간 아냐!" 하고 소리쳤으나 그녀는 온실을 빠져나간 뒤였다. 도미니크는 아무렇지 않은 표정으로 찻잔을 들었다. 그게 얄미워서 난 삐쭉대며 말했다.

"왜 나만 당황해요."

"제가 뭘 했습니까?"

그렇게 진하게 키스해 놓고선 시침을 뚝 떼는 게 기가 막혔다. 평소엔 입맞춤이 부드럽고 다정한 편이었는데 오늘은 엄청나게 격했단 말이다. 벽에 밀어 붙여져서 도망치지도 못하게 뒷머리를 감싸붙잡고서 입안을⋯⋯.

입맞춤을 떠올린 나는 더더욱 붉어져서 입술을 깨물었다.

'화 풀렸다는 거 다 거짓말이었어.'

난 아무렇지 않게 내가 만든 디저트를 맛보는 도미니크를 흘겨보았다.

"⋯⋯맛있군요. 뭡니까, 이게?"

도미니크의 물음에 나는 찻잔을 들며 대답했다.

"송편이에요."

"송편?"

"제가 살던 세계의 전통 음식인데 추석이라는 명절 때 먹어요."

보통은 쑥을 넣어 고운 초록색을 내는데, 나는 일반 꿀떡과 같이 단호박 가루로 황금색을 냈다. 도미니크는 송편을 하나 더 맛보곤 고개를 끄덕였다.

"겉은 쫄깃하고, 안은 달콤합니다."

"흑설탕과 깨소금으로 소를 만들었거든요."

"묘한 향도 나는데……."

"쉽게 마르지 말라고 참기름을 발랐어요. 엄청 고소하지요? 원래 는 쑥을 넣어서 고운 초록빛을 내도록 해요."

"이건 쑥은 아닌 듯싶은데요."

"그분이 쑥을 싫어하실까 봐 단호박 가루를 썼거든요. 쑥차를 즐 겨 드시는 걸 알았으면 그냥 쑥송편을 할 걸 그랬어."

"그분?"

나는 차를 호록, 마시며 고개를 끄덕였다.

"네메시스 님을 드리려고 만들었거든요."

내가 한숨을 내쉬자 도미니크는 무슨 일이냐는 듯 나를 쳐다봤 다. 잠시 주저한 나는 "그게……." 하며 네메시스 님과 가웨인의 이 야기를 시작했다.


조용히 이야기를 들어 주던 도미니크가 고개를 끄덕였다.

"그런 일이 있었습니까."

"네……. 작은오빠는 아무렇지 않다고 했지만, 저는 자꾸만 마음이 쓰여요. 왜냐면……."

"말씀하십시오."

"이상하게 네메시스 님이 정말로 가웨인을 꺼리는 것 같지 않다는 생각이 들거든요."

무언가 내가 놓치고 있는 부분이 있는 게 아닐까 싶었다. 그래서 이렇게 네메시스 님과 가웨인이 영영 서로에게 멀어진 채 이별하게 될까 봐 아쉬웠다.

"당신의 생각이 맞을 겁니다."

"어째서 그렇게 생각하세요?"

"헨델의 성녀, 아니, 새로운 성수가 굳이 프렌시프 공자와 비슷한 모습으로 둔갑해 왔다는 점에서."

나는 "아!" 하고 소리쳤다. 그렇구나. 그러고 보니 발렌의 인간형 둔갑체는 가웨인과 꼭 닮았다. 그건 가웨인이 네메시스 님을 닮아서가 아니었다.

가웨인은 할아버지의 젊은 모습 반, 네메시스 님의 모습을 반씩 닮았는데 발렌의 둔갑 모습은 굳이 말하면 네메시스 님보다는 가웨인과 닮았다.

"발렌은 네메시스 님을 몹시 사랑하니까 그분이 사랑하는 모습으로 둔갑해 왔을 수도 있겠어요. 그리고……."

"쑥."

"쑥……."

"헨델의 공주가 프렌시프를 끔찍하게 생각하는 이유는 정치적인

이유 때문일 겁니다."

도미니크는 낮은 목소리로 그녀의 상황을 설명했다.

"헨델의 왕은 '네메시스 님의 아이가 강력한 성녀'이기 때문에 권력을 유지해 왔습니다."

"즉, 그 이전엔 지금보다 더 힘이 미진한 왕이었다는 거군요."

"그렇습니다. 왕의 조카이자 공주의 사촌이 귀족들과 결탁해 네메시스 님을 멀고 먼 길라게온에 보내는 것에 저항할 수 없을 정도로요."

내가 이해했다고 고개를 주억거리자 도미니크는 "지혜로우시군요." 하며 내 머리칼을 다정하게 쓸어넘겼다.

"……그러니까 저하의 말씀은 네메시스 님께는 길라게온이 유배지와 같았다는 거군요."

"제가 듣기로 네메시스 님이 후계 싸움에서 멀어진 이유는 헨델 왕의 권력이 약한 것과 더불어……."

도미니크의 목소리가 낮아졌다.

"후사를 잇기 어려운 약한 몸을 가졌기 때문이었죠."

그래, 쑥은 각종 부인병에 좋은 약재였다. 도미니크가 하려는 말이 무엇인지 알겠다. 그녀는 유배지와 다름없는 길라게온에서, 약한 자궁으로 아이를 포기하지 않고 낳았다.

'애정이 완전히 없는 게 아니었어.'

도미니크에게 말하길 잘했다.

"그, 그럼 저하, 역시 제가 실수한 걸까요? 밤에 괜히 그녀를 찾아가서……."

"글쎄요. 제 생각은 다른데요."

소서에 찻잔을 달칵, 내려놓은 그가 빙그레 미소 지었다.

"……?"

그게 무슨 뜻일까.

*　　*　　*

네메시스의 방 소파에 길게 누워 꾸벅꾸벅 졸던 발렌은 소란스러운 소리에 눈을 떴다. 네메시스가 테이블이며 협탁 위 등을 뒤지고 있었다.

"뭐 해?"

"……."

"으응? 네메시스~!"

"……프렌시프의 성녀가 가져온 음식 말이다."

"노란색 동그란 거. 맛있었어!"

발렌이 헤죽 웃었다.

"……네가 전부 먹은 건가."

"응!"

그러자 네메시스의 시선이 짙어져서 발렌은 고개를 갸우뚱했다. 그녀는 별말 없이 방을 나섰다. 복도를 걷던 그녀는 손님이 머무는 제3저택의 주방에 이르러 무심코 걸음을 멈추었다.

흘깃, 주변을 둘러보던 그녀가 아무도 없는 것을 확인하고 주방에 들어갔다. 그녀를 졸랑졸랑 따르던 코카스파니엘 모습의 발렌이 눈을 끔뻑이며 물었다.

"네메시스, 뭐 해?"

"……."

"배고파?"

"……아니."

그럼 왜 시중인을 부르지 않고 주방에 들어왔지? 대체 뭘 하는 걸까 싶어 유심히 보던 때였다.

덜컹! 주방의 문이 열리고 익숙한 사람이 들어왔다. 그는 주방을 이리저리 뒤지는 네메시스를 보며 미간을 좁혔다.

"여기서 뭐 하시는 겁니까?"

어처구니없는 목소리에 찬장을 뒤지던 그녀의 손이 우뚝 멎었다. 가웨인은 굳은 얼굴로 자신을 돌아보는 친모를 향해 인상을 찌푸렸다.

'대체 뭐 하는 거야.'

친모의 기행을 발견한 건 순전히 우연이었다. 세니아나가 도미니크와 함께 있다는 말을 듣고 방해하기 위해 지름길인 귀빈 숙소로 왔던 것이다.

친모는 일정이 없을 적엔 방에 틀어박혀 나오질 않았고, 간혹 귀빈 숙소에 딸린 정원을 산책했을 뿐이었다. 그런데 오늘은 다른 곳도 아니고 주방을 찾은 데다가 선반까지 마구잡이로 뒤지고 있었다. 길을 잘못 든 모양은 아닌 것 같았다.

"묻지 않습니까. 무얼 하고 계셨느냐고요."

"네게 대답할 이유가 없다."

"이유가 왜 없습니까. 제가 프렌시프 군을 총괄 중인데요. 물론 경비대도요."

무감한 표정으로 냉장창고 문의 손잡이에서 손을 떼는 네메시스를 가웨인은 가만히 바라봤다.

'대체 뭐야.'

왜 주방을 찾은 거지? 기밀 서류가 있는 것도 아닐 텐데, 고용인을 시키면 될 것을. 주방에 있는 귀중한 것이라고 해 봐야 세니아나의 요리 정도……

그렇게 생각하던 가웨인은 불현듯 세니아나가 네메시스를 찾을 때 요리를 가져갔다는 것을 떠올렸다.

"요리?"

"……."

"세니아나?"

"……."

네메시스는 스르륵 눈을 돌렸다. 버리고 간 아들과 재회하고도 눈 한 번 피한 적이 없던 네메시스가 시선을 돌렸다.

"세니아나의 조리장은 따로 있습니다. 저택에선 자주 요리하지 않고요. 정 먹고 싶을 땐 잘 구슬려야 하는데, 제일 잘 먹히는 방법은─"

─까지 말하던 가웨인이 왈칵 미간을 찌푸렸다. 내가 왜 이런 얘기까지 알려 주는 거야. 거기까진 관심도 없을 텐데.

가웨인은 "어쨌든 여긴 없으니 돌아가십시오." 하며 등을 돌렸다.

"제일 잘 먹히는 방법은?"

"……예?"

"말하다 마는 것보다 사람을 우습게 만드는 건 없어. 말해. 들어줄 테니."

네메시스의 표정은 뻔뻔했다. 가웨인은 어처구니없는 표정으로 잠시 제 친모를 빤히 바라보더니 한숨을 푹 내쉬었다.

"상대방에게 조언을 구할 땐 '부탁합니다'라고 해야 한다더군요. 우리 막내가."

"……"

"필요 없으시면 말고—"

그가 다시 문을 나서려고 하자 네메시스가 다급히 외쳤다.

"부탁—!"

그러곤 흠칫하더니 목소리를 가다듬었다.

"—해."

"……"

"부탁한다."

어쩐지 네메시스의 뺨이 약간 상기된 것 같았다. 그녀는 잠시 입술을 깨물곤 중얼거렸다.

"부왕이 식사를 못 하신다. 몸에 이상이 있어 입맛이 없는 듯한데 내게는 까닭을 말씀하시지 않아."

"……"

"음식을 섭취하지 않으면 없는 병도 생기는 법이지 않니. 프렌시프 성녀의 요리가 부왕의 입맛에 맞을 듯해. 나와 취향이 비슷하시거든."

맛있었다, 그건. 단 것은 즐기는 편인데 밀가루가 몸에 맞지 않아서 디저트류는 즐기지 못했다. 그런데 그것은 달콤하고, 쫀득하며 아주 고소했다. 크게 자극적이지 않은 데다가 먹기 좋은 크기라 자꾸만 손이 가는 간식.

팔짱을 끼고 있던 가웨인이 물었다.

"혈육에게 그리 정이 깊은 분이셨습니까."

"조롱해도 좋아."

지금까지 그리 매정하게 대하던 아들에게 요리 따위로 부탁하다니. 멍청한 짓이라는 건 네메시스 자신이 제일 잘 알고 있었다.

"쓸데없는 말을 했군. 신경 두지 마라. 가 볼 테니."

"……제일 잘 먹히는 방법은 동정을 구하는 겁니다."

가웨인의 말에 네메시스가 고개를 들어 그를 쳐다보았다.

"뭐?"

"가령, 최근에 힘든 일이 있다든지."

"그렇게까지 해야 하는 거야?"

"세니아나의 요리는 황제라고 하더라도 쉽게 맛볼 수 있는 게 아니라고요."

네메시스는 이 나이에 음식을 얻어먹자고 가련한 척을 할 순 없지 않냐는 표정이었다. 그녀가 곤란한 듯 침음하자 가웨인이 "뭐……." 하며 고개를 끄덕였다.

"네메시스 님껜 어려울 겁니다. 그렇다면 다른 방법이 있죠."

"다른 방법이라……."

"중요한 건 세니아나의 기분과 체력이 좋을 때를 노려 부탁하는 겁니다. 하지만 이전 날 고된 일을 했다거나 다음 날 일정이 있으면 어렵죠."

그렇게까지 해야 하는 일이었던가. 네메시스는 묘한 얼굴로 이야기에 집중하며 가웨인을 바라보았다.

"다른 방법은 없는 게냐?"

"있죠. 있는데 시간이 좀 걸립니다."

"무엇이지?"

"볼 때마다 요리를 해 달라고 노래를 부르는 겁니다. 한 열흘쯤 하면 귀찮아서라도 만들어 주죠."

"……어렵군."

"일단 이렇게 해 봅시다. 세니아나는 카리스마 있는 중년의 여성에게 약하니ㅡ"

발렌은 어느새 세니아나 공략에 집중하기 시작한 가웨인과 네메시스를 흐린 눈으로 쳐다봤다. 그 아들에 그 어머니였다. 발렌은 고개를 절레절레 젓고는 이상한 세계(주방)를 탈출했다.

*     *     *

이튿날. 나는 정원에 앉아 느긋하게 책을 읽던 중에 이상한 시선을 느꼈다. 책에 집중하는 체하다가 불시에 휙! 고개를 틀자 수풀 사이로 머리가 쑥 내려갔다.

'또야.'

어제 오후부터 오늘까지만 네 번째였다. 나를 감시하는 기사들을 발견한 게!

또 할아버지가 도미니크와의 사이를 감시하기 위해 사람을 푼 건가 했는데, 그건 아닌 것 같았다. 왜냐면 저들은 할아버지 직속 정예병이 아니라, 가웨인의 사람들이었으니까. 나는 팔짱을 끼고서 수풀 사이에 숨은 남자의 이름을 불렀다.

"바커스."

"……."

"고레일."

"……."

"직접 올래, 내가 갈까."

그제야 수풀이 마구 흔들리더니 아래에서 바커스와 고레일이 모습을 드러냈다. 그들이 쭈뼛쭈뼛하며 내게 다가와서 난 눈썹을 꿈틀거리며 물었다.

"또 뭔데. 왜 감시하는 건데."

"감시가 아니라―"

"그래, 감시가 아니라 보호겠지. 이번엔 나를 어떤 것에서 보호하려는 거냐고 묻는 거야."

바커스는 뒷머리를 벅벅 긁더니 "어, 그게…… 안 좋은 기분에서?" 하고 중얼거렸다.

그건 뭔데? 나는 기가 막혀서 "에엥?" 하고 입을 벌렸다. 내 모습에 고레일은 바커스의 장딴지를 퍽, 걷어찼다.

"억!"

나는 '그래그래, 고레일이 말해 봐.' 하는 눈으로 기사들을 보았다.

"아가씨의 기분을 살피고 있었습니다."

"내 기분을 왜……?"

"까닭은 듣지 못했습니다."

"작은오빠가 시킨 거지?"

"……예."

"작은오빠가 내 기분을 살피는 건, 으음……."

나는 벌떡 일어나서 물었다.

"또 사고 쳤구나!"

"예?"

가웨인이 내 기분을 살피는 거라면 뻔하지.

나는 어휴, 한숨을 내쉬고 책을 정리해서 집 안으로 들어갔다. 그리고 아빠와 오빠들, 할아버지가 모여 있는 서재로 향했다. 가족들의 찻잔에 차를 따르고 있던 집사와 시중인들이 나를 보고 고개를 가볍게 숙이곤 벽가로 물러났다.

나는 아무렇지 않은 표정으로 쿠키를 와작와작 씹고 있는 가웨인에게 다가갔다. 눈을 가느다랗게 좁히고 그를 보다가 최대한 상냥한 목소리로 물었다.

"아직 화 안 났으니까 솔직하게 말씀하세요. 네?"

"뭐?"

"저번처럼 제 조리실을 박살 내셨나요?"

가웨인은 얼마 전 내 레시피 개발을 돕겠다고 와서는 조리실을 박살 냈었다.

[이상하다. 나는 이 이상한 마도구를 작동시킨 것뿐인데 폭발해 버렸어.]

[전자레인지라는 거예요. 전자레인지에 포일을 넣으면 폭발한답니다.]

[이상하다. 나는 칼질을 한 것뿐인데 날이 다 상해 버렸어.]

[아무리 도마라도 거기에 난타를 치면 안 돼요······.]

[이상하다. 나는 닭을 씻으려고 한 것뿐인데─]

그때의 참상을 떠올린 나는 가까스로 표정을 관리했다. 가웨인은 그런 날 보고 어리둥절한 표정으로 고개를 저었다.

"그럼 일전에 파티에서 제게 고백한 영식을 때리셨나요?"

저번에 오드몽테 백작의 외동아들을 두드려 팬 것처럼.

"아직 아니야."

"도미니크 저하를 구박하신 거예요?"

"오늘은 아니야."

"설마····· 또 제 황금상 세우셨어요?"

포털에서 돌아온 뒤 제일 기함한 일이었다. 황궁에 갔다가 돌아와 보니까 저택 앞에 엄청나게 큰 〈세니아나가 제일 귀여워〉라는 이름의 황금상이 서 있었다.

얼마나 큰지 로웨나 황비까지 몸소 저택 앞을 찾아서 구경하고 갔다. 그녀가 깔깔 웃는 소리가 내 침실에까지 들렸다. 그것 때문에 창피해서 며칠을 집안에만 있었다. 그런 것에 돈을 펑펑 쓰며 낭비한 게 어처구니없었고, 화가 나 한동안 가웨인과 말도 안 했다.

"솔직하게 말씀하세요, 네? 팔뚝만 한 크기의 황금상이라면 용서해 드릴게요. 지난번처럼 5미터나 되는 건 곤란하지만."

내 말을 듣던 란슬롯이 고개를 푹 수그리고 끅끅 웃었다. 벽가에 서 있던 사용인들도 소리 없이 어깨를 떨었다. 가웨인은 울컥한 표정으로 소리쳤다.

"아니라니까!"

"그럼 왜 제게 감시를 붙이셨는데요!"

내가 허리춤에 손을 올리고 눈을 부릅떴다. 그라자 가웨인이 움찔하더니 "그, 그건……" 하며 당황했다.

"역시 무슨 일을 하신 거지요?"

"아니, 그러니까 그게…… 헨델 녀석들이 네게 뭔 짓을 할까 봐서…… 어! 그런 거지!"

그렇게 말한 가웨인이 갑자기 서류를 번쩍 들며 "이 녀석들 내가 없다고 훈련을 개판으로 하는군!" 하며 일어났다.

"혼을 내야겠어!"

엄청나게 어색하게 말하곤 후다닥 서재를 빠져나갔다. 나는 "흐으음……" 신음했다.

"사고 친 것 같은데. 아니면 사고 칠 준비 중이라든지……."

내가 중얼거리자 란슬롯과 아빠가 픽 웃었다. 그런 와중에 할아버지가 중얼거렸다.

"황금상이라……."

그때 할아버지는 영지에 있던지라 황금상 사건을 잘 몰랐다. 황금상, 황금상. 몇 번이나 중얼거린 할아버지가 턱을 쓰다듬으며 일어나 서재를 나섰다. 란슬롯이 그런 할아버지의 뒷모습을 보며 턱을 괴었다.

"아무래도 사고는 다른 사람이 칠 예정인 것 같은데."

"네?"

무슨 말이람. 그동안 침묵하고 있던 아빠가 란슬롯을 향해 입을 열었다.

"말리지 그러냐."

"글쎄요. 재미있는데요."

"성격이 나쁘군."

"하지만 지난번처럼 세니아나가 토라져서 아버지와 제게만 달라붙어 지내면 재미있을 것 같지 않습니까."

그러자 아빠가 등받이에 몸을 깊게 기댄 채로 말했다.

"입 다물고 있도록 하지."

"예."

나는 두 남자를 보며 고개를 갸웃했다. 그러니까 그게 대체 무슨 소리인데?

*　　*　　*

어두운 방. 자색의 조명 앞에 모인 남녀는 낮은 목소리로 이야기를 시작했다.

"세작을 들켰습니다. 플랜A는 이쯤에서 중지하는 게 여러모로 안전한 듯싶습니다."

남자의 말에 여자는 고개를 느른히 젓고는 다리를 꼬았다.

"차라리 지금 세작을 들킨 것이 잘되었을지도 모르지. 그들로 눈을 가리고 또 다른 세작을 투입한다."

"하지만 위험합니다."

"어리석군. 대장부가 이깟 일에 겁을 먹고 물러선단 말이냐."

날카로운 눈으로 테이블을 노려보던 남자는 결심을 마친 듯 고개를 끄덕였다.

"옳은 말씀이십니다."

"그래."

"지금 새로운 세작을 투입하는 것보다는 변절자를 만들어 내는 건 어떨는지요."

"훌륭하다."

두 사람이 고민을 거듭하는 동안 멀찍이 떨어져 있던 이가 고개를 들었다.

"뭐 해?"

"……."

"……."

두 사람에게서 대답이 없자 발렌이 뚱한 표정으로 말했다.

"커튼 쳐. 어두운 거 싫단 말야!"

모자가 붙어서 대체 뭘 하고 있는 거야. 어휴. 한숨을 내쉰 발렌은 고개를 절레절레 저었다.

*　　*　　*

나는 창고에 들러 한참 동안 가브리엘라 이모에게 쓸 편지지를 골랐다. 분홍색도 예쁜 것 같고 보라색도 좋은데……. 아, 말린 꽃을 붙인 이 흰색도 예쁘다. 고민을 거듭하는 와중에 시끄러운 목소리가 들려왔다.

"곤란합니다!"

마릴린의 목소리였다. 뒤이어 그녀의 도도한 "흥!" 콧방귀와 익숙한 남자의 목소리가 들려왔다.

"그…… 부탁드립니다."

이 목소리는 가웨인의 부관이었다.

"아무리 그래도 안 돼요. 제 충심을 어떻게 보시고……!"

"칼립스 님과의 데이트는 어떻습니까."

"데, 데이트?"

조금 전만 해도 단호히 거절하던 마릴린은 데이트라는 말에 잠시 침묵했다.

"프렌시프의 명예를 걸고 약조합니다. 제가 주선하겠습니다. 두 분의 데이트."

아니, 무슨 일이길래 프렌시프의 명예까지 나오는 거지? 나는 고르던 편지지를 내려놓고 창고 문을 향해 다가갔다. 마릴린이 갈등하며 다리를 달달 떠는 것이 조금 열린 문틈 사이로 보였다. 그러다가 결심했는지 마른침을 꿀걱 삼키고 대답했다.

"그럼 조금만……."

"예, 예! 조금이라도 좋습니다!"

"아가씨의 기분은 괜찮은 편이에요. 오늘도 사용인들에게 다정하셨고. 뭐, 우리 아가씨야 늘 성품이 다정하시지만."

"요리는 언제쯤 하실까요……?"

"글쎄요. 산책 루트를 조리장 쪽으로 잡아 보긴 하겠어요."

"감사합一!"

"뭐가?"

내가 불쑥 대화에 끼어들자 마릴린과 가웨인의 부관이 얼어붙었다.

"아, 아, 아가씨. 여, 여, 여기 계셨어요?"

마릴린이 사색이 된 얼굴로 물어서 난 고개를 끄덕였다.

"응, 편지지 고르고 있었어. 아무튼 뭔데. 왜 내 기분을 살펴? 조리장은 또 뭐고?"

가웨인의 기사는 사색이 되어 얼어붙었고, 마릴린은 희게 질린 얼굴로 덜덜 떨더니 곧 철푸덕 엎어져 고개를 조아렸다.

"죽여 주세요, 아가씨!"

"으응?"

"제가 물욕에 눈이 멀어서 충심을……! 어흐흑!"

난데없이 역적 놀이를 하는 마릴린을 보고 난 기가 막힌 표정을 지었다. 그녀는 내 표정을 어떻게 해석한 건지 이제 눈물까지 비치고 있었다. 그러던 때, 창고 앞으로 하얀 코카스파니엘 한 마리가 자박자박 걸어왔다.

"발렌!"

나는 발렌에게 후다닥 달려가 꽉 끌어안았다.

"오늘도 귀엽구나."

"이거 놔, 바보! 바보!"

"털이 복슬복슬……."

발렌은 에잇! 하고 내 얼굴을 밀더니 코를 실룩였다.

"요리 해 줘."

"무슨 요리?"

"저번에 가져온 거 말야. 노랗고 동그란 거."

송편? 눈을 동그랗게 뜬 나는 고개를 갸웃하다가 웃었다.

"그러지 뭐."

발렌은 내 품에서 폴짝 뛰어내리더니 어휴우……, 길게 한숨을 내쉬고 종알댔다.

"이렇게 쉬운걸. 바보들."

— 하고.


나는 발렌과 함께 내 전용 조리장으로 향했다. 황도 저택의 조리 장은 삿된 자들의 습격 이후 무너진 건물을 수리하며 새로 지은 것 이었다.

내 키에 맞춘 조리 테이블과 싱크대, 오븐 등. 모든 것이 오더 메 이드인 데다 내 의사를 백 퍼센트 수용해 만들어진 곳이라 동선까 지 완벽했다.

'그래서 들어가는 것만으로도 즐겁지.'

나는 반짝반짝한 조리실을 둘러보고 히히, 웃었다.

'최근엔 바빠서 자주 못 왔는데, 시트론이 잘 관리했나 보다.'

나는 털이 날릴까 봐서 발렌을 멀찍이 치워 두고 요리를 시작했 다. 우선 쌀가루에 단호박 가루, 쑥 가루, 혹은 비트 가루를 종류별로 넣은 뒤에 끓는 물을 조금씩 넣어 반죽을 만들었다. 적당히 차진 반죽 위에 마르지 말라고 물기 머금은 천을 올려 두었다.

다음은 송편 소.

'기본은 깨소금과 설탕, 꿀을 넣은 꾸덕하고 달콤한 소로 하자.'

단호박과 밤을 잘 으깨 꿀과 우유를 넣은 소. 달콤한 팥 소. 소를 모두 준비한 후엔 아까 만든 반죽에 소를 잘 싸서 예쁘게 빚는다.

"예뻐~!"

나는 싱크대를 붙잡고 끙끙거리며 선 발렌에게 "에비!" 하며 고개를 저었다.

"저쪽으로 가 있어. 털이 들어간단 말야."

"치사해!"

코를 실룩이며 자리로 되돌아가는 발렌을 흘깃 보며 나는 송편을 빚었다.

"전에 아탈란에 의해 다른 세계로 간 적이 있었거든. 그쪽에선 송편을 예쁘게 빚으면 예쁜 딸을 낳는다는 말이 있었어."

"너는 되게 예쁜 딸을 낳겠네?"

"그러면 좋겠다."

다 빚은 후엔 찜기에 넣고 찌기만 하면 된다. 그래서 난 송편을 찌는 동안 남은 재료를 밀봉해 두거나 그릇을 씻거나 하며 어지러워진 주방을 바쁘게 정리했다. 소중한 내 주방. 청소하는 건 하나도 귀찮지 않았다. 얼마쯤 뒤, 송편을 찔러 보았다.

"잘 익었다. 맛볼래?"

"응!"

그릇에 하나를 담아 내려 주자 발렌은 "아뜨! 뜨거워!" 하면서도 순식간에 먹어 치웠다. 난 킥킥 웃고 남은 송편을 잘 담아 주었다.

"자, 더 먹어."

"으으음……. 나는 됐어……."

"더 먹어도 돼. 하나밖에 안 먹었잖아?"

"그치만…… 그치만……."

발렌은 눈을 꾹 감으며 애써 그릇을 외면한 채 내 다리에 매달려 말했다.

"이거 싸 줘. 네메시스에게 줄 거야."

"네메시스 님?"

"네메시스가 좋아해. 카노타에게도 가져다줄 거래."

카노타라면 가웨인의 외조부인 헨델 왕이잖아?

"무슨 말이야? 자세히 얘기해 줘."

내가 쪼그려 앉아 캐물으니 발렌은 조금 주저했지만, 곧 이야기를 시작했다.

*　　*　　*

귀빈 방 안, 친밀함과는 거리가 먼 모자가 앉아 있었다. 가웨인은 햇볕이 내리쬐는 창 아래서 헨델의 지난주 자의 신문을 읽는 네메시스를 훔쳐보았다.

"할 말 있니?"

네메시스가 묻자 가웨인은 흠칫, 고개를 돌렸다. 잠시 그녀의 시선이 느껴졌으나 가웨인은 묵묵했다. 모자는 지금, 매우 우스운 관계였다. 세니아나의 요리를 받아 내기 위한 것이 아니라면 무슨 이야기를 나누어야 할지조차 모르는.

가웨인은 입안의 여린 살을 질끈 물고 가까스로 말을 뱉어 냈다.

"언제 돌아가십니까."

"너희 성녀는 내게 힘을 빌려줄 용의가 없는 듯하니 슬슬 돌아갈 준비를 해야겠지."

"……."

"내가 서둘러 돌아가야 너도 편하겠지."

가웨인이 홱, 고개를 돌려 그녀를 바라봤다. 얼른 돌아가라는 말이 아니었다. 그런 게 아니라…….

"그렇겠네요."

하지만 입 밖으로 나온 말은 진심과 달랐다. 더 있어 봤자 뭐하겠어. 어차피 내가 필요 없어지면 다시 얼음장처럼 냉랭할 텐데. 또 속만 쓰릴 뿐이다. 어깨를 늘어뜨린 가웨인이 티 테이블에 널브러진 낙서(세니아나의 요리를 얻어 내기 위한 계획표)를 들고 일어났다.

"쉬십시오."

"……그래."

방을 나선 가웨인은 가늘게 한숨을 내쉬었다. 어느새 땅거미가 지는 오후, 해가 지는 것이 이렇게나 빠르다.

　　　　*　　　*　　　*

　프렌시프의 가신 푸아티에 자작은 헨델의 사절단이 온 후로 내
내 기분이 좋았다.

"오, 노스뱅 경."

"아……."

"잘 지냈는가."

그가 서류를 끌어안고 걷던 젊은 가신에게 반갑게 인사를 건넸다.

"예, 뭐……."

아탈란의 거사가 물거품이 된 후, 영지를 재건하며 자연스럽게
가신들의 세대교체가 이루어졌다. 노스뱅 경도 아버지의 뒤를 이어
프렌시프의 가신이 된 지 얼마 되지 않은 햇병아리였다.

"이런, 이런. 여전히 서류에 파묻혀 사는가 보군."

"그렇지도 않습니다."

"언제까지 잔일만 할 텐가. 이제 노스뱅도 큰일을 해야지. 본가
의 서류처리나 돕다가 퇴직한 아비처럼 되지는 말아야 해."

노스뱅 경이 두꺼운 안경을 올리며 "하하……." 어색하게 웃었
다. 푸아티에 자작이 느물느물한 미소를 머금었다.

"나는 이 프렌시프가 옳은 방향으로 나아가고 있다고 생각하지
않네."

"예?"

"프렌시프의 발전이 어찌 본가의 공뿐이겠는가. 다 아래서 받쳐
주고, 옆에서 밀어준 덕이지. 가신들의 노고가 없다면 이만한 부흥

이 가당키나 한가?"

"그건……."

자작은 노스뱅 경의 어깨에 팔을 걸치며 은근한 목소리로 말했다.

"본가가 화목하고, 형제간에 우애가 돈독한 것은 보기에는 좋지만 사실 가문엔 독이지."

"무슨 말씀을……."

"설탕 과자가 너무 과하면 성인병이 오는 법이거든."

본가에서 치고받고 싸워 줘야 콩고물도 떨어지고, 가신들이 목소리를 낼 수 있는 법이었다. 하지만 근래의 프렌시프는 세니아나를 중심으로 똘똘 뭉쳐 파고들 여지가 없었다.

"마담 버지니아와 파르뎅은 그저 본가를 위하는 것이 가문에 이로운 일인 줄 아는데, 사실 전혀 아니거든."

주축인 버지니아와 파르뎅이 횡령에 눈도 좀 감아 주고, 본가를 조여서 균형을 맞춰 줘야 일할 기분도 나고 그러는 거지.

푸아티에는 어리둥절한 표정으로 자신을 바라보는 노스뱅의 어깨를 부드럽게 토닥였다.

"버지니아와 파르뎅의 당파가 우세한 것은 그 둘이 아가씨의 사람이라 겁을 먹은 게지."

"그야, 뭐……."

재앙과 같던 삿된 자들도 물리친 사람이니 연약한 인간들이야 아가씨 앞에선 풍랑 앞의 촛불밖에 되지 않았다.

"하지만 이제 흐름이 우리에게 왔네."

"예?"

"헨델의 성녀 말일세. 사사롭게는 가웨인 도련님과 혈연이지 않은가. 그러니 성녀는 프렌시프의 사람이라고 봐도 무방하지 않겠나."

"아가씨는 각하의 친자식이지만 헨델의 성녀는 아니지 않습니까. 당연히 친자식인 아가씨 쪽에 힘이 쏠릴 텐데요."

"지금이야 그렇겠지. 하지만 어르신과 각하께서 물러나신 후엔 다르다네."

후계로 교육된 란슬롯과 병권을 가진 가웨인이 박 터지게 싸울 때, 헨델의 성녀는 집안의 균형을 맞춰 줄 존재였다.

"아탈란 사건으로 세니아나 아가씨는 힘의 대부분을 잃고 포털만 겨우 열 수 있어. 하지만 헨델의 성녀를 보게. 헨델에서 길라게 온까지 한 번에 배를 옮겼다고."

"……."

"힘에서부터 비교가 안 된단 말이야, 두 사람은. 우리가 모여 가웨인 도련님께 힘이 되어 드리면 후작 위가 누구의 것이 되겠는가."

"아무리 그래도……."

"난 말일세. 란슬롯 도련님이 후작위에 적합한 분이라 여기지 않네."

란슬롯은 타고난 인재였다. 나기를 무장으로 난 가웨인은 주먹다짐으로 가계를 운영할 터이나, 란슬롯은 다르다. 석 달 열흘 동안 꼬박 공들여 조작한 장부를 한눈에 알아보질 않나, 가신들이 똘똘 뭉친다 싶으면 웃으며 파탄을 내질 않나.

그가 가주가 된다면 콩고물을 얻어먹기는커녕 피골이 상접하게 될 것이 분명했다.

"꽤 많은 가신들의 아내가 내 부인의 살롱을 찾는다네. 헨델의 성녀가 온 후로는 더더욱."

"……."

"자네의 아내에게도 초대장을 보내라 일러두지."

노스뱅 경이 마른침을 꿀꺽 삼키자 푸아티에 자작은 음흉하게 웃었다. 그와 대화를 마치고 걷는 자작의 뒤로 수많은 가신들이 따라붙었다.

"헨델의 성녀와 이야기를 나누어 보셨습니까?"

"네메시스 님의 의사는 어떻더이까?"

그러자 푸아티에 자작이 쯧, 혀를 차며 중얼거렸다.

"귀빈 룸의 감시가 어찌나 삼엄한지 나돌아다니는 것은 웬 개 한 마리뿐이더군."

"계획이 물거품 되는 게 아닙니까? 이러다 헨델로 돌아가게 되면 —"

"흥, 프렌시프 후작의 힘이면 헨델에서도 위세를 뽐낼 수 있어. 머리가 빈 게 아니라면 우리 제안을 거절할 리 없잖은가."

"그, 그럼……."

"내 헨델의 사절단을 통해 헨델 왕에게 서신을 전달할 걸세. 네메시스와 헨델의 성녀는 곧 다시 길라게온을 찾을 게야."

그때는 분명 욕망에 불타게 되겠지. 푸아티에 자작이 창 너머로 보이는 귀빈 룸을 보며 씩 웃었다.

                    *        *        *

그날 저녁.

"네메시스 님이 떠나신다고요?!"

나는 깜짝 놀라서 란슬롯을 붙들고 물었다.

"네메시스 님이 오늘 새벽에 아버님께 돌아가겠다는 말씀을 전하신 모양이야."

"그렇다고 이렇게 갑자기……. 발렌이 엘트라의 사신단을 돌려보내 줘야 하잖아요."

"발렌만 남겨 두고 가신다고 해. 일이 끝나면 다시 헨델로 귀환하는 것으로 폐하와 이야기를 끝냈나 봐."

그야 황제는 허락했겠지. 잘만 되면 성녀라고 생각하는 발렌을 억류시켜 놓을 수도 있으니 제국엔 좋은 일이다.

'하지만 왜 이렇게 난데없이…….'

가웨인이 서운해할 텐데.

"네메시스 님은 언제 떠나시는데요?"

"해가 지기 전에 출발하셨어."

내가 조리실에서 발렌과 함께 있을 때 출발했나 보다.

'그럼 지금쯤 항구에 도착했을지도 몰라.'

배를 타면 정확한 위치를 알 수 없기 때문에 포털로 이동할 수도 없었다. 게다가 성수가 세 마리나 있던 때와 비교하면 내 힘은 매우 약해져서 배 채로 옮길 수도 없었다. 운이 나쁘면 바다 한가운데에 빠져 표류할 수도 있다.

나는 란슬롯을 두고 얼른 복도를 내달렸다. 헉헉, 숨을 몰아쉬고 가웨인의 방을 벌컥 열었다. 소파에 앉아 무언가를 보고 있던 가웨인이 고개를 돌렸다.

"오빠, 네메시스 님이……!"

"들었어."

"이렇게 계시면 어떻게 해요! 아직 못다 한 얘기가 많을 텐데!"

"됐어. 그냥 그 정도였던 거야."

가웨인은 테이블 위에 놓인 양피지를 물끄러미 보며 "그 정도……." 하고 중얼거렸다. 양피지 위에 빼곡히 적힌 것은 계획표였다. 내 요리를 얻어 내기 위한.

양피지 끄트머리에 적힌 저 낯선 필체는 아마도 네메시스 님의 것일 터다. 나는 가웨인의 손목을 홱! 끌어당겼다.

"가요."

"됐다니ー"

"가자니까, 바보!"

"……."

난 그를 끌고 내 조리장으로 향했다. 거기엔 완성된 송편과 요리가 있었다. 송편 외의 요리는 모두 가웨인이 좋아하는 음식이다.

'이걸 만드느라 시간이 너무 걸렸어.'

나는 후다닥 찬합에 요리를 싸서 가웨인에게 들려 주었다.

"이제 가요."

"세니아나, 나는……."

나는 양손으로 가웨인의 뺨을 탁! 소리가 나게 쥔 채 인상을 찌푸렸다.

"오빠는 매번 제게 바보라고 하지만, 제가 보기엔 오빠가 더 바보예요."

"……뭐?"

"네메시스 님이 정말로 제 요리를 헨델의 폐하께 가져다드리려고 그런 우스운 작전을 함께 짰겠어요?"

가웨인은 미간을 좁히며 무슨 소리냐고 물었고, 나는 크게 한숨을 내쉬었다.

"물론 제 요리가 아주 탐났을 수도 있죠. 왜냐면 내 요리는 아주 맛있으니까!"

기세등등하게 말하다가 가웨인의 눈을 똑바로 들여다보고서 말했다.

"그런데요. 제가 본 네메시스 님이라면 그런 우스운 작전 같은 건 세우지 않았을 거예요."

"그럼 왜……."

"왜긴요. 오빠랑 놀아 주려고 그런 거지!"

"……말도 안 되는 소리."

나는 답답해서 가슴을 쿵! 쿵! 치며 속사포처럼 말을 쏟아 냈다.

길라게온을 유배지처럼 여긴 데다가 몸이 약한 네메시스 님이 가웨인을 포기하지 않고 낳은 것. 아이를 낳은 후로 몸이 너무나 망가져 부인병에 좋은, 쑥 같은 음식을 달고 살지만 다른 사람에겐 내색조차 하지 않은 것. 그리고 성수인 발렌이 가웨인과 비슷한 모습으로 둔갑하고 있던 것.

모든 이야기를 들은 가웨인은 한동안 침묵했고, 난 그런 그의 손을 잡았다.

"아이를 사랑하는 방법이 서툰 분이니까 사랑하는 방법을 알려 드리세요."

"내가 어떻게……."

"오빠가 나를 사랑하듯이."

"……."

"그렇게 다정하고 상냥하게."

나는 오빠의 목을 꽉 끌어안고서 말했다.

"난 오빠가 날 사랑해 줄 때마다 너무너무 행복하니까 오빠의 사랑은 분명 옳은 거야."

가웨인이 나를 부드럽게 떼어 내고서 시선을 맞추었다. 지긋이 내 얼굴을 응시하던 그가 말했다.

"포털, 열어 줄래?"

"네! 아차, 그런데…… 어제 북부의 요청으로 포털을 열어서 한 번에 못 갈 수도…… 앗!"

"왜?"

"방법이 있어요!"

나는 가웨인을 조리실에 두고 또 내달렸다. 내내 뛰어다니기만 해서 등이 땀으로 흥건했지만 멈추지 않고 귀빈 방 안으로 들어갔다.

네메시스 님의 짐이 없는 방에 홀로 시무룩하게 앉아 있는 발렌이 보였다. 발렌은 거칠게 문을 열어젖히고 들어온 날 보고 놀란 듯 눈을 끔뻑였다.

"뭐, 뭐야."

난 무릎을 잡고 숨을 몰아쉬다가 당황한 발렌을 향해 한 팔을 쭉 뻗었다.

"너 내 성수가 돼라."

"……?"

"……."

왠지 밀짚으로 된 모자를 쓰고 있어야 할 것 같은 기분이라 나는 얼굴이 화르륵 불타올랐다.

"아, 아무튼 내 성수 해. 네 길을 쓰게 해 줘."

웃기지 말라고 일축할 것 같았던 발렌이 소파에서 폴짝 뛰어내리더니 물었다.

"어디로 갈 건데?"

목적지는 하나다. 네메시스 님을 붙잡으러 가야 하니까.

"바다로!"

그런데 왜 자꾸 밀짚으로 된 모자를 써야 할 것 같은 기분일까.

순간, 발렌의 허상이 가슴을 꿰뚫고 지나갔다. 그리고 뒤이어 땅이 가늘게 진동하기 시작했다. 미약한 진동이 얼마 지나지 않아 거센 지진이 되어 천지를 요동치게 만들었다.

구우우우웅—! 실낱같은 보라색 빛이 발렌을 감싸는가 싶더니 순식간에 눈부신 빛무리가 방 안 가득 펼쳐졌다. 그리고 눈앞에 은빛 갈기를 가진 아름다운 늑대로 거대화한 발렌이 나타났다.

처음으로 본체를 드러낸 발렌은 힘을 제어하지 못했고, 다른 성수 때와 달리 지진이 조금씩 강해졌다.

'그렇지, 성수를 제어하려면 성녀가 이름을 불러야 해.'

"발렌!"

이름을 불렀으나 멈추기는커녕 벽에 균열이 생기기 시작했다.

"진정해, 발 —!"

"크르릉!"

완전히 이지를 잃은 모양인지 그는 나를 향해 거대하고도 날카로운 발톱을 드러내며 위협했다.

"킁!"

방아쇠를 당긴 것처럼 둔탁한 포효와 함께 눈이 새빨개진 발렌이 나를 향해 달려왔다. 겁에 질린 내가 뒷걸음질 치며 눈을 감았을 때였다.

*[주인, 그대는 우리의 신이자 피조물, 기쁨과 슬픔, 영광이며 회한이오. 그 무엇도 될 수 있고, 그 무엇도 아닐 수 있지.]*

*[우리는 주인의 감정에 공명한다오. 그러니 쉽게 주저앉지도 말고, 그 어떤 것에도 눈 돌리지 마시오. 우리에게 신이며 기쁨, 영광으로 남아 주길 청하오.]*

멀린의 다정한 목소리가 떠올랐다. 나는 이를 악물며 눈을 떴다. 그리고 달려오는 발렌을 향해 팔을 넓게 펼쳤다.

"진정해, 발렌!"

"크르르릉……."

"나는 네가 무섭지 않아. 그러니까 너도 내가 무섭지 않을 거야."

"크릉……."

나는 송곳니를 드러낸 발렌을 향해 후들후들 떨리는 발을 내디
뎠다.

"괜찮아. 괜찮아, 발렌."

"⋯⋯."

씨익, 씩⋯⋯. 거친 숨소리가 조금씩 잦아들었다. 난 조심스럽게
발렌의 갈기에 손을 뻗었다. 손끝에 닿아 오는 감촉이 몹시 보드라
웠다.

"옳지, 착하다."

새빨갛게 충혈되었던 눈이 조금씩 제 색을 찾았다. 아름답고 아
름다운 제비꽃의 색. 그 애의 얼굴을 다정하게 매만진 순간 머릿속
에 누군가 알려 준 것처럼 단어가 떠올랐다.

"발렌시아."

또 한 번 빛이 퍼지고, "캥!" 우짖는 소리가 들려왔다. 이윽
고⋯⋯.

"머리가 개운해."

낯선 목소리가 들려왔다. 남자의 목소리. 빛이 발렌의 몸을 감쌀
때 눈이 부셔서 감았던 눈을 살짝 뜬 나는 "으아앗!" 소리를 내며 휙
등을 돌렸다.

아니, 왜! 성수들은 인간형이 될 때마다 옷을 입고 있었는데 발렌
은 왜 이렇게 홀딱 벗고 있는 거야!

적보라색의 머리칼을 가진 남자가 제 손을 내려다보며 "흐음."
신음했다. 강아지 모습일 때는 귀엽고, 소녀로 둔갑했을 때는 어여
쁜 편이었는데, 인간체의 본모습, 그러니까 남성체일 때는 전혀 달

랐다. 귀엽다기보다는 잘생겼다는 느낌에 가까웠다.

'엄청 어리광쟁이라 테디만 할 줄 알았더니 더 크잖아.'

남성체를 인간의 나이로 보면 테디가 열일곱쯤인데, 발렌은 스무 살은 더 되어 보였다.

"오랜만이네, 이 모습."

게다가 목소리까지 완전히 성인의 것이었다. 뒤에서 성큼성큼 걸어오는 소리가 들린다. 나는 흠칫 놀라 눈을 동그랗게 떴다. 발렌이 빙그레 웃으며 내 어깨 위로 얼굴을 불쑥 내밀었다. 약간 곱슬기 있는 결 좋은 머리칼에선 달콤한 꽃내음이 풍겼다.

"자."

"어?!"

"내 마원."

그가 씩 웃으며 어느 틈에 내 목에 걸려 있는 펜던트의 원석을 툭, 쳤다.

"헨델 왕가의 가보라고. 소중히 해야 한다?"

"아……. 이거 걸어 주려고 했구나."

그는 눈을 사르르 눈을 접으며 "그럼 내가 입이라도 맞출 줄 알았어?" 하고 물었다.

"아니, 변탠 줄 알았지."

나는 가슴을 쓸어내리며 "따귀를 날릴 뻔했네……." 하고 중얼거렸다. 그러자 발렌은 "칫." 혀를 찼다. 그러고 보니 그는 어느새 옷까지 입고 있었다. 다행이다. 새로운 성수가 변태가 아니라서.

"좋아, 발렌. 이제 가자."

가웨인이 기다리는 조리실로 향하려다 멈칫하고 발렌을 돌아보았다. 그리고 배시시 웃자 발렌은 "뭐 잘못 먹었어?" 하며 눈살을 찌푸렸다.

"이제 내가 달릴 필요 없잖아."

"포털이라도 열려고? 살살하지그래? 아무리 나라도 정확한 위치를 모르면 힘이 든다고."

그렇겠지. 정확한 위치를 알고 방아쇠를 당기는 건 총알 하나만 쓰면 끝나지만, 위치를 모르고 쓰게 되면 난사 수준으로 엄청난 총알을 낭비하게 될 테니까.

"아니, '내'가 달릴 필요가 없단 말이야."

그는 어리둥절한 표정으로 날 쳐다보았다.


"너, 나빠! 나쁘다고!"

늑대로 변한 발렌은 나를 태운 채로 내달리며 꽥꽥 소리쳤다.

'다행이야. 다시 어리광쟁이로 돌아왔어.'

뇌쇄 미남인 체하던 발렌은 좀 재수가 없었던지라 난 흐뭇한 얼굴로 목덜미를 두들겼다.

"나를 이동수단으로 쓰다니, 무엄해!"

그가 빽 소리를 치며 조리실을 지나가서 난 목덜미 털을 당기며 "저쪽!" 하고 반대 방향을 가리켰다.

"꺄아아아악 —!"

우리가 조리실을 향하는 동안 거대한 늑대를 본 사용인들은 입에 거품이라도 물 것처럼 비명을 내질렀다.

"꺄악! 아가씨가 늑대에게……!"

"경비병! 경비병! 늑대가 아가씨를 물어가요!"

"왜들 소란이야. 호랑이와 곰, 여우도 한 번에 본 마당에."

"하지만 아가씨의 성수는 아탈란 사건으로……!"

"하나 더 주우신 모양이지."

"그, 그런가. 하기야…… 우리 아가씨라면 어디 길바닥에서 성수를 주워 왔을 수도……."

그들 중 몇몇이 너무 침착해서 외려 내가 당황스러웠지만. 나는, 아니, 정확히 말하면 발렌을 탄 나는 조리장을 박차고 들어갔다. 찬합을 들고 있던 가웨인이 눈을 홉뜨고 날 쳐다봤다.

"너……!"

"얘 발렌이에요. 이제 제 성수 하기로 했어요. 항구로 모셔다드릴게요."

발렌의 정체를 알고 있던 가웨인은 별말 없이 늑대를 응시했다.

"위험하니까 타고 다니진 마."

"네."

발렌은 "할 말은 그게 다야?" 하며 앙칼지게 소리쳤으나, 난 곧장 발렌을 마원화했다. 그리고 오빠의 손목을 덥석 잡고 위치를 생각했다.

'오후에 떠났고, 헨델 행 배를 타려면 르블랑 항구일 거야.'

펜던트를 잡은 채로 눈을 꽉 감았다. 짠 바다 내음이 코끝으로 밀려온다. 슬쩍 눈을 뜨니 역시나 항구. 난 얼른 주변을 살폈다. 밤이라 어두워 얼굴을 확인하기 어렵지만, 한가지는 분명했다.

'여긴 아냐.'

으슥할 정도로 인적이 드문 데다가 헨델 사절단이 탈 만큼 으리으리한 배는 코빼기도 뵈지 않았다.

'다시.'

이동. 여기도 아냐. 이동. 아니잖아! 이동.

성수가 있어도 단시간에 몇 번이나 이동해서 그런지 힘에 부치기 시작했다. 샛노란 얼굴로 헥헥거리니 가웨인은 내 어깨를 쥐고 낮은 목소리로 말했다.

"됐어."

"아직이에요."

"세니아나, 나는…….""

"어허!"

난 소리치고서 가웨인을 노려보았다.

"이렇게 쉽게 포기하는 사람은 프렌시프의 핏줄이 아니에요. 아빠랑 할아버지한테 다 이를 거야."

그러자 펜던트에서 발렌이 "이히힛!" 하고 웃는 소리가 들렸다. 난 내 어깨를 쥔 오빠의 손등 위에 손을 포갰다.

"밤새도록 해 봐요. 바다 한가운데라도 좋아. 오빠한테 후회만 남지 않는다면."

"너…….""

"되게 착한 동생이죠, 나?"

내가 일부러 의기양양하게 말하자 가웨인은 졌다는 듯 내 머리를 비볐다. 그때였다.

"아가씨?"

익숙한 목소리였다. 나와 가웨인이 그곳을 쳐다보자 헨델의 사신단과 함께 있는 고레일과 빅터가 보였다.

'뭐야, 둘이 호위하는 줄 알았으면 통신을 해 볼걸.'

괜히 힘만 낭비한 것 같아서 한숨이 나왔으나, 일단 중요한 건 그게 아니었다. 난 가웨인의 등을 가볍게 밀었다. 가웨인이 엉거주춤 앞으로 나서자 사람들 사이에 있던 네메시스 님이 그를 바라보았다.

잠시 머뭇거리던 가웨인은 천천히 발을 내디뎌 그녀에게 다가갔다. 그는 고개를 푹 수그린 채로 찬합을 불쑥 내밀었다.

"무엇이냐."

"……세니아나의 요릅니다."

네메시스 님은 찬합을 물끄러미 보더니 말했다.

"일부러 가져와 준 것이냐."

"예."

"그래."

"제가, 귀국하시는 게 편하다고 했던 말에 이리 서둘러 가시는 겁니까."

"……그뿐인 건 아냐. 부왕의 용태도 살펴야 하고."

마주 본 모자는 오랫동안 말이 없었다. 먼저 입을 연 건 가웨인이었다.

"또 오실 겁니까?"

"그건—"

"오세요."

고개 든 그는 네메시스 님과 시선을 똑바로 맞추었다.

"……다음엔 그런 핑계 없이 대화를 나누고 싶습니다."

가웨인이 찬합을 힐끗 쳐다보자 네메시스 님의 손에 힘이 들어갔다. 나는 혹여나 가웨인이 용기를 내서 필사적으로 한 말을 그녀가 거절할까 싶어 마른침을 꼴깍 삼켰다. 그런데.

"사과하마."

"……예?"

"네가 나를 사랑하고 있음을 외면한 것."

*[사과해 주셨으면 좋겠어요. 네메시스 님의 아이가 당신을 줄곧 사랑해 왔음을 외면하신 것이요.]*

가웨인의 낮은 웃음소리가 어두운 바다에 가라앉았다.

"예."

"……."

"예, 어머니."

처음이었다. 그가 네메시스 님을 '어머니'라고 부른 것은.

두 사람은 마주 보고 웃었고, 나는 왜인지 코가 시큰했다. 나는 무심코 펜던트를 꽉 말아 쥐었다. 발렌의 펜던트 또한 내 코만큼이나 뜨거웠다. 가웨인을 바라보고 있던 네메시스 님이 느른히 그를 지나쳐 내게 다가왔다.

나는 그녀를 올려다보다가 움찔, 어깨를 좁혔다. 그녀가 물었다.

"왜?"

"그냥, 그냥…… 제 어머니와 비슷한 것 같아서…… 얼굴이 아니라 뭐랄까, 미소가…… 다, 다정하셔서요."

내가 무슨 소리를 한 거람. 나는 횡설수설 말한 것이 부끄러워서 우물쭈물하며 화제를 돌렸다.

"저, 저기, 이번 제국행이 네메시스 님께 좋은 기억으로 남았으면 좋겠어요. 저는…… 좋은 기억일 것 같아서……."

"좋은 기억이지. 아이가 둘이나 생겼으니까. 다시 찾은 아이와 새로운 아이."

둘이나?

'가웨인 말고 누구?'

눈을 동그랗게 뜨자 네메시스 님이 손등으로 내 눈가를 가볍게 매만졌다.

"발렌을 잘 부탁해. 일이 끝나면 잠시 돌려 보내다오. 우리에게도 귀한 아이거든."

"……아! 네, 넷!"

우리를 보는 가웨인의 표정이 부드러웠다. 그녀는 볼이 발그레해진 나를 보며 픽 웃고선 로브 안에서 무언가를 꺼냈다.

"선물이다."

……선물? 나는 그녀가 건넨 것을 보고 고개를 갸웃했다.

\* \* \*

이튿날, 푸아티에 자작은 일찌감치 저택을 찾았다. 가신들이 황도를 찾은 것은 헨델 사절단의 문제를 의논하기 위해서였는데, 이제 사절단이 귀국하였으니 이곳에 있을 이유가 없었다. 곧 영지로 돌아갈 테니 그 전에 한 사람이라도 더 회유해 놓아야 뒤가 편하다.

콧노래를 부르며 회의장의 문을 연 푸아티에 자작은 예상치 못한 인물을 보고 멈칫했다. 회의 테이블 앞에 빼곡하게 모인 가신들 너머로 상석 부근에 서 있는 세니아나가 보였다.

"아가씨."

"아, 자작!"

세니아나가 방긋 웃으며 그를 향해 손을 흔들었다.

'이 계집애가 왜.'

그가 어색하게 웃으며 물었다.

"이른 시간에 어쩐 일로 회의장을 다 찾으셨습니까."

"어제 선물을 받았는데 저보다 큰오라버니에게 더 좋을 것 같아서 드리려고요."

상석에 앉아 세니아나로부터 무언가를 받고 있던 란슬롯이 자작을 힐긋 쳐다보았다. 푸아티에 자작은 소리 없이 혀를 찼다.

'이 기회에 가신들을 구워삶아 놓으려고 했건만. 하여간 징그럽게 감 좋은 것들이야.'

능숙하게 속내를 숨긴 그가 인자하기 그지없는 미소로 말을 건넸다.

"오늘도 우애가 좋으십니다."

세니아나는 헤헤 웃으며 "그렇지요." 하고 답했고, 자작이 입매를 비틀었다.

"어느 집이나 장자와 막내는 사이가 좋더군요. 저희 집 녀석들도 그렇습니다. 이래서야 둘째가 서운해는 것도 이해가 간달까요."

뼈 있는 농담에 회의장이 가볍게 술렁였다. 푸아티에 자작은 그에 그치지 않고 껄껄 웃으며 덧붙였다.

"두 분 도련님 외에 좋은 자매가 하나 더 생겼으니 프렌시프의 홍복입니다. 아가씨께서 기쁘시겠어요."

"네?"

"서로 보듬으며 좋은 자매가 되기를 바랍니다. 아가씨께선 비록 헨델의 성녀에게 힘이 미치지 못하나, 과거엔 강력한 성녀로 길라게온의 영웅이 되셨으니 헨델의 성녀를 잘 이끌어 주실 테지요."

"……."

"가문으로선 역시 아가씨의 성수가 아쉽기는 합니다만, 가웨인 도련님 덕에 강력한 성녀가 프렌시프의 사람이 되었으니 이보다 더 기쁜 일이 어디 있겠습니까."

"성수, 있는데요."

대뜸 튀어나온 말에 회의장이 들썩였다.

"예?"

"무슨……."

"아탈란 사건으로 성수 셋을 모두 잃으신 게 아닙니까?"

푸아티에 자작은 굳어진 입매를 억지로 움직여 "하, 하하……." 어색하게 웃었다.

"물론 있'었'지요. 셋이나 되는 성수가 과거엔 —"

"아니요. 지금도 있다는 뜻이었어요."

세니아나가 열린 문을 향해 손짓하자 새하얀 털과 까만 코를 가진 코카스파니엘이 사뿐사뿐 걸어 들어왔다.

"옳지, 착하다."

세니아나는 발렌을 끌어안고서 활짝 웃었다.

"새로운 아이랍니다."

푸아티에 자작의 얼굴이 샛노래졌다.

"어디서 개 한 마리를 주워 오신 게 아닙니까?! 갑자기, 이런 말도 안 되는—!"

킹! 개의 몸에서 자색의 빛이 퍼지는가 싶더니 무언가 둔탁하게 땅을 내리쳤다. 빛이 사그라들고 나타난 것은 은빛 갈기를 가진 우아한 늑대였다.

[죽일까?]

회의장에 있는 사람들에게 성수의 전음이 느껴졌다. 푸아티에 자작이 흠칫, 뒷걸음질 치자 세니아나는 늑대의 갈기를 쓰다듬었다.

"사람을 함부로 죽이면 못써."

[하지만 저 늙은 꼬맹이가 네게 눈치를 준 거잖아. 나는 다 안다고.]

"응, 그래도 사람들 보는 앞에선 죽이면 안 돼."

[그러면?]

"그런 일은 몰래 해야 한다구."

자작의 표정이 굳어졌다.

"아가씨, 무슨 말씀이—!"

"아, 생각해 보니까 되게 무서운 일이네."

그의 말을 들은 체도 하지 않은 세니아나가 턱을 매만지며 중얼거렸다.

"너는 어디든 갈 수 있으니까 아무리 문을 꽁꽁 잠가도 소용이 없잖아. 하루 종일 곁에 호위를 붙여 놔도 성수라면 그들까지 단번에 죽일 수 있을 텐데. 침입의 흔적도, 증거도, 목격자도 없이……."

세니아나가 푸아티에 자작을 보며 목 아래에 손날을 그었다.

"쓱—."

"……!"

새파랗게 질린 자작이 쿵! 소리를 내며 주저앉았다. 그때 상석에 앉은 란슬롯이 픽, 웃었다.

"그래, 정말 무서운걸, 우리 막내. 하지만 너무 무서워서 유약한 사람은 진짜 그런 일이 생길 줄 알겠어."

자작은 애써 웃었다.

"그, 그렇죠. 예, 설마 아가씨가 그런 짓을……!"

테이블에 팔을 받힌 채로 턱을 괴고 있던 란슬롯이 빙그레 웃었다.

"그럼 이제 이 편지에 관한 이야기를 들어 볼까요."

란슬롯의 손에 들린 것은 조금 전 세니아나가 건넨 것이었다.

'저, 저건—!'

제가 헨델의 사절단에게 들려 보낸 편지였다. 푸아티에 자작의 얼굴이 다시 희멀게졌다. 파래졌다가 노래졌다가 하얘지며 저 홀로 바쁜 자작을 보고 란슬롯은 다정하게 웃었다. 등골이 오싹할 정도의 환하디환한 미소였다.

*　　*　　*

　일이 일단락되고 며칠이 흘렀다. 란슬롯이 무슨 수를 썼는지 푸아티에 자작은 가산을 헌납하고 일선에서 물러났다.

　황도 저택엔 다시 평화가 찾아왔다. 나는 햇볕이 따뜻한 오전, 서재에서 가웨인과 붙어 앉아 두 시간이 넘도록 심혈을 다하는 그를 돕고 있었다.

　"어머니께 쓰는 편지인데 '삼가 아룁니다'는 좀…….''

　"그럼 어떻게 쓰라는 거야."

　"일단 그 부분을 빼고…… 또 마지막에 '추신. 흰머리가 성성하시더군요. 곧 저승에 불려 가실 듯하였습니다'라는 부분도 빼는 게 좋겠어요."

　"왜?"

　"시비 거는 것 같잖아요. 몸조심하시라는 한 마디면 되죠."

　가웨인은 다시 꿍꿍거리며 편지를 수정했다. 바닥에 굴러다니는 무수히 많은 '편지였던 것들'을 보며 난 고개를 절레절레 저었다. 그러곤 손에 쥔 것을 쳐다보고 한숨을 푹 내쉬었다. 만년필을 까딱까딱 흔들던 가웨인이 물었다.

　"왜?"

　"네?"

　"계속 쳐다보잖아. 통신석."

　"……."

　"연락 없어, 그놈?"

나는 입술을 삐죽 내밀고 좀 더 힘을 주어 통신석을 쥐었다. 가웨인의 말이 맞다. 연락이 없었다. 그때 발렌이 "이히힛!" 웃으며 끼어들었다.

"싸웠대요!"

그러자 가웨인이 반색하며 소리쳤다.

"헤어져!"

아니, 자초지종도 안 들어 보고 대번에 헤어지래…….

나는 입술을 삐죽 내밀고 일어났다. 가웨인이 어디에 가느냐는 듯 쳐다봤지만, 난 "혼자 하세요." 하고 방을 나섰다. 그러고 복도에서서 한참 통신석을 흘겼다.

'진짜 연락 한 통이 없잖아.'

쪼잔해.

"나쁜 놈."

내가 혼잣말을 하자 복도를 지나던 기사들이 흠칫했다. 그 후로 반나절을 더 기다렸지만, 도미니크에게선 끝끝내 연락이 없었다.

"에잇! 못 참겠다!"

하루 종일 뚫어져라 통신석을 노려보던 난 벌떡 일어났다. 내 곁에서 바느질을 하던 시트론이 깜짝 놀라 날 쳐다봤다.

"아가씨?"

"외출할 거야."

"해가 다 저물어 가는데 어디를 가시게요."

시트론은 "또 어르신께서 난리가 나실 터인데."라며 중얼거렸지만, 나는 쿵! 쿵! 발을 구르며 방을 나섰다.

"마릴린, 마차를 준비해 줘. 궁으로 갈 거야!"

＊　　＊　　＊

도미니크는 산더미처럼 쌓인 서류 더미를 미뤄 둔 채 책상 위에 올려 둔 통신석을 노려보았다. 세니아나는 이틀째 연락 한 통이 없었다. 처음부터 화가 난 건 아니었다.

성수인지 짐승 새끼인지 하는 그 자식이 그녀에게 끈적하게 붙어 온 것이 문제의 시발점이었다. 성수의 목덜미를 잡아채 소파에 던지듯 내려놓자 세니아나는 [저하!] 소리치며 개새 ― 아니, 개를 끌어안았다.

[그렇게 던지시면 아이가 놀라잖아요.]

[어르신보다 오래 산 아이가 어디에 있습니까.]

[하지만 이렇게나 작은걸요.]

[그렇게 작지만, 어르신께서 똥 기저귀를 갈던 시절부터 모두 보았
을 겁니다.]

[저하도 참.]

그녀의 곁에는 남자가 너무 많았다.

[난 누나의 것이야.]

[나도 그렇소.]

[나도, 나도!]

발렌 외의 세 성수라든지.

[황자가 아니라도 가끔 함께 차를 마셔 주겠어?]

미카엘 그 녀석이나.

*[황태자비라는 건 대단하다고. 어때? 나의 비가 되는 건.]*

황태자 헬리오스. 게다가 —

'찢어 죽일 흰머리.'

도미니크가 인상을 사납게 찌푸렸다. 물론 그들이 세니아나를 흠모한다고 해서 그게 그녀의 탓이라는 건 아니다. 자신이 그녀에게 맹목적으로 끌렸던 만큼, 다른 사내들에게 그녀는 매력적이 사람일 터다.

알지만, 그들이 애끓는 눈으로 제 연인을 바라볼 땐 끓어오르는 화를 참을 수 없었다. 이번엔 특히.

*[너무 들러붙는 게 아닙니까. 그 개새 — 개 말입니다.]*

*[하지만 이제 제 성수인걸요.]*

*[맞아, 난 세니안의 성수란 말야. 쫌팽아.]*

그 후로 성수와 신경전을 벌이다가 세니아나에게 한 소리를 들었고, 두 사람은 다투었다.

"빌어먹을."

세상이 연애를 하게 내버려 두지 않는다. 이럴 줄 알았다면 삿된 자들을 물리치지 말 것을.

'멸망해 버려라.'

통신석을 거칠게 서랍에 처박으려던 도미니크는 멈칫하고 한숨을 푹 내쉬었다. 그리고 몸을 일으키자 필사적으로 서류를 하나하나 해결하던 알베르가 움찔! 고개를 들었다.

"어디 가십니까, 저하. 저하? 저하!"

도미니크는 대답 없이 집무실을 나섰고 알베르는 절규를 내질렀다.

"멸망해 버려라, 육시럴!"

― 하고.

＊　　＊　　＊

마차에 오르려던 나는 멀리서 보이는 익숙한 인영을 보고 아랫입술을 꾹 사려 물었다. 날 발견하고 다가온 도미니크도 나만큼이나 무뚝뚝한 표정이었다. 우리는 한동안 서로를 빤히 쳐다보았다. 그나 나나 미간엔 굵은 주름이 잔뜩 잡혀 있었다.

"왜 오셨어요?"

"당신은 이 시간에 어딜 가십니까."

"그야 당연히……!"

그렇게 말하던 나는 입을 다물고 홱 고개를 돌렸다.

"남이사."

구시렁거리자 도미니크의 눈이 가늘어졌다.

"성수에게 가십니까?"

"발렌은 저택에 있지요!"

"하면 헬리오스?"

"제가 왜 황태자 전하를 만나러 가요?"

"트리스탄입니까."

나는 그를 팩! 노려보았다.

"자꾸 삐딱하게 나올 거예요? 왜 계속 화만 내는 건데요!"

소란에 놀란 오빠들과 아빠, 기사들, 그리고 시중인들이 하나둘 몰려들기 시작했다. 란슬롯은 실실거리며 우리를 쳐다봤고 가웨인이 "그래, 헤어져!" 하며 훈수를 두기 시작했다. 아빠는 아무런 말도 없었지만, 오빠들만큼이나 이 상황이 반가운 것처럼 보였다.

나는 그들을 날카로운 눈으로 쭉 둘러본 뒤, 마지막으로 도미니크를 쳐다봤다.

"화가 나면 이유를 말해 주기로 약속했으면서……."

"……."

"자기는 매번 속으로 삭이기나 하고 나는 말해 주지 않으면 모르는데……."

이럴 때면 인간관계에 어두운 내가 싫어진다. 윤세나일 적에 좀 더 사람들과 교류했다면, 그랬다면 나도 모르게 도미니크를 상처 주는 일이 없었을 텐데.

속이 상해서 코가 시큰거렸다. 주변으로 몰려든 사람들은 이제야 분위기가 심상치 않다고 느꼈는지 당황한 표정으로 어찌할 바를 몰랐다. 란슬롯이나 가웨인, 아빠 또한 서럽게 울먹이는 날 보고 말을 잃었다.

"저하는 매번…… 매번."

"당신이 인기가 많은 게 싫습니다."

"……예?"

코를 훌쩍이던 난 예상치 못한 대답을 듣고 어벙벙한 얼굴로 그를 쳐다봤다. 귓불이 조금 붉어진 그가 내 시선을 피해 고개를 돌렸다.

"성수들이 당신의 것인 게 싫습니다. 그들의 인간형이 미남인 건 더더욱."

"……."

"트리스탄이 당신을 애끓는 눈으로 바라볼 때면 죽여 버리고 싶어집니다."

"……."

"헬리오스나 미카엘도 눈깔 ― 눈을 빼 버리고 싶어지죠."

난 이를 악물고 말하는 도미니크를 빤히 보며 눈을 끔뻑였다.

"당신 가족들이 잘생긴 게 화가 나요. 당신 눈만 높여 놨잖습니까. 저도 어디 가서 못하단 말은 못 들어봤지만……."

중얼거리던 그는 기어이 화가 났는지 아빠를 가리키며 벌컥 소리쳤다.

"후작을 어떻게 이깁니까!"

"……엥?"

"절세미남이라고 불리지 않았습니까. 제국에서 제일 잘생긴 남자의 딸이라고요, 당신은."

아니, 우리 아빠가 잘생긴 게 왜 화가 날 일이야.

나는 기가 막혀서 고개만 모로 꼰 채 오도카니 서 있었다. 도미니크는 제가 말하고도 수치스러운지 목이 벌게져서 콜록, 헛기침을 했다.

"뭐 하나라도 특출난 게 있어야 당신을 행복하게 해 줄 수 있을 텐데. 내겐 그런 것이 없습니다."

"……."

"세상에서 제일 행복한 아침을 맞게 하고픈 연인을 위해 내가 할 수 있는 건 아주 사소한 일뿐입니다."

"……."

"불안합니다. 당신이 언젠가 나보다 나은 남자를 찾아 가 버릴까 봐. 그런데."

도미니크는 손바닥으로 눈가를 누르며 한숨을 내쉬었다.

"난 이제 너 없는 삶이 상상이 가지 않는다고. 그런 난 한 ― !"

"한심해라……."

내가 중얼거리자 도미니크는 움찔, 굳었고, 오빠들은 신이 났다. 가웨인이 또다시 "헤어져!" 소리쳤다.

나는 도미니크에게 다가갔다. 그는 붉어진 얼굴을 한 손으로 가리며 날 외면했다.

"나 봐요."

"……."

"보라니까, 이 한심한 남자야."

도미니크가 시무룩해져서 느른히 손을 떨구었다. 나는 고개 숙인 그를 올려다보다가 손을 뻗었다. 손가락 끝에 닿은 뺨이 따뜻했다.

"있지요. 나는 아빠만큼 잘생긴 남자가 와도, 란슬롯만큼 똑똑하거나 가웨인처럼 강한 남자가 와도 괜찮아요."

"……."

"성수들은 정말로 잘생겼고, 트리스탄은 정말로 매력적인 사람이지만요."

"……."

"나는 이렇게 한심한 당신한테만 가슴이 뛴다고요."

귀여워 죽겠어.

난 그의 목을 꽉 끌어안았다. 도미니크가 조그만 목소리로 "정말?" 하고 중얼거려서 난 "정말!" 단호하게 소리치며 히히 웃었다. 꽉 끌어안던 팔을 느슨하게 한 채 조금 떨어져 도미니크를 쳐다봤다.

"……."

"울어요?"

"아닙니다."

도미니크는 벌게진 눈가를 벅벅 문질렀다.

'사랑스러워~!'

세상에 무서운 게 없는 강인한 남자가 내게만 한심해진다는 건 정말로 가슴 벅찬 일이구나. 왜 영애들이 내게만 다정한 가웨인에게 앓는 한숨을 내쉬는지 이해가 된다.

"봐요."

"됐습니다."

"세상에, 진짜 울잖아. 귀여워!"

"안 웁니다."

달콤한 바람이 결 좋은 도미니크의 머리칼을 나부끼게 했다. 날렵한 눈에 물기가 어리고 시린 눈매가 발그스름히 달아올랐다.

아주 어릴 때부터 전장에서 생과 사를 가르는 전투를 벌여온 단단하기 그지없는 그다. 그런 도미니크가 고작 이런 사소한 고민으로 가슴이 문드러졌다는 건 가슴 아프지만, 너무나도 사랑스러웠다.

"으으……."

나는 부끄러운지 자꾸만 한 손으로 얼굴을 덮으려는 그의 얼굴을 두 손으로 붙잡았다. 그리고.

"쪽."

뺨에 입 맞췄다. 도미니크는 얼떨떨한 표정으로 날 보았고, 그 순간 가족들이 괴성을 내지르며 우리 사이에 파고들었다.

"세니아나!"

"막내야!"

"딸."

아빠와 오빠들이 성벽처럼 나를 가리고 도미니크를 향해 눈을 부라렸다. 하지만 도미니크는 더 이상 불안한 표정이 아니었다. 우린 가족들 사이에 가로막혀서 쿡쿡 웃었다.

하늘을 붉게 물들인 석양이 아름다웠다. 내 가슴에 스민 꽃물만큼이나.

* * *

도미니크와 나는 손을 꼭 잡은 채 아름다운 초승달이 든 정원을 걸었다. 어느새 대문과 이어진 곳까지 이르러 난 어깨를 부르르 떨었다.

"밤엔 역시 좀 춥네요."

"겉옷을 가져오겠습니다."

"괜찮……."

그는 말이 끝나기도 전에 겉옷을 가지러 떠났고, 난 그의 뒷모습을 보며 미소 지었다. 그때, 긴 창살이 이어진 대문 너머로 인기척 소리가 들렸다. 바람을 타고 넘어온 살 내음이 익숙했다.

"트리스탄?"

그가 흐리게 웃으며 날 바라봤다.

"여기 어떻게 왔어?"

"……."

"잘됐다."

나는 뜻밖의 만남에 반가워 그를 향해 말했다.

"내가 내일 엘트라로 데려다주려고 했거든. 그 전에 주고 싶은 게—"

"한심한 남자라도 좋아?"

그의 물음에 난 대문에 뻗으려던 손을 거두었다.

"해 질 녘에 우리 저택에 왔었니?"

"그런 한심한 남자와 미래를 걷는 게 네겐 행복한 일이야?"

"……."

"나라면 그자보다 너를 더 행복하게 해줄 수 있어."

그의 눈이 더없이 진중했다. 창살을 잡은 그의 손등 위로 힘줄이 도드라졌다.

'언제부터였을까.'

언제부터 이토록 완연한 남자의 손을 하고 있었던 거지. 그의 눈을 지긋이 응시하던 나는 조그맣게 고개를 끄덕였다.

"응."

"……."

"그 사람이 나를 행복하게 해주길 바라지 않아. 내 행복은 나 자신이 만드는 거니까."

트리스탄은 빙그레 웃었다.

"그래. 그거면 됐어."

그가 아스라이 사라질 것만 같아서 나는 얼른 손을 뻗었다.

"트리스―"

창살을 넘어 뻗은 손에 트리스탄이 가볍게 입을 맞췄다.

"Dea mea.(나의 여신)"

순간 바람이 불었다. 나는 눈을 감았고, 다시 눈을 떴을 때 그는 사라져 있었다. 내가 멍하니 그가 있던 자리를 바라보고 있던 중 저택에 불이 켜지며 내 겉옷을 든 도미니크가 다가왔다.

"세니아나?"

"……."

"무슨 일 있었습니까?"

"아, 아니요."

나는 고개를 젓곤 그를 바라보았다.

"사랑해요."

내 말을 들은 도미니크는 미소 지었다. 세상을 다 가진 사람처럼.

후회가 되지 않았다. 조금도. 내 행복은 여기에 있었으니까.

나를 세상이라 여기는 남자가 이곳에 있었다. 그거면 됐어.

난 다시 도미니크의 손을 잡고 활짝 웃으며 말했다.

"내일도 날이 좋으면 좋겠어요."

"그럴 겁니다."

매일 즐거운 날을 보내자.

나를 사랑해 준 사람들이, 나를 위했던 선택에 후회가 남지 않도록.

〈로열 셰프 영애님 외전 완결〉